Arnold Bennett

HOTEL GRAND BABYLON

W0287281

Der Amerikaner Theodore Racksole ist einer der reichsten Männer der Welt, und er fackelt nicht lange. Weil ihm das Benehmen des Oberkellners missfällt, kauft er kurzerhand das Londoner Luxushotel »Grand Babylon« – und gerät in den Sog krimineller Machenschaften. Ein Freund des Prinzen Aribert von Posen wird vergiftet, doch wo ist seine Leiche? Racksole ertappt den Küchenchef des Hotels beim Einbalsamieren des Toten. Ist er der Mörder? Warum gibt die langjährige Empfangsdame plötzlich ihre Stellung auf? Und was führt der Oberkellner im Schilde, der sich nach Ostende abgesetzt hat?

Eigenwillige Helden, unerwartete Wendungen und der trockene Humor Arnold Bennetts machen diesen Krimi zu einem aberwitzigen Lesevergnügen.

Arnold Bennett

HOTEL GRAND BABYLON

Eine Phantasie auf moderne Themen

Roman

Aus dem Englischen übersetzt
von Renate Orth-Guttmann

Verlag Klaus Wagenbach Berlin

Wagenbachs Taschenbuch 802

© für die deutsche Übersetzung von Renate Orth-Guttmann:
Manesse Verlag, München, in der Verlagsgruppe Random House GmbH
© 2018 für diese Ausgabe: Verlag Klaus Wagenbach, Emser Straße 40/41, 10719 Berlin www.wagenbach.de
Umschlaggestaltung Julie August. Das Karnickel auf Seite 1 zeichnete Horst Rudolph. Gesetzt aus der Gentium Basic und der Brown.
Gedruckt auf Schleipen und gebunden bei Pustet, Regensburg.
Printed in Germany. Alle Rechte vorbehalten.

ISBN 978 3 8031 2802 7

Kapitel 1

DER MILLIONÄR UND DER KELLNER

»Ja, Sir?«

Jules, der berühmte Oberkellner des »Grand Babylon«[1], neigte sich in formvollendeter Haltung zu dem alerten Herrn mittleren Alters herunter, der gerade den Rauchsalon betreten und sich in einem Korbsessel in der Ecke am Wintergarten niedergelassen hatte. Es war ein außergewöhnlich schwüler Juniabend um Viertel vor acht, und im »Grand Babylon« stand in Kürze das Dinner an. Gentlemen aller Größen, Altersstufen und Nationalitäten, alle aber in makelloser Abendkleidung, verteilten sich in dem großen, düsteren Raum. Aus dem Wintergarten drang schwacher Blumenduft, ein Springbrunnen plätscherte. Die von Jules befehligten Kellner bewegten sich leise über die üppigen Perserteppiche, ihre Tabletts mit der Geschicklichkeit von Jongleuren balancierend und Bestellungen mit jenem Anstrich höchster Wichtigkeit entgegennehmend und ausführend, der nur erstklassigen Kellnern eigen ist. Es herrschte die für das »Grand Babylon« so typische heiter-beschauliche Stimmung, und eigentlich ließ sich kein Ereignis denken, das die friedlich-vornehme Monotonie in diesem perfekt geleiteten Etablissement hätte gefährden können. Und doch sollte das »Grand Babylon« an jenem Abend die größte Erschütterung erleben, die es in diesem Haus je gegeben hatte.

»Ja, Sir?« wiederholte Jules, und diesmal schwang in seiner Stimme ein Hauch erhabener Mißbilligung. Er war es nicht gewohnt, einen Gast zweimal anreden zu müssen.

»Wie? Ja, so«, sagte der alerte Herr mittleren Alters und sah jetzt endlich hoch. Da er von dem großen Jules noch nie gehört hatte, erlaubte er sich, als er dessen Gesichtsausdruck gewahrte, ein wenig mit den grauen Augen zu zwinkern. »Bringen Sie mir einen Angel Kiss.«

»Pardon, Sir?«

»Bringen Sie mir einen Angel Kiss, und zwar unverzüglich, wenn ich bitten darf.«

»Wenn es sich um ein amerikanisches Getränk handelt, Sir, so führen wir es leider nicht.« Jules' Stimme ließ an eisiger Deutlichkeit nichts zu wünschen übrig, und mehrere der anwesenden Herren sahen sich irritiert um, als wollten sie sich auch gegen die geringste Störung ihrer Ruhe verwahren. Allerdings waren sie etwas besänftigt, als sie der Erscheinung des Gastes gewahr wurden, den Jules angesprochen hatte, denn man sah ihm an, daß er ein Kenner war – jener vielgereiste Engländer nämlich, der instinktiv zwischen Hotels zu unterscheiden weiß und sofort begreift, wo er sich erlauben kann, von einer Sache einiges Wesen zu machen, und wo es ratsam ist, sich wie in einem Klub zu verhalten. Das »Grand Babylon« war ein Hotel, in dessen Rauchsalon man sich benahm, als befände man sich in seinem eigenen Klub.

»Daß Sie es führen, habe ich auch nicht erwartet, aber es sollte wohl sogar in diesem Hotel möglich sein, den Drink zu mixen.«

»Dies ist kein amerikanisches Hotel, Sir.« Die kalkulierte Unverschämtheit der Worte tarnte sich geschickt unter einem demütig-unterwürfigen Ton.

Der alerte Herr mittleren Alters straffte sich und bedachte Jules, der an seinem berühmten roten Backenbart zupfte, mit einem milden Blick.

»Sie nehmen ein Likörglas«, beschied er ihn knapp, aber nicht ohne eine gewisse gutmütige Duldsamkeit, »geben zu gleichen Teilen Maraschino, Sahne und Crème de menthe hinein. Rühren nicht. Schütteln nicht. Bringen mir das Glas. Ach ja, und sagen Sie dem Barkellner ...«

»Barkellner, Sir?«

»Sagen Sie dem Barkellner, er möge sich das Rezept notieren. Solange dieses Wetter anhält, werde ich wohl jeden Abend vor dem Essen einen Angel Kiss nehmen.«

»Ich werde Ihnen das Getränk bringen lassen«, sagte Jules kühl, womit er zu verstehen gab, daß er kein beliebiger Kellner war und daß jedermann, der ihm den erforderlichen Respekt verweigerte, dies auf eigene Gefahr tat.

Wenige Minuten später saß Jules, während der alerte Herr mittleren Alters seinen Angel Kiss versuchte, in Klausur mit Miss Spencer, Herrin über die Rezeption des »Grand Babylon«. Die Rezeption war ein leidlich großer Raum mit zwei Schiebefenstern, die einen guten Blick auf die Hotelhalle und den Rauchsalon gewährten. Er wurde nur zu einem geringen Teil für die Büroarbeiten des großen Hotels genutzt, denn vor allem war dies das Reich von Miss Spencer, die nicht minder bekannt und berühmt war als Jules selbst. In den meisten neuzeitlichen Hotels steht dem Empfang ein männliches Wesen vor, das »Grand Babylon« aber ging in dieser Beziehung eigene Wege. Miss Spencer war fast so lange Empfangschefin, wie das »Grand Babylon« seine mächtigen Schornsteine gen Himmel reckte, und hatte ungeachtet der Kapricen anderer Hotels ihren Posten behalten. Stets geschmackvoll in schlichte schwarze Seide gekleidet und mit einer kleinen Brillantbrosche geschmückt, mit makellosen Manschetten und gekräuseltem gelbem Haar, sah sie jetzt nicht anders aus als vor einer unbestimmten Anzahl von Jahren. Niemand – abgesehen von ihr selbst und vielleicht einer anderen Person – kannte ihr Alter, und niemand interessierte sich dafür. Die reizvoll-eleganten Konturen ihrer Figur waren über jeden Tadel erhaben, und zumal abends war sie eine Zierde, auf die jedes Hotel guten Gewissens hätte stolz sein können. Ihre profunden Kenntnisse des Kursbuchs, der Schifffahrtsdienste, der Theaterzettel und Varietéprogramme war unerreicht, obschon sie selbst nie reiste, nie einen Fuß in ein

Theater oder ein Varieté setzte. Ihr ganzes Leben schien sich in diesem dienstlichen Gelaß abzuspielen, wo sie Gästen mit Rat und Tat zur Seite stand, mit den verschiedenen Abteilungen des Hauses telefonierte oder wie eben jetzt vertrauliche Gespräche mit ihren besonderen Freunden vom Personal führte.

»Wer ist Nummer 107?« fragte Jules die schwarz gewandete Dame.

Miss Spencer konsultierte ihre Bücher. »Mr. Theodore Racksole, New York.«

»Dachte mir schon, daß er ein New Yorker sein muß«, ließ sich Jules nach einer kurzen, bedeutungsschwangeren Pause vernehmen, »aber er spricht so gut Englisch wie Sie und ich. Will jeden Abend einen Angel Kiss, sagte er.«

Miss Spencer lächelte ingrimmig. Die Idee, Theodore Racksole als »einen New Yorker« zu bezeichnen, sprach einen Sinn für Humor an, der ihr nicht gänzlich abging. Sie wußte natürlich – und wußte, daß Jules es wußte –, daß dieser Theodore Racksole kein anderer sein konnte als der eine und einzige Theodore Racksole, der drittreichste Mann der Vereinigten Staaten und daher vermutlich der ganzen Welt. So wie es nur einen Racksole gab, so gab es nur einen Jules, und Miss Spencer konnte aus tiefster Seele die Entrüstung des letzteren beim Anblick eines Menschen nachempfinden, der sich – sei er Millionär oder Kaiser – herausgenommen hatte, in den geheiligten Hallen des »Grand Babylon« einen Angel Kiss, diese ordinäre Mixtur aus Maraschino und Sahne, zu ordern. In der Welt der Hotels war allgemein bekannt, daß es im »Grand Babylon« neben dem Besitzer drei Götter gab – den Oberkellner Jules, Miss Spencer und als mächtigsten von allen Rocco, den berühmten Küchenchef, der zweitausend Pfund im Jahr verdiente und ein Chalet am Vierwaldstätter See besaß. Alle großen Hotels in der Northumberland Avenue und am Embankment[2] hatten versucht, Rocco vom »Grand Babylon« abzuwerben, damit allerdings keinen Erfolg gehabt. Rocco wußte sehr wohl, daß die höchste Stufe seiner beruflichen Laufbahn mit der Position eines *maître d'hôtel* im »Grand Babylon« erreicht war, einem Hotel, das, obschon es nie Reklame für sich machte und keiner Gesellschaft mit beschränkter Haftung gehörte, unbestritten unter allen europäischen Hotels den ersten Rang einnahm – den ersten Rang in puncto Preis und Exklusivität und den ersten Rang, was jene geheimnisvolle Eigenschaft betraf, die man als »Stil« zu bezeichnen pflegt.

Das am Embankment gelegene »Grand Babylon« wurde ungeachtet seiner noblen Dimensionen durch mehrere Kolosse in der Nachbarschaft in den Schatten gestellt. Es hatte nur dreihundertfünfzig Zimmer, während es im Umkreis von einer Viertelmeile zwei Hotels mit sechshundert respektive vierhundert Zimmern gab. Andererseits war das »Grand Babylon« das einzige Londoner Hotel, das einen ständig benutzten separaten Eingang für gekrönte Häupter hatte. Das »Grand Babylon« erachtete jeden Tag als verloren, an dem es nicht zumindest einen deutschen Fürsten oder den Maharadscha eines indischen Staates bewirten konnte. Als Félix Babylon, nach dem – und nicht etwa in Anspielung auf den Spitznamen der Stadt London – das Haus benannt war, das Hotel im Jahre 1869 eröffnete, hatte er sich zum Ziel gesetzt, die Mitglieder der Königshäuser dieser Welt als Gäste zu gewinnen, und darin lag das Geheimnis seines triumphalen Erfolges. Es war ihm, dem Sohn eines reichen Schweizer Hotelbesitzers und Finanziers, gelungen, Verbindungen zu den Hofbeamten mehrerer europäischer Fürstenhöfe zu knüpfen, und er hatte dabei keine Kosten gescheut. So mancher König und nicht wenige Prinzessinnen nannten ihn beim Vornamen und bezeichneten sein Hotel kurzerhand als »Félix«, was, wie dieser Gelegenheit hatte festzustellen, sehr gut fürs Geschäft war. Entsprechend wurde das »Grand Babylon« geführt. Hauptmerkmale seiner Geschäftspolitik waren Diskretion und noch einmal Diskretion, Ruhe, Schmucklosigkeit und Distanz. Das »Grand Babylon« war wie ein Schloß, das Wert darauf legt, unerkannt zu bleiben. Es gab keinen Namen in goldenen Lettern auf dem Dach, ja nicht einmal einen erläuternden Hinweis am Eingang. Man schritt vom Strand[3] her eine kleine Nebenstraße hinunter, man sah ein schlichtes braunes Gebäude mit zwei von dienstbaren Geistern bedienten Drehtüren aus Mahagoni. Die Türen öffneten sich geräuschlos, man trat ein, man war bei Félix. Hatte man die Absicht, hier zu logieren, überreichte man höchstpersönlich oder über seinen Reisemarschall Miss Spencer seine Karte. Unter keinen Umständen verlangte man nach dem Preisverzeichnis. Im »Grand Babylon« galt es als unfein, von Preisen zu sprechen. Sie waren exorbitant, aber man nannte sie nicht. Hatte man seinen Aufenthalt beendet, wurde eine Rechnung überreicht, knapp gehalten und ohne lästige Details, die man wortlos beglich. Man stieß auf gemessene Höflichkeit, mehr nicht. Niemand hatte einen ursprünglich zum Kommen aufgefordert, niemand gab der Hoffnung Ausdruck, man möge wiederkommen. Das »Grand Babylon« war über derlei Praktiken erhaben, es trotzte der Konkurrenz, indem es sie ignorierte, und war infolgedessen während der Saison fast immer ausgebucht.

Wenn es etwas gab, was das »Grand Babylon« besonders verdroß, ja in Harnisch brachte, so war es dies: mit einem amerikanischen Hotel verglichen oder verwechselt zu werden. Das »Grand Babylon« war ein entschiedener Gegner amerikanischer Gebräuche, was Essen, Trinken und Unterkunft anbelangte, besonders aber ein Gegner amerikanischer Trinksitten. Der Unmut, den Jules bei dem Ansinnen empfand, Mr. Racksole mit einem Angel Kiss zu versorgen, ist deshalb wohl verständlich.

»Ist Mr. Theodore Racksole in Begleitung?« fragte Jules, jede Silbe des Namens verächtlich betonend, in Fortsetzung seines Gesprächs mit Miss Spencer.

»Miss Racksole. Sie ist in Nummer 111.«

Jules schwieg und streichelte seinen auf dem glänzenden Kragen ruhenden linken Backenbart.

»*Wo* ist sie?« fragte er mit merkwürdigem Nachdruck.

»Nummer 111. Es ging nicht anders. Auf dieser Etage war sonst kein Zimmer mit Bad und Ankleidezimmer frei.« In Miss Spencers Stimme schwang ein entschuldigender Ton, der um Nachsicht zu bitten schien.

»Warum haben Sie Mr. Theodore Racksole und Miss Racksole nicht gesagt, daß wir sie nicht unterbringen können?«

»Weil Babs in Hörweite war.«

Nur drei Menschen auf der ganzen weiten Welt wäre es je in den Sinn gekommen, Mr. Félix Babylon mit dem spaßigen, aber auch boshaften Spitznamen Babs zu bedenken, nämlich Jules, Miss Spencer und Rocco. Erfunden hatte ihn Jules, nur er verfügte über so viel Witz und Unverfrorenheit.

»Miss Racksole muß heute abend noch das Zimmer wechseln«, sagte Jules nach einer weiteren Pause. »Überlassen Sie es mir, ich kümmere mich darum. *Au revoir*. Es ist drei Minuten vor acht. Ich übernehme den Speisesaal heute abend selbst.«

Damit entfernte sich Jules, langsam und nachdenklich die gepflegten weißen Hände aneinanderreibend. Dieses seltsam umständliche Händereiben war eine ihm eigene Gewohnheit, die ankündigte, daß ungewöhnliche Ereignisse bevorstanden.

Pünktlich um acht begann in dem riesengroßen *salle à manger*, jenem ebenso schlichten wie eindrucksvollen Raum in Weiß und Gold, das Dinner. An einem kleinen Tisch nah an einem Fenster saß eine einzelne junge Dame. Ihre Garderobe ließ an Paris, ihr Gesicht aber unverkennbar an New York denken. Es war ein selbstbewußtes und bestrickendes Gesicht, das Gesicht einer Frau, die es gewohnt ist, genau das zu tun, was sie will, wann sie es will und wie sie es will; das Gesicht einer Frau, die Hunderte begüterter junger Herren in der hohen Kunst eifriger Handlangerdienste unterwiesen hatte und sich – zwanzig Jahre verwöhnt durch einen liebenden Erzeuger – inzwischen als das weibliche Gegenstück des Zaren aller Reußen betrachtete. Solche Frauen werden nur in Amerika gemacht und kommen zu voller Entfaltung nur in Europa, das ihrer Ansicht nach vom Schicksal eigens zu ihrer Belustigung erschaffen wurde.

Mißfällig überflog die junge Dame am Fenster die Speisekarte. Dann sah sie sich im Speisesaal um, fand die Gäste angenehm, den Raum selbst aber ziemlich klein und schmucklos. Dann warf sie einen Blick durchs offene Fenster und sagte sich, daß die Themse im Zwielicht zwar durchaus passabel aussah, dem Hudson aber, an dessen Ufer ihr Vater ein Landhaus im Wert von hunderttausend Dollar besaß, bei weitem unterlegen war. Dann widmete sie sich wieder der Speisekarte, schürzte die lieblichen Lippen und bemerkte, es gebe hier offenbar nichts zu essen.

»Verzeih, daß ich dich habe warten lassen, Nella«, sagte Mr. Racksole, der unerschrockene Millionär, der es gewagt hatte, im Rauchsalon des »Grand Babylon« einen Angel Kiss zu ordern. Nella – die eigentlich Helen hieß – bedachte ihren Vater mit einem vorsichtigen Lächeln und behielt sich das Recht vor, mit ihm zu schelten, falls sie die Lust dazu ankam. »Du kommst immer zu spät, Vater«, sagte sie.

»Nur im Urlaub«, berichtigte er. »Was gibt's zu essen?«

»Nichts.«

»Dann her damit. Ich habe Hunger. Mein Hunger ist nie größer als zu Zeiten, in denen ich ernstlich dem Müßiggang fröne.«

»Consommé Britannia«, las sie vor. »Saumon d'Écosse, Sauce Génoise, Aspics de Homard. Großer Gott! Wer will an so einem Abend diesen scheußlichen Fraß?«

»Aber das ist höchste europäische Kochkunst, Nella«, wandte er ein.

»Sag mal, Vater«, fragte sie scheinbar zusammenhanglos, »hast du vergessen, daß ich morgen Geburtstag habe?«

»Habe ich jemals deinen Geburtstag vergessen, o teure Tochter?«

»Alles in allem bist du ein äußerst zufriedenstellender Papa«, gestand sie ihm liebevoll zu, »und zur Belohnung wünsche ich mir in diesem Jahr das billigste Geburtstagsgeschenk, das ich je bekommen habe. Allerdings wünsche ich es mir schon heute abend.«

»Also schön«, sagte er mit der Langmut eines trefflich abgerichteten Vaters, der Kummer gewohnt und auf jede Überraschung gefaßt ist. »Und das wäre?«

»Laß uns heute abend Filetsteak und eine Flasche Bass bestellen, das ist etwas Köstliches, und ich freue mich schon darauf.«

»Aber liebste Nella«, sagte er entsetzt, »Steak und Bier bei Félix? Unmöglich! Außerdem dürfen junge Damen unter dreiundzwanzig kein Bass trinken.«

»Ich sagte Steak und Bass, und im übrigen werde ich morgen vierundzwanzig.« Miss Racksole zeigte die kleinen weißen Zähne.

Ein diskretes Husten war zu vernehmen: Hinter ihnen stand Jules. Es war wohl pure Abenteuerlust, die ihn bewogen hatte, gerade an diesem Tisch persönlich Dienst zu tun. Gewöhnlich bediente Jules beim Dinner nicht selbst, sondern hielt sich nur im Hintergrund bereit, wie ein Kapitän auf der Brücke während der Wache des Maats. Stammgäste des Hotels fühlten sich geehrt, wenn Jules ihren Tisch betreute.

Theodore Racksole zögerte eine Sekunde, dann gab er mit einem schönen Anstrich von Lässigkeit seine Bestellung auf: »Filetsteak für zwei und eine Flasche Bass.« Es war die kühnste Tat, die Theodore Racksole je begangen hatte, dabei hatte er schon in so mancher Krise bewiesen, daß es ihm an Mut nicht fehlte.

»Das steht nicht auf der Speisekarte, Sir«, sagte Jules, der Unerschütterliche.

»Macht nichts. Her damit. Wir wünschen es.«

»Sehr wohl, Sir.« Jules ging zur Schiebetür, täuschte einen Blick dahinter lediglich vor und war gleich darauf wieder da. »Mr. Roccos Empfehlung, Sir, aber er kann zu seinem Bedauern heute mit Steak und Bass nicht dienen.«

»Mr. Rocco?« wiederholte Racksole leichthin.

»Mr. Rocco«, wiederholte Jules fest.

»Und wer ist Mr. Rocco?«

»Mr. Rocco ist unser Küchenchef, Sir.« Jules machte ein Gesicht, als sei ihm abverlangt worden zu erklären, wer Shakespeare war.

Die beiden Männer sahen sich an. Es schien unglaublich, daß sich einem Theodore Racksole, dem unvergleichlichen Racksole, der tausend Meilen an Schienensträngen, mehrere Städte und sechzig Stimmen im Kongreß sein eigen nannte, ein Kellner oder sogar ein ganzes Hotel widersetzte. Und doch war es so. Wenn sich Europa mit seinem schwachen Rücken gegen die Wand stellt, ist es auch durch ein ganzes Regiment von Millionären nicht zu schlagen. Jules' Züge waren die eines starken Mannes, der seines Sieges gewiß ist. Sein Gesichtsausdruck besagte: »Du warst mir einmal über, ein zweites Mal gelingt dir das nicht, mein New Yorker Freund.«

Nella indessen, die ihren Vater kannte, sah eine spannende Entwicklung voraus und zuversichtlich dem Steak entgegen. Ihr Hunger hielt sich in Grenzen, sie konnte gut warten.

»Entschuldige mich einen Augenblick, Nella«, sagte Theodore Racksole gelassen. »Bin in zwei Sekunden wieder da.« Damit verließ er den Speisesaal.

Niemand erkannte den Millionär, er war in London ein Fremder, da dies sein erster Europabesuch seit über zwanzig Jahren war. Hätte jemand ihn erkannt, so hätte er sich nach einem Blick in sein Gesicht womöglich zitternd auf eine Detonation gefaßt gemacht, die das ganze Hotel »Grand Babylon« in die Fluten der Themse hätte schleudern können. Jules zog sich in eine strategisch günstige Ecke zurück. Er hatte seinen Schuß abgegeben, jetzt war der Gegner an der Reihe. Lange und vielfältige Erfahrung hatte Jules gelehrt, daß ein Gast, der sich die Unterwerfung eines Kellners zum Ziel gesetzt hat, fast immer auf verlorenem Posten steht; der Kellner hat in so einem Wettstreit zu viele Vorteile.

Kapitel 2

WIE MR. RACKSOLE ZU SEINEM DINNER KAM

Nun gibt es aber Menschen, die – selbst in einem exklusiven Hotel – darauf bestehen, stets ihren Willen durchzusetzen, und Theodore Racksole hielt es seit langem mit dieser nützlichen Maxime – nur nicht dann, wenn seine einzige Tochter Helen, eine mutterlose, aber beherzte junge Frau, der Ansicht war, der Vater komme ihr in die Quere. In diesen Fällen hißte Theodore Racksole die weiße Fahne und trat den Rückzug an. Wenn aber Theodore und seine Tochter am gleichen Strang zogen, was ziemlich häufig der Fall war, hatte jemand, der so unklug war, sich ihnen störend in den Weg zu stellen, nur noch vom Himmel selbst Hilfe zu erwarten. Dem großen Jules, so scharf er sonst beobachtete, war offenbar das bei Vater und Tochter gleichermaßen stark ausgeprägte Kinn nicht aufgefallen, sonst hätte er möglicherweise über die Frage von Steak und Bier noch einmal nachgedacht.

Theodore Racksole begab sich geradewegs in die Hotelhalle und betrat Miss Spencers Heiligtum. »Ich wünsche Mr. Babylon zu sprechen«, sagte er, »und zwar unverzüglich.«

Miss Spencer hob lässig den flachsfarbenen Kopf.

»Ich bedaure sehr ...«, setzte sie zu der üblichen Formel an. Gäste abzuwimmeln, die Mr. Babylon zu sprechen wünschten, war ihr tägliches Brot.

»Nein, nein«, sagte Mr. Racksole rasch. »Ersparen Sie mir Ihr ›Bedaure sehr‹. Hier geht es um Geschäfte. Wären Sie eine normale Hotelangestellte, hätte ich Ihnen zwei Goldsovereigns in die Hand gedrückt, und damit wäre die Sache erledigt gewesen.

Da dies nicht der Fall und bei Ihnen offenkundig mit Bestechung nichts zu machen ist, kann ich Ihnen nur sagen, daß ich Mr. Babylon unverzüglich in einer Sache von äußerster Dringlichkeit sprechen muß. Mein Name ist Racksole. Theodore Racksole.«

»Aus New York?« fragte von der Tür her eine Stimme mit leicht fremdländischem Akzent.

Der Millionär drehte sich blitzschnell um und erblickte einen ziemlich kleinen Herrn von französischem Aussehen mit kahlem Kopf, grauem Bart, einem langen, perfekt geschneiderten Gehrock, einem Lorgnon an hauchdünner Silberkette und blauen Augen von der durchsichtigen Unschuld eines jungen Mädchens.

»Es gibt nur den einen«, erwiderte Theodore Racksole kurz und bündig.

»Sie wünschten mich zu sprechen?« fragte der kleine Herr.

»Sind Sie Mr. Félix Babylon?« Der kleine Herr verbeugte sich.

»Es gibt niemanden, den ich in diesem Moment dringlicher zu sprechen wünsche«, sagte Racksole.

»Ich brenne darauf und verzehre mich danach, Sie zu sehen, Mr. Babylon. Ich möchte nur einige Minuten in Ruhe mit Ihnen reden. Das dürfte genügen, um mit meinem Geschäft zu Ende zu kommen.«

Mit einer Handbewegung bat Mr. Babylon den Millionär über einen Seitengang in seine Privaträume, ein Wunder an Louis-Quinze-Möbeln und -Tapisserien. Wie die meisten Junggesellen mit stattlichen Einkünften hatte auch Mr. Babylon recht kostspielige Neigungen.

Der Hotelier und sein Gast nahmen einander gegenüber Platz. Theodore Racksole war bei diesem Abenteuer das bekannte Millionärsglück zu Hilfe gekommen, denn Mr. Babylon hatte den unerschütterlichen Grundsatz, sich mit seinen Gästen – und mochten sie noch so distinguiert, noch so wohlhabend, noch so hartnäckig sein – nicht auf Gespräche einzulassen. Hätte er nicht zufällig just in diesem Moment Miss Spencers Reich betreten und hätte nicht die Physiognomie des Millionärs einen gewissen Eindruck auf ihn gemacht, wäre es Mr. Racksole bei all seiner amerikanischen Tatkraft und Wendigkeit an diesem Abend nicht gelungen, eine Unterredung mit dem Besitzer des Hotels »Grand Babylon« herbeizuführen. Theodore Racksole allerdings wußte nicht, daß ein bloßer Zufall ihm geholfen hatte, er hielt den Erfolg ganz allein sich selbst zugute. »Ich habe vor einigen Monaten«, begann er, ohne sich auch nur zu räuspern, »in den New Yorker Blättern gelesen, daß Ihr Hotel an eine Gesellschaft mit beschränkter Haftung verkauft werden sollte, aber offenbar ist dieser Verkauf nicht zustande gekommen.«

»So ist es«, erwiderte Mr. Babylon freimütig, »und zwar kam der Verkauf deshalb nicht zustande, weil die Mittelsmänner zwischen der betreffenden Gesellschaft und mir unter der Hand einen großen Profit herausschlagen wollten und ich es ablehnte, mich an diesen Machenschaften zu beteiligen. Sie blieben fest, ich blieb fest, und so verlief die Sache im Sande.«

»Der vereinbarte Preis war zufriedenstellend?«

»Durchaus.«

»Darf man fragen, wie hoch er war?«

»Wollen Sie kaufen, Mr. Racksole?«

»Wollen Sie verkaufen, Mr. Babylon?«

»Ja«, sagte Babylon. »Unter bestimmten Bedingungen. Der Preis belief sich auf vierhunderttausend Pfund, inklusive Grundstück und ideellen Firmenwert. Doch ich verkaufe nur unter der Bedingung, daß der Käufer das Haus nicht mit einem Aufschlag an eine Gesellschaft weiterveräußert.«

»Ich möchte Ihnen eine Frage stellen, Mr. Babylon«, sagte der Millionär. »Welchen Gewinn haben Sie im Durchschnitt in den letzten vier Jahren erwirtschaftet?«

»Vierunddreißigtausend Pfund *per annum*.«

»Ich kaufe«, sagte Theodore Racksole zufrieden lächelnd, »und möchte Sie bitten, gleich hier eine vertragliche Vereinbarung zu unterschreiben.«

»Sie sind ein Mann schneller Entschlüsse, Mr. Racksole. Aber vielleicht tragen Sie sich schon längere Zeit mit dieser Absicht?«

»Durchaus nicht.« Racksole sah auf die Uhr. »Ich trage mich mit dieser Absicht seit genau sechs Minuten.«

Félix Babylon, mit den Marotten der Reichen wohlvertraut, verneigte sich.

»Als bekannter Mann«, fuhr Racksole fort, »braucht man sich erfreulicherweise nicht mit langen Erklärungen aufzuhalten. Sie, Mr. Babylon, wissen vermutlich alles über mich. Ich weiß ziemlich viel über Sie. Wir benötigen für unsere Geschäfte keine Referenzen. Im Grunde ist der Kauf eines Hotels nicht schwieriger als der Kauf einer Armbanduhr, sofern man derlei Transaktionen gewachsen ist.«

»Sehr richtig«, bestätigte Mr. Babylon lächelnd.

»Wollen wir den informellen Kontrakt gleich aufsetzen? Gewisse Details wären zu bedenken. Aber da fällt mir ein – Sie haben gewiß noch nicht zu Abend gegessen und ziehen es vielleicht vor, untergeordnete Fragen nach dem Dinner zu erörtern.«

»Nein, ich habe noch nicht zu Abend gegessen«, bestätigte der Millionär mit Nachdruck, »und wäre Ihnen verbunden, wenn Sie mir in diesem Zusammenhang eine Gefälligkeit erweisen könnten. Würden Sie nach Mr. Rocco schicken?«

»Sie wollen selbst mit ihm sprechen. Begreiflicherweise.«

»Sehr richtig«, sagte der Millionär und fügte hinzu: »Es geht um mein Dinner.«

»Rocco ist ein großer Mann«, sagte Mr. Babylon halblaut, ohne auf Racksoles letzte Worte einzugehen, während er zur Klingel griff. »Meine Empfehlung an Mr. Rocco«, sagte er zu dem Pagen, der auf sein Klingeln erschienen war, »und ich wäre ihm verbunden, wenn er sich, sofern es ihm nicht ungelegen kommt, kurz zu mir bemühen wollte.«

»Was zahlen Sie Rocco?« fragte Racksole.

»Er bekommt von mir zweitausend im Jahr und wird behandelt wie ein Botschafter.«

»Ich werde ihn wie einen Botschafter behandeln und ihm dreitausend geben.«

»Ein kluger Vorsatz«, sagte Félix Babylon.

In diesem Augenblick betrat sehr leise Rocco den Raum – ein Mann um die Vierzig, dünn, mit langen schmalen Händen und einem unmäßig langen, seidig braunen Schnurrbart.

»Rocco«, sagte Félix Babylon, »ich möchte Ihnen Mr. Theodore Racksole aus New York vorstellen.«

»Sähr ärfroit«, sagte Rocco mit einer Verbeugung. »Där – där – wie nennt man das – där Millionär?«

»Ganz recht«, schaltete Racksole sich ein und fuhr rasch fort: »Mr. Rocco, ich möchte Ihnen vor allen anderen mitteilen, daß ich das Hotel ›Grand Babylon‹ erworben habe. Wenn Sie mir die Freude machen würden, auch mir Ihre Dienste zur Verfügung zu stellen, wäre ich bereit, Ihnen einen Lohn von dreitausend im Jahr zu geben.«

»Sie haben gesagt drei?«

»Drei.«

»Sähr ärfroit.«

»Und jetzt, Mr. Rocco, seien Sie bitte so freundlich zu veranlassen, daß in zehn Minuten ein einfaches Beefsteak und eine Flasche Bass von Jules – ich sage ausdrücklich Jules – an den Tisch Nummer 17 im Speisesaal gebracht wird. Und würden Sie mir morgen die Ehre erweisen, mit mir zu lunchen?«

Mr. Rocco schnappte nach Luft, murmelte etwas Französisches und entschwand.

Fünf Minuten später hatten Käufer und Verkäufer des Hotels »Grand Babylon« ein auf einem Bogen Hotelbriefpapier rasch hingeworfenes kurzes Dokument unterzeichnet. Félix Babylon stellte keine Fragen, und vor allem diese heroische Unterdrükkung jedweder Neugier oder Überraschung machte großen Eindruck auf Theodore Racksole.

»Wie viele Hotelbesitzer auf der Welt«, fragte er sich, »hätten besagtes Beefsteak und Bier kommentarlos hingenommen?«

»Wann soll der Kauf in Kraft treten?« fragte Babylon.

»Spielt keine Rolle«, erwiderte Racksole lässig.

»Sagen wir ab heute abend?«

»Ganz wie Sie wünschen. Ich hege schon seit langem den Wunsch, mich zur Ruhe zu setzen. Und jetzt, da der Moment gekommen, und zwar auf so dramatische Weise gekommen ist, bin ich bereit. Ich werde in die Schweiz zurückkehren. Man kann dort nicht viel Geld ausgeben, aber es ist mein Vaterland. Ich werde der reichste Mann der Schweiz sein.« In seinem Lächeln lag etwas wie melancholische Belustigung.

»Ja, richtig, Sie sind gewiß recht wohlhabend?« fragte Racksole in seiner ungezwungenen Art, als sei ihm der Gedanke gerade erst gekommen.

»Zusätzlich zu dem, was ich von Ihnen zu erwarten habe, besitze ich eine halbe Million in Anlagen.«

»Dann sind Sie fast ein Millionär?« Félix Babylon nickte.

»Ich gratuliere Ihnen, lieber Herr«, sagte Racksole im Tonfall des Richters einem frisch bestallten Barrister[4] gegenüber. »Neunhunderttausend Pfund, in Franken ausgedrückt, klingt in der Schweiz gewiß recht erfreulich.«

»Für Sie würde so eine Summe natürlich blanke Armut bedeuten, Mr. Racksole. Dürfte man es wagen, Ihr Vermögen zu schätzen?« fragte Félix Babylon nicht weniger freimütig als sein Gesprächspartner.

»Auf fünf Millionen genau kann ich das, was ich besitze, nicht beziffern«, erwiderte Racksole aufrichtig, und man hörte, daß er die gewünschte Auskunft gern gegeben hätte, wenn ihm das möglich gewesen wäre.

»Sie hatten Sorgen, Mr. Racksole?«

»Habe sie noch. Ich mache mit meiner Tochter Urlaub in London, um eine Zeitlang von ihnen loszukommen.«

»Ist der Erwerb von Hotels Ihre Vorstellung von Zerstreuung?«

Racksole zuckte die Schultern. »Es ist mal was anderes als Eisenbahnen«, lachte er.

»Ach, mein Freund, Sie ahnen nicht, was Sie gekauft haben.«

»O doch«, gab Racksole zurück. »Ich habe soeben das erste Hotel der Welt gekauft.«

»Schon wahr«, räumte Babylon ein und sah gedankenvoll auf den alten Perser herunter. »Mein Hotel ist unerreicht. Aber Sie werden den Kauf bereuen, Mr. Racksole. Es geht mich natürlich nichts an, aber ich muß es wiederholen: Sie werden den Kauf bereuen.«

»Ich habe noch nie etwas bereut.«

»Dann steht Ihnen diese Erfahrung sehr bald bevor. Vielleicht noch heute abend.«

»Und warum?«

»Weil das ›Grand Babylon‹ das ›Grand Babylon‹ ist. Nur weil Sie eine Eisenbahnlinie oder ein Stahlwerk oder eine Dampfschiffahrtsgesellschaft leiten und lenken, glauben Sie, alles leiten und lenken zu können. Aber bei dem ›Grand Babylon‹ geht das nicht. Das ›Grand Babylon‹ hat etwas ...« Er hob die Hände.

»Das Personal bereichert sich natürlich.«

»Natürlich. Ich würde sagen, daß ich auf diesem Wege an die hundert Pfund pro Woche verliere. Aber das meine ich nicht. Ich meine die Gäste. Die Gäste sind zu – zu distinguiert. Die großen Botschafter, die großen Finanziers, die großen Adligen – alles, was die Welt bewegt, logiert unter meinem Dach. London ist von allem der Mittelpunkt, und mein Hotel – Ihr Hotel – ist der Mittelpunkt Londons. Einmal hatte ich hier zur gleichen Zeit einen König und eine Kaiserinwitwe wohnen, man stelle sich das einmal vor!«

»Eine große Ehre, Mr. Babylon. Aber ich vermag das Problem nicht zu erkennen ...«

»Wo bleibt Ihr Scharfblick, Mr. Racksole«, war die ergrimmte Antwort, »jener Scharfblick, dem Sie einen Reichtum verdanken, den selbst Sie nicht zu beziffern vermögen? Begreifen Sie nicht, daß dieses Haus, in dem alle Mächtigen und Gewaltigen dieser Erde abzusteigen pflegen, zwangsläufig auch zahllose namenlose Verschwörer, Intriganten, Übeltäter und Unruhestifter beherbergt? Die Sache ist klar wie der helle Tag – und dunkel wie die Nacht. Ich weiß nie, von wem ich umgeben bin, Mr. Racksole. Ich weiß nie, was vorgeht. Nur hin und wieder bekomme ich Hinweise, erhasche einen flüchtigen Blick auf absonderliche Vorgänge, absonderliche Geheimnisse. Sie erwähnten mein Personal – fast ausnahmslos gute Leute, umsichtig und bewandert. Aber was sind sie sonst noch? Wer sagt mir, daß nicht mein vierter Sous-Chef Agent einer europäischen Regierung ist? Wer sagt mir, daß meine unschätzbare Miss Spencer nicht im Sold eines Hofschneiders oder eines Frankfurter Bankiers steht? Selbst Rocco ist womöglich nicht allein und ausschließlich Rocco.«

»Das macht die Sache nur noch reizvoller«, bemerkte Theodore Racksole.

»Wie lange du ausgeblieben bist, Vater«, sagte Nella, als er an den Tisch Nummer 17 im Speisesaal zurückkam.

»Nur zwanzig Minuten, mein Täubchen.«

»Aber du hast etwas von zwei Sekunden gesagt, das ist ein Unterschied.«

»Ja, siehst du, ich mußte warten, bis das Steak fertig war.«

»Hast du große Mühe gehabt, mein Geburtstagsgeschenk zu beschaffen?«

»Das nicht. Aber es kam nicht ganz so billig, wie du meintest.«

»Wie soll ich das verstehen, Vater?«

»Du wirst lachen, mein Kind, aber ich habe das ganze Hotel gekauft.«

»Du warst schon immer ein hinreißender Papa! Willst du mir das Hotel zum Geburtstag schenken?«

»Nein, ich will es betreiben. Zur Zerstreuung. Übrigens – für wen ist dieser Stuhl?«

Man hatte in der Zwischenzeit ein drittes Gedeck aufgelegt.

»Für einen Freund von mir, der vor fünf Minuten eingetroffen ist. Natürlich habe ich ihn zum Steak-Essen eingeladen. Er wird gleich hier sein.«

»Darf man wissen, wie er heißt?«

»Dimmock, Vorname Reginald. Beruf: Englischer Gesellschafter des Prinzen Aribert von Posen. Ich habe ihn im Herbst kennengelernt, als ich mit Cousine Hetty in St. Petersburg war. Da ist er ja. Mr. Dimmock, das ist mein lieber Vater. Mit dem Steak ist ihm alles nach Wunsch gegangen.«

Theodore Racksole fand sich einem sehr jungen Mann mit pechschwarzen Augen und einem frischen, jungenhaften Gesicht gegenüber. Sie kamen schnell ins Gespräch.

Jules nahte mit dem Steak. Racksole versuchte den Blick des Oberkellners festzuhalten, was ihm aber nicht gelang. Das Dinner nahm seinen Lauf.

»Aber Vater«, wunderte sich Nella, »wieviel Senf du genommen hast!«

»Ach ja?« Zufällig warf Theodore Racksole einen Blick in den links von ihm zwischen zwei Fenstern angebrachten Spiegel. Dort sah er Jules gespiegelt, der hinter seinem Stuhl stand, und er sah, wie dieser nachdrücklich und vielsagend Mr. Dimmock, Vorname Reginald, zuzwinkerte.

Wortlos betrachtete er den Senf. Ja, vielleicht hatte er wirklich etwas zu reichlich davon genommen.

Kapitel 3

MORGENS UM DREI

Mr. Reginald Dimmock erwies sich trotz seiner Jugend als Mann von Welt und Erfahrung und als geübter Causeur. Ihm und Nella Racksole schien der Gesprächsstoff nie auszugehen. Sie unterhielten sich über St. Petersburg und das Eis auf der Newa und den Operntenor, der ins Exil nach Sibirien geschickt worden war, über die Beschaffenheit des russischen Tees und die Süße des russischen Champagners und andere Aspekte muskowitischen Lebens. Nachdem das Thema Rußland erschöpft war, gab Nella einen kurzen Überblick über das, was sie erlebt hatte, seit sie mit dem jungen Mann in der Hauptstadt des Zaren zusammengetroffen war, und so kamen sie schließlich auf London zu sprechen, wo sie verweilten, bis der letzte Bissen Steak vertilgt war. Theodore Racksole fiel auf, daß Mr. Dimmock seinerseits sich über seine Tätigkeit in Vergangenheit und Zukunft nur recht sparsam ausließ. Er betrachtete den jungen Mann als einen der für Fürstenhöfe typischen Schmarotzer und überlegte, wie er wohl an die Stellung eines Gesellschafters bei Prinz Aribert von Posen gekommen war und wer Prinz Aribert von Posen wohl sein mochte. Der Millionär meinte einmal von Posen gehört zu haben, war aber seiner Sache nicht sicher. Er stellte es sich als einen dieser unbedeutenden deutschen Kleinstaaten vor, in denen fünf Sechstel der Untertanen Hofschranzen und die übrigen Köhler oder Gastwirte sind. Bis gegen Ende der Mahlzeit sagte Racksole wenig – vielleicht war er gedanklich zu sehr von der Entdeckung in Anspruch genommen, daß Jules dem jungen Mann an seinem Tisch zugezwinkert hatte –, aber als nach dem Gefrorenen der Kaffee gereicht wurde, dachte er sich, daß es im

Interesse des Hotels vielleicht ganz gut wäre, das eine oder andere über den Freund seiner Tochter in Erfahrung zu bringen. Nicht einen Augenblick stellte er ihr Recht in Frage, ihre eigenen Freunde zu haben. Er hatte ihr stets erstaunlich freie Hand gelassen, wobei er darauf baute, daß sie aufgrund ihres ererbten gesunden Menschenverstandes schon nicht auf dumme Gedanken kommen würde. Aber nicht nur das Zwinkern gab ihm zu denken, sondern auch Nellas Haltung Mr. Dimmock gegenüber – eine Haltung, in der sich gutmütige Verachtung mit dem offenkundigen Wunsch mischte, sich den jungen Mann geneigt zu machen.

»Wie Nella mir sagt, Mr. Dimmock, haben Sie eine Vertrauensstellung bei Prinz Aribert von Posen inne«, begann Racksole. »Sie werden einem Amerikaner seine Unwissenheit verzeihen – aber ist Prinz Aribert ein regierender Fürst, das, was Sie in Europa, wenn ich recht unterrichtet bin, einen *prince régnant* nennen?«

»Seine Hoheit ist kein regierender Fürst und wird es höchstwahrscheinlich auch nie werden«, erwiderte Dimmock. »Auf dem großherzoglichen Thron von Posen sitzt derzeit der Neffe Seiner Hoheit, der Großherzog Eugen.«

»Der Neffe?« wiederholte Nella verwundert.

»Warum nicht, Verehrteste?«

»Aber Prinz Aribert ist gewiß sehr jung?«

»Der Prinz ist dank einer jener Launen des Zufalls, die sich hin und wieder in der Geschichte einer Familie finden, genauso alt wie der Großherzog. Der verstorbene Vater des Großherzogs war zweimal verheiratet, daher das jugendliche Alter des Onkels.«

»Wie nett, der Onkel eines Gleichaltrigen zu sein! Aber für Prinz Aribert ist das wohl kein Spaß. Er muß gewiß fürchterlich respektvoll und gehorsam seinem Neffen gegenüber sein?«

»Der Großherzog und mein erlauchter Herr sind wie Brüder. Thronerbe ist derzeit nominell Prinz Aribert, aber der

Großherzog wird bekanntlich in Kürze eine nahe Verwandte des Kaisers ehelichen, und sollte es Nachwuchs geben ...« Mr. Dimmock unterbrach sich und hob die straffen Schultern. »Dem Großherzog«, fuhr er fort, ohne den letzten Satz zu Ende zu führen, »wäre Prinz Aribert als Nachfolger lieber. Im Grunde möchte er gar nicht heiraten. Unter uns, wirklich ganz unter uns, betrachtet er den Ehestand als eine recht lästige Angelegenheit. Aber als deutscher Großherzog muß er natürlich eine Ehe eingehen. Er schuldet es seinem Land, schuldet es Posen.«

»Wie groß ist Posen?« fragte Racksole geradeheraus.

»Wer wird denn derlei unbequeme Fragen stellen, Vater«, schaltete Nella sich lachend ein. »Du müßtest dir doch denken können, daß es sich nicht gehört, nach der Größe eines deutschen Großherzogtums zu fragen.«

»Ich glaube«, sagte Dimmock höflich lächelnd, »daß sich der Großherzog über den Umfang seines Territoriums nicht weniger amüsiert als Außenstehende. Die genaue Größe ist mir entfallen, aber ich erinnere mich, daß Prinz Aribert und ich es einmal an einem einzigen Tag zu Fuß ganz durchquerten.«

»Dann kann der Großherzog innerhalb seiner Ländereien nicht sehr weit reisen? Man könnte sagen, daß die Sonne in seinem Reich untergeht?«

»So ist es«, bestätigte Dirmmock.

»Außer bei bedecktem Himmel«, ergänzte Nella. »ist es der Großherzog zufrieden, immer daheim zu bleiben?«

»Im Gegenteil, er ist sehr reiselustig, bedeutend reiselustiger als Prinz Aribert. Ich darf Ihnen sagen – was bislang außerhalb dieses Hotels niemand weiß –, daß seine Königliche Hoheit der Großherzog mit einem kleinen Gefolge morgen hier eintreffen wird.«

»In London?« fragte Nella.

»Ja.«

»In diesem Hotel?«

»Ja.«

»Das ist ja himmlisch!«

»Deshalb ist Ihr ergebener Diener heute abend schon hier – als eine Art Vorhut.«

»Aber wenn ich recht verstanden habe«, sagte Racksole, »ist Ihr – ähem – Dienstherr Prinz Aribert, der Onkel.«

»So ist es. Auch Prinz Aribert wird hier sein. Der Großherzog und der Prinz kommen in Geschäften, es geht um bedeutende Kapitalanlagen im Zusammenhang mit dem Ehevertrag des Großherzogs ... in den höchsten Kreisen, wohlverstanden.«

»Für einen so diskreten Menschen«, dachte Racksole, »bist du erstaunlich redselig.« Laut sagte er: »Gehen wir auf die Terrasse?«

Auf dem Weg durch den Speisesaal trat Jules an Mr. Dimmock heran und überreichte ihm einen Brief. »Soeben eingetroffen, mit Boten, Sir«, sagte Jules.

Nella blieb mit ihrem Vater einen Augenblick zurück. »Laß mich mit dem Jungen ein bißchen allein, sei ein liebes Väterchen«, flüsterte sie ihm ins Ohr.

»Ich bin eine bloße Null, ein gehorsames Nichts«, erwiderte Racksole und kniff sie leicht in den Arm. »Behandle mich entsprechend, benutze mich nach Gutdünken. Ich gehe und kümmere mich um mein Hotel.« Kurz darauf entfernte er sich.

Nella und Mr. Dimmock setzten sich zusammen auf die Terrasse und schlürften geeiste Getränke. Sie waren – umrankt von Pflanzen, die ein Großhandelsflorist in Chelsea zum Blühen gebracht hatte – ein hübsches Paar. Gäste, die an ihnen vorüberkamen, bemerkten vertraulich, daß sich hier eine Romanze anzubahnen schien. Das mochte stimmen, aber um vorauszusagen, wie sich diese Romanze im einzelnen gestalten würde, wäre eine genauere Kenntnis von Nella Racksoles Charakter vonnöten gewesen.

Jules brachte selbst die Getränke und um zehn einen weiteren Brief. Tausendmal um Nachsicht bittend, entschuldigte sich Reginald Dimmock nach einem flüchtigen Blick auf den Inhalt des Schreibens unter dem Vorwand, er habe eine dringende Angelegenheit für seinen hohen Herrn, den Onkel des Großherzogs von Posen, zu erledigen. Er fragte, ob er Mr. Racksole holen oder Miss Racksole zu ihrem Vater geleiten dürfe. Miss Racksole aber erwiderte munter, sie brauche kein Geleit und würde zu Bett gehen. Ihr Vater und sie, setzte sie hinzu, seien stets bemüht, ihre Unabhängigkeit voneinander zu wahren.

Just in diesem Augenblick hatte Theodore Racksole sich erneut in Mr. Babylons Privatgemächer begeben, nicht ohne zur Kenntnis genommen zu haben, daß sich die Nachricht von dem Besitzerwechsel auf geheimnisvolle Weise bis in die tiefsten Schichten des Hotelkosmos verbreitet hatte. Auf sämtlichen Gängen schwirrte sie herum, und selbst Unterbediente sah man darüber sprechen, ganz so, als wirkte sich dieser Tatbestand in irgendeiner Weise auf sie aus.

»Nehmen Sie eine Zigarre, Mr. Racksole«, sagte der weltmännische Mr. Babylon, »und einen Schluck von dem ältesten Kognak in ganz Europa.«

Wenig später führten die beiden ein angeregtes Gespräch. Félix Babylon staunte über Racksoles Befähigung, die Einzelheiten des Hotelbetriebs in sich aufzunehmen. Und Racksole wurde umgekehrt sehr bald klar, daß Félix Babylon ein Fürst unter den Hoteldirektoren sein mußte. Nie hätte Racksole sich träumen lassen, daß die Leitung eines solchen Hauses – und sei es auch noch so groß – besonders spannend sein oder übergroße Anforderungen an den Intellekt des Hoteldirektors stellen könnte, doch wurde ihm jetzt klar, daß er die Möglichkeiten eines Hotels unterschätzt hatte. Das »Grand Babylon« war ein gewaltiges Unternehmen. Ungeachtet seines genialen Organisationstalents benötigte Racksole exakt eine halbe Stunde, um die Details der Hotelwäscherei zu erfassen, und die war nur eine – und nicht einmal eine besonders bedeutende – aus einer Vielzahl von Sparten innerhalb des Hauses. Um die Lagerbestände zu überprüfen und ein ausgewogenes Verhältnis zwischen dem in der Küche eintreffenden Rohmaterial und den im Speisesaal und in den Suiten aufgetragenen Mahlzeiten zu erreichen, mußte ein äußerst kompliziertes und empfindliches Räderwerk in Gang gesetzt werden. Als Racksole diese Vorgänge durchschaut hatte, machte er sogleich etliche Verbesserungsvorschläge. Das führte zu einer langen theoretischen Diskussion, die Diskussion führte zu Abschweifungen, und dann entschlüpfte Félix Babylon in einem Augenblick mangelnder Konzentration ein Gähnen.

Racksole sah zu der vergoldeten Uhr auf dem Kaminsims hoch. »Heiliger Methusalem! Schon drei? Ich bitte vielmals um Verzeihung, daß ich Sie so lange am Zubettgehen gehindert habe.«

»Seit vielen Jahren habe ich keinen so angenehmen Abend mehr verbracht. Ich bin Ihnen großen Dank schuldig, weil Sie mich so hemmungslos mein Steckenpferd haben reiten lassen.«

Racksole stand auf.

»Ich möchte Ihnen eine Frage stellen«, sagte Babylon. »Haben Sie früher schon einmal etwas mit Hotels zu tun gehabt?«

»Nie«, erwiderte Racksole.

»Dann haben Sie Ihre Berufung verfehlt. Sie wären der größte aller Hoteldirektoren geworden, größer als ich, und ich bin unerreicht, obschon ich nur das eine Hotel führe und manch anderer ein halbes Dutzend. Warum haben Sie nie ein Hotel geführt, Mr. Racksole?«

»Weiß der Himmel«, lachte der, »aber Sie schmeicheln mir, Mr. Babylon.«

»Ich und schmeicheln? Sie kennen mich nicht. Ich schmeichele niemandem, allenfalls hin und wieder einem außergewöhnlich hohen Gast, wobei ich dann entsprechende Anweisungen bezüglich der Rechnung gebe.«

»Da wir gerade von hohen Gästen sprechen – ich höre, daß morgen zwei deutsche Fürsten hier absteigen wollen.«

»So ist es.«

»Unternimmt man da etwas? Empfängt man sie hochoffiziell – begrüßt man sie unter tiefen Bücklingen in der Halle oder dergleichen?«

»Nicht unbedingt, es sei denn, das entspräche dem eigenen Wunsch. Der neuzeitliche Hotelbesitzer ist nicht mit dem mittelalterlichen Herbergswirt zu vergleichen, und selbst Fürsten erwarten nicht, daß er sich ihnen zeigt, es sei denn, irgend etwas wäre schiefgegangen. Tatsächlich habe ich, obschon der Großherzog von Posen und Prinz Aribert mir nicht das erstemal die Ehre erweisen, hier zu logieren, die beiden noch nie zu Gesicht bekommen. Sie können sich davon überzeugen, daß alle Vorkehrungen getroffen wurden.«

Sie wechselten noch ein paar Worte, dann sagte Racksole gute Nacht.

»Darf ich Sie zu Ihrem Zimmer bringen? Die Aufzüge fahren nicht mehr, im Haus ist kein Mensch unterwegs. Ich schlafe übrigens hier.« Mr. Babylon deutete auf eine Tür.

»Nein, danke«, sagte Racksole. »Lassen Sie mich mein Reich allein erkunden. Ich denke, mein Zimmer werde ich schon finden.«

Als er eine Weile auf den Gängen unterwegs gewesen war, kamen ihm doch einige Zweifel, ob es ihm gelingen würde, sein Zimmer ausfindig zu machen. Es war Zimmer 107, soviel wußte er noch, aber er hatte vergessen, ob es sich in der ersten oder der zweiten Etage befand. Bei der Fahrt mit dem Aufzug nimmt man Stockwerke nicht wahr. Er kam an mehreren Aufzugtüren vorbei, eine Treppe aber war weit und breit nicht zu sehen. In Hotels, die etwas auf sich halten, sind Treppen aus der Mode gekommen; die Hotelbaumeister sehen sie zwar noch vor, verstecken sie aber in abgelegenen Winkeln, wo keine Gefahr besteht, daß ihr Anblick das Auge eines verwöhnten und kosmopolitischen Publikums beleidigen könnte.

Das Hotel kam ihm riesenhaft, unheimlich und verlassen vor. In großen Abständen verbreiteten elektrische Lampen trübes

Licht. Auf den weichen Läufern machten Racksoles dünn besohlte Schuhe keinerlei Geräusch, und er streifte ungehindert hierhin und dahin, fast ein wenig belustigt und nicht unbeeindruckt von dem sonderbaren Gefühl für das Nächtlich-Geheimnisvolle, das ihn jäh ergriffen hatte. Ihm war, als vernähme er tausend Schnarcher, die sich friedlich von den oberen Gefilden nach unten senkten. Dann fand er glücklich eine Treppe – eine schmale dunkle Stiege –, die in die erste Etage führte, wo, wie er sofort feststellte, die Zimmernummern nur bis siebzig gingen. Dort stieß er erneut auf eine Treppe und stieg zur zweiten Etage hinauf. An den Tapeten erkannte er, daß er hier zu Hause war, und während er über den langen Korridor schritt, pfiff er leise und nachdenklich-zufrieden vor sich hin. Als er einen Schritt im Quergang zu hören meinte, verbarg er sich instinktiv in einem Verschlag, in dem eine Anrichte und ein Stuhl standen. Ja, es waren in der Tat Schritte. Vorsichtig spähte er auf den Gang hinaus und sah – was er bislang noch nicht bemerkt hatte –, daß um den Türknauf eines der Zimmer ein weißes Band geschlungen war. Jetzt bog ein Mann um die Ecke des Quergangs, und Racksole fuhr zurück. Es war Jules – Jules mit den Händen in den Taschen und einem tief in die Stirn gezogenen Schlapphut, ansonsten aber in seiner gewöhnlichen Kleidung.

In diesem Moment erinnerte sich Racksole lebhaft an das, was ihm Félix Babylon bei ihrer ersten Unterredung gesagt hatte, und bedauerte, daß er seinen Revolver nicht mitgenommen hatte. Warum er es in dem berühmtesten Hotel Londons, das sich eines untadeligen Rufes erfreute, für erstrebenswert hielt, sich mit einem Revolver zu versehen, hätte er nicht sagen können, nichtsdestoweniger wäre ihm in diesem Moment ein solcher zum Angriff wie zur Verteidigung gleichermaßen brauchbarer Gegenstand sehr erwünscht gewesen. Er nahm sich vor, Jules an der Gurgel zu packen, sobald dieser an seinem Verschlag vorbeikam, und in dieser Haltung dem verdächtigen Kellner einige unmißverständliche Fragen zu stellen. Doch

Jules war stehengeblieben. Abermals erkundete der Millionär vorsichtig das Terrain. Jules drehte unendlich behutsam den Knauf der Tür, um den das weiße Band geschlungen war. Die Tür öffnete sich langsam, und Jules verschwand dahinter. Kurz darauf tauchte der nächtliche Wanderer wieder auf, schloß die Tür so leise, wie er sie geöffnet hatte, entfernte das Band, machte auf dem Absatz kehrt und entschwand über den Quergang.

»Wunderlich, höchst wunderlich«, sagte Racksole.

Dann kam er auf den Gedanken, nach der Zimmernummer zu sehen, und er schlich sich näher heran. »Da soll mich doch dieser und jener ...«, sagte er halblaut.

Er stand vor Nummer 111, dem Zimmer seiner Tochter. Als er versuchte, die Tür zu öffnen, zeigte sich, daß sie abgeschlossen war. In größter Eile begab er sich zu seinem Zimmer, Nummer 107, griff nach einem seiner Revolver (der Bauart, die für Millionäre gefertigt werden) und folgte Jules durch den Quergang, an dessen Ende sich ein Fenster befand. Das Fenster war offen, und dort stand Jules und sah harmlos hinaus. Mit zehn langen lautlosen Schritten war Theodore Racksole bei ihm. »Auf ein Wort, mein Freund«, begann der Millionär, lässig den Revolver schwenkend. Jules war zweifellos erschrocken, hatte sich aber mit bewundernswerter Geistesgegenwart Sekunden später wieder in der Gewalt. »Sir?« sagte er.

»Mich würde interessieren, was zum Henker Sie soeben in Nummer 111 zu schaffen hatten.«

»Man hatte mich dorthin gerufen«, war die gelassene Antwort.

»Sie sind ein Lügner und nicht einmal ein sehr geschickter. Das ist das Zimmer meiner Tochter. Jetzt heraus damit, ehe ich entscheide, ob ich Sie über den Haufen schießen oder aus dem Fenster werfen soll.«

»Bitte um Vergebung, Sir, auf 111 wohnt ein Herr.«

»Nehmen Sie bitte zur Kenntnis, daß es eine verhängnisvolle Fehleinschätzung ist, mir zu widersprechen, mein Freund. Tun

Sie es nie wieder. Wir werden zusammen in das besagte Zimmer gehen, und Sie werden mir beweisen, daß dort ein Herr und nicht meine Tochter wohnt.«

»Unmöglich, Sir«, sagte Jules.

»Meinen Sie?« Racksole packte Jules beim Ärmel. Der Millionär wußte genau, daß Nella in Nummer 111 wohnte, denn er hatte höchstpersönlich mit ihr das Zimmer in Augenschein genommen und sich später vergewissert, daß ihr Gepäck und ihre Zofe und sie selbst wohlbehalten dort eingetroffen waren. »Machen Sie auf«, flüsterte Racksole, als sie vor Zimmer 111 standen.

»Ich muß klopfen.«

»Eben das werden Sie nicht tun. Öffnen Sie. Sie haben doch sicherlich einen Hauptschlüssel.«

Den Revolver vor Augen, gehorchte Jules bereitwillig, allerdings mit einer Geste der Mißbilligung, als lehne er jede Verantwortung für diesen Verstoß gegen die guten Hotelsitten ab. Racksole trat ein. Das Zimmer war hell erleuchtet.

»Ein Besucher, der darauf bestand, mit Ihnen zu sprechen, Sir«, sagte Jules und floh.

Mr. Reginald Dimmock, der, noch im Abendanzug, am Tisch saß und eine Zigarette rauchte, erhob sich eilig. »Holla, mein lieber Mr. Racksole, dies ist ein unerwartetes – äh – Vergnügen.«

»Wo ist meine Tochter? Dies ist ihr Zimmer.«

»Höre ich recht, Mr. Racksole?«

»Ich erlaubte mir zu bemerken, daß dies Miss Racksoles Zimmer ist.«

»Sie müssen toll sein, verehrter Herr, um so etwas auch nur anzudeuten. Allein meine Hochachtung für Ihre Tochter hindert mich daran, Sie wegen dieser unerhörten Unterstellung mit Gewalt vor die Tür zu setzen.«

Ein kleiner Fleck auf dem Nasenrücken des Millionärs war kreideweiß geworden. »Wenn Sie gestatten«, sagte er leise und ruhig, »werde ich mich jetzt in Bad und Ankleidezimmer umsehen.«

»Nun hören Sie mir doch einen Augenblick zu«, bat Dimmock in milderem Ton.

»Hinterher bin ich gern bereit, Sie anzuhören, junger Freund«, sagte Racksole und machte sich in Bad und Ankleidezimmer auf eine Suche, die allerdings keine Erfolge zeitigte. »Um jeglichen Mißverständnissen vorzubeugen, Mr. Dimmock, möchte ich Ihnen folgendes sagen: Ich habe volles Vertrauen zu meiner Tochter, und die Frau, die sich ihrer Haut besser zu wehren weiß als sie, muß ich erst noch kennenlernen. Nur haben sich seit Ihrer Ankunft in diesem Hotel einige recht rätselhafte Dinge zugetragen.« Als Racksole einen kalten Luftzug an der Schulter spürte, wandte er sich zum Fenster. »So stelle ich zum Beispiel fest, daß diese Fensterscheibe beschädigt, stark beschädigt ist, und zwar von außen. Wie mag es wohl dazu gekommen sein?«

»Wenn Sie so gütig wären, mir Ihr Ohr zu leihen, Mr. Racksole«, sagte Dimmock in schönstem Diplomatentonfall, »will ich mich bemühen, Ihnen eine Erklärung zu liefern. Die Frage, die Sie mir stellten, als Sie mein Zimmer betraten, empfand ich als einigermaßen beleidigend, erkenne aber jetzt, daß sie eine gewisse Berechtigung hatte.« Er lächelte verbindlich. »Ich kam gegen elf über diesen Gang und fand Miss Racksole in schwierigen Verhandlungen mit dem Hotelpersonal. Miss Racksole hatte sich in diesem Zimmer gerade zur Ruhe begeben, als – wohl vom Embankment her – ein großer Stein geflogen kam, der, wie Sie sehen, die Scheibe zerbrach. Ganz abgesehen von den Unannehmlichkeiten, die eine zerbrochene Fensterscheibe mit sich bringt, mochte Miss Racksole in diesem Zimmer ohnehin nicht mehr bleiben. Dem einen Stein, meinte sie, könne leicht ein zweiter folgen, und deshalb bestand sie darauf, das Zimmer zu wechseln. Es sei kein anderes Zimmer mit Ankleideraum und Bad verfügbar, erklärten die Dienstboten, aber auf diesem

Komfort bestand Ihre Tochter. Ich erbot mich sogleich, mit ihr das Zimmer zu tauschen, und sie erwies mir die Ehre, mein Angebot zu akzeptieren. Man schaffte unser jeweiliges Gepäck von einem Zimmer zum anderen, und das ist alles. Ich gehe davon aus, daß sich Miss Racksole derzeit schlafend auf Nummer 124 befindet.«

Mr. Racksole sah den jungen Mann einige Sekunden wortlos an.

Man hörte ein schüchternes Klopfen.

»Herein«, sagte Racksole laut.

Jemand stieß die Tür auf, blieb aber auf dem Ableger stehen. Es war Nellas Zofe im Schlafrock.

»Miss Racksole läßt sich empfehlen und tausendmal entschuldigen, aber eins ihrer Bücher blieb hier auf dem Kaminsims liegen. Sie kann nicht schlafen und möchte gern ein wenig lesen.«

»Mr. Dimmock, ich muß Sie in aller Form um Verzeihung bitten«, sagte Racksole, als sich die Zofe mit dem Buch entfernt hatte. »Gute Nacht.«

»Keine Ursache«, sagte Dimmock verbindlich und verabschiedete ihn mit einer Verbeugung.

Kapitel 4

AUFTRITT DES PRINZEN

Trotz allem bereiteten Racksole gewisse Kleinigkeiten einiges Kopfzerbrechen. Da war zunächst Jules' Zwinkern. Dann das Band am Türknauf und Jules' Besuch in Nummer 111, dazu die eingeschlagene – von außen eingeschlagene – Fensterscheibe. Racksole hatte nicht vergessen, daß es drei Uhr morgens war. In jener Nacht schlief er wenig, dennoch war er froh, daß er das Hotel »Grand Babylon« gekauft hatte. Es war eine Erwerbung, die Spaß und Zerstreuung versprach.

Früh am nächsten Morgen lief er Mr. Babylon in die Arme.

»Ich habe alle persönlichen Unterlagen aus meinen Privaträumen entfernt«, sagte Babylon, »und die Räumlichkeiten stehen jetzt Ihnen zur Verfügung. Falls es Ihnen recht ist, möchte ich zunächst als Gast im Hotel wohnen bleiben. Wir haben im Zusammenhang mit dem Kauf vielerlei zu regeln, möglicherweise haben Sie ja auch noch Fragen an mich, und ehrlich gesagt widerstrebt es mir auch, das gute alte Haus so Knall auf Fall zu verlassen. Die Trennung ist doch recht schmerzlich.«

»Es soll mich sehr freuen, wenn Sie noch bleiben wollen«, gab der Millionär zurück, »aber dann bitte als mein Gast und nicht als Gast des Hotels.«

»Sehr liebenswürdig.«

»Und sicherlich werde ich mich in der einen oder anderen Sache noch mit Ihnen beraten müssen, obwohl ich den Eindruck habe, daß hier alles wie von selbst läuft.«

»Hm«, machte Babylon nachdenklich. »Ich habe wohl schon von Hotels gehört, die von selbst laufen, die aber gehorchen dann den Gesetzen der Schwerkraft und laufen stetig bergab.

Sie werden alle Hände voll zu tun bekommen. Um nur ein Beispiel zu nennen: Haben Sie schon von der Sache mit Miss Spencer gehört?«

»Nein. Was ist mit ihr?«

»Sie ist in der Nacht auf geheimnisvolle Weise verschwunden, was sich anscheinend niemand zu erklären weiß. Ihr Zimmer ist leer, ihre Koffer sind fort. Sie werden jemanden brauchen, der ihre Stelle einnimmt, und dieser Jemand dürfte nicht so leicht zu finden sein.«

»Ihr Posten«, bemerkte Racksole nach einer kleinen Pause, »ist nicht der einzige, der heute vakant wird.«

Wenig später richtete sich der Millionär in den Privaträumen des vormaligen Besitzers häuslich ein und klingelte. »Ich möchte Jules sprechen«, sagte er zu dem Pagen.

Bis Jules eintraf, beschäftigte sich Racksole mit der Frage von Miss Spencers Verschwinden.

»Guten Morgen, Jules«, begrüßte er den Oberkellner munter, als dieser mit undurchdringlicher Miene das Zimmer betreten hatte.

»Guten Morgen, Sir.«

»Nehmen Sie Platz.«

»Danke, Sir.«

»Wir sind uns heute schon einmal begegnet, Jules.«

»Ja. Um drei Uhr morgens.«

»Recht eigenartig, diese plötzliche Abreise von Miss Spencer, nicht wahr?« meinte Racksole.

»Bemerkenswert, Sir.«

»Ihnen ist natürlich bekannt, daß Mr. Babylon sämtliche Rechte an diesem Hotel mir übertragen hat?«

»Ich wurde in diesem Sinne unterrichtet, Sir.«

»Sie wissen sicherlich alles, was in diesem Hotel vorgeht, Jules?«

»Als Oberkellner ist es meine Pflicht, auf alles ein wachsames Auge zu haben.«

»Für einen Ausländer sprechen Sie sehr gut Englisch.«

»Für einen Ausländer, Sir! Ich bin Engländer, in Hertfordshire geboren und aufgewachsen. Möglicherweise hat mein Name Sie in die Irre geführt, Sir. Ich nenne mich nur Jules, weil der Oberkellner eines wirklich vornehmen Hotels entweder einen französischen oder einen italienischen Namen haben muß.«

»Verstehe«, sagte Racksole. »Sie scheinen ein recht gescheiter Mensch zu sein, Jules.«

»Das kann ich nicht beurteilen, Sir.«

»Wie lange hat das Hotel schon den Vorzug, sich Ihrer Dienste zu erfreuen?«

»Etwas über zwanzig Jahre.«

»Das ist eine lange Zeit für die Tätigkeit in einem einzigen Haus. Meinen Sie nicht, es wäre an der Zeit, einmal ausgefahrene Gleise zu verlassen? Sie sind noch jung und könnten sich in einem anderen, größeren Wirkungskreis einen Namen machen.«

Racksole sah den Mann unverwandt an, und dieser gab seinen Blick ebenso unverwandt zurück.

»Sie sind nicht mit mir zufrieden, Sir?«

»Gerade heraus gesagt, Jules: Ich finde, daß Sie – äh – ein wenig zu viel zwinkern. Und ich finde es bedenklich, wenn ein Oberkellner anfängt, morgens um drei weiße Bänder von den Türknäufen der Gästezimmer zu entfernen.«

Der Millionär lächelte beifällig. »Was verlangen Sie statt einer Kündigungsfrist? Ich wünsche, daß Sie das Hotel innerhalb einer Stunde verlassen.«

»Nichts, Sir. Ich würde jede Zahlung weit von mir weisen. Und ich werde das Hotel in einer Viertelstunde verlassen.«

Racksole stand auf.

»Guten Tag, Sir. Und besten Dank.«

»Noch eins, Jules: Bewerbungen in einem anderen erstklassigen europäischen Hotel können Sie sich sparen. Ich werde dafür Sorge tragen, daß man Ihnen überall abschreibt.«

»Es dürfte mindestens ein halbes Dutzend Hotels allein in London geben, die bei dem Gedanken, sie könnten mich bekommen, Freudentänze aufführen würden, aber das nur nebenbei, Sir«, erwiderte Jules. »Ich darf Ihnen sagen, daß ich meinen Beruf aufgeben werde.«

»In der Tat. Sie werden eine andere Branche mit Ihrem Scharfsinn beglücken?«

»Nein, Sir. Ich werde eine Wohnung in der Albemarle Street oder der Jermyn Street nehmen und fortan als Privatier leben. Ich habe an die zwanzigtausend Pfund gespart – nur eine Kleinigkeit, aber ausreichend für meine Bedürfnisse – und werde sie nun genießen. Ich bitte um Verzeihung, daß ich Sie mit meinen Privatangelegenheiten belästigt habe, und wünsche Ihnen nochmals einen guten Tag.«

Nachmittags ging Racksole mit Félix Babylon zunächst zu einer Anwaltskanzlei in der City und dann zu einem Börsenmakler, um die praktischen Details des Kaufes in die Wege zu leiten.

»Ich habe vor, mich in England niederzulassen«, sagte Racksole auf dem Rückweg. »Es ist das einzige Land ... « Er verstummte.

»Das einzige Land?«

»Das einzige Land, in dem man mit einem Gefühl von Sicherheit Geld anlegen und Geld ausgeben kann. In den Vereinigten Staaten gibt es nichts, was das Ausgeben lohnt, man kann einfach nichts kaufen. In Frankreich oder Italien gibt es keine wirkliche Sicherheit.«

»Aber Sie sind doch bestimmt ein echter Amerikaner?« fragte Babylon.

»Ich bin ein echter Amerikaner«, bestätigte Racksole, »aber mein Vater, der als Aufwärter an einem College in Oxford anfing und schließlich in Pittsburgh mit Stahl zehn Millionen Dollar verdiente, war klug genug, mir eine Ausbildung in England zu verordnen. Ich habe meine drei Jahre in Oxford studiert, ganz wie ein Sohn aus der oberen Mittelschicht. Es hat mir gutgetan und war lohnender als so manche erfolgreiche Spekulation. In dieser Zeit habe ich gelernt, daß die englische Sprache anders und besser ist als die amerikanische und daß es im englischen Leben etwas gibt, was ich nicht genau zu benennen wüßte, was aber Amerikaner nie erreichen werden. In den Vereinigten Staaten«, fügte er an, »bestechen wir nach wie vor unsere Richter und unsere Presse. Und wir reden vom achtzehnten Jahrhundert wie vom Anbeginn der Welt. Ja, ich werde meine Effekten nach London transferieren. Ich werde ein Haus an der Park Lane bauen, einen uralten Landsitz kaufen, mit einer Geschichte, die so lang ist wie die A. T. and S. Railroad[5], und werde ganz sacht und allmählich seßhaft werden. Ich bin nämlich für einen Millionär sehr gutartig und durchaus gesellig veranlagt, und trotzdem habe ich in ganz New York keine sechs echten Freunde. Das muß man sich mal vorstellen!«

»Und ich«, sagte Babylon, »habe keine Freunde außer denen aus meiner Jugendzeit in Lausanne. Ich bin jetzt seit dreißig Jahren in England, doch haben mir die nicht mehr gebracht als eine perfekte Beherrschung der englischen Sprache und so viele Goldstücke, wie in eine Kiste von ansehnlichen Ausmaßen passen würden.«

Die beiden Plutokraten stießen gleichzeitig einen tiefen Seufzer aus.

»Apropos Goldstücke«, sagte Racksole, »wieviel Geld hat Jules Ihrer Meinung nach in Ihren Diensten angehäuft?«

Babylon lächelte. »Schwer zu sagen. Er hatte einzigartige, wirklich einzigartige Gelegenheiten.«

»Würden Sie zwanzigtausend Pfund unter diesen Umständen für übertrieben viel halten?«

»Keineswegs. Er hat sich Ihnen anvertraut?«

»Gewissermaßen. Ich habe ihn entlassen.«

»Sie haben ihn entlassen?«

»Warum nicht?«

»Ganz recht: Warum nicht? Nur verspüre ich seit zehn Jahren Lust, ihn zu entlassen, und habe nie den Mut dazu gefunden.«

»Ich kann Ihnen versichern, daß die Sache ganz reibungslos vonstatten ging. Der Bursche ist mir dabei fast sympathisch geworden.«

»Miss Spencer und Jules – beide an einem Tag fort«, sagte Félix Babylon nachdenklich.

»Und kein Ersatz in Sicht«, bemerkte Racksole. »Und trotzdem geht im Hotel alles seinen Gang.«

Doch als Racksole zum »Grand Babylon« kam, zeigte sich, daß auf Miss Spencers hohem Stuhl am Empfang eine würdevolle, gebieterisch wirkende junge Frau in kleidsamem Schwarz thronte.

»Großer Gott, Nella!« entsetzte sich Racksole und betrat die Rezeption. »Was treibst du da?«

»Ich habe Miss Spencers Stellung übernommen. Ich möchte dir bei deinem Hotel unter die Arme greifen, Papa, und gedenke eine vorbildliche Empfangschefin zu werden. Mit einer gewissen Miss Selina Smith, einer der Schreibdamen aus dem Büro, habe ich verabredet, daß sie mir alle Trieles und Kniffe beibringt. Keine Angst, ich schaffe das schon.«

»Jetzt hör einmal zu, Helen Racksole. Ganz London wird sich darüber das Maul zerreißen, daß die reichste amerikanische Erbin in einer Hotelrezeption arbeitet. Ich bin schließlich zur Erholung hier!«

»Und um dich zu erholen, hast du das Hotel gekauft, Papa?«

»Du wolltest ja unbedingt das Steak haben«, gab er zurück. »Komm sofort heraus!«

»Hier bin ich, und hier bleibe ich«, erklärte Nella und lachte ihrem Erzeuger ins Gesicht.

In diesem Moment tauchte vor der Glasscheibe ein blonder Mann von etwa dreißig Jahren auf. Er war sehr gut gekleidet, sehr aristokratisch in seinem Auftreten und offenkundig recht ungehalten.

Er sah Nella einen Augenblick starr an, dann fuhr er zurück. »Sie?«

»Ja, Hoheit, ich. Vater, das ist Durchlaucht Aribert von Posen – ein besonders geschätzter Gast unseres Hauses.«

»Sie kennen meinen Namen, Fräulein?« sagte der junge Mann halblaut auf deutsch.

»Gewiß, Hoheit«, erwiderte Nella liebenswürdig. »Im Frühjahr in Paris waren Sie ein einfacher Graf Steenbock, zweifellos inkognito unterwegs ...«

»Still!« flehte er mit einer Handbewegung, und seine Stirn wurde so weiß wie ein Blatt Papier.

Kapitel 5

WAS REGINALD DIMMOCK ZUSTIESS

Es dauerte nicht lange, bis sie zu dritt recht angenehm und allem Anschein nach ungezwungen miteinander plauderten. Prinz Aribert verhielt sich Nella gegenüber ungemein höflich, ja fast unterwürfig, und im Gespräch mit ihrem Vater gab er sich freundschaftlicher, als man von ihrer beider Position her hätte erwarten können. Racksole betrachtete diesen Sproß aus königlichem Hause, den ersten, dem er je begegnet war, mit einiger Belustigung. Ein durchaus angenehmer junger Mensch ohne Allüren, der das Zeug zu einem vielversprechenden Handelsreisenden bei einem erstklassigen Unternehmen gehabt hätte – das war Theodore Racksoles erste Einschätzung jenes Mannes, der eines schönen Tages vielleicht regierender Großherzog sein würde.

Nella überlegte insgeheim lächelnd, daß die Rezeption eines Hotels kaum der angemessene Ort war, um diesen erlauchten jungen Herrn willkommen zu heißen. Da stand er, den Kopf halb durch die Öffnung des Schiebefensters gesteckt, lässig an der Holzverkleidung lehnend, als wäre er ein Börsenmakler oder der Impresario eines New Yorker Tingeltangels.

»Reisen Hoheit ganz allein?« fragte sie.

»Ja – durch eine Verkettung unglücklicher Umstände. Mein Kammerdiener hatte mich in Charing Cross abholen sollen, ist aber nicht erschienen, ich kann mir nicht vorstellen, warum.«

»Mr. Dimmock?« fragte Racksole.

»Ja, Dimmock. Ich kann mich nicht erinnern, daß er jemals eine Verabredung nicht eingehalten hätte. Sie kennen ihn? Er ist hier?«

»Er hat gestern abend mit uns gegessen, auf Nellas Einladung hin«, sagte Racksole ein wenig boshaft, »aber heute haben wir ihn noch nicht zu Gesicht bekommen. Ich weiß allerdings, daß er die Fürstenzimmer sowie eine angrenzende Suite reserviert hat. Nummer 55, nicht wahr, Nella?«

»Ja, Papa«, erwiderte sie nach einem sachlichen Blick in eins ihrer Geschäftsbücher. »Hoheit möchten gewiß auf Ihr Zimmer ... ich meine auf Ihre Suite geleitet werden?« Und dann lachte Nella dem Prinzen ins Gesicht. »Ich will Ihnen offen gestehen, daß ich nicht weiß, wer Sie korrekterweise auf Ihr Zimmer führen müßte. Papa und ich sind nämlich noch ziemlich neu in der Hotelbranche. Wir haben das Haus erst gestern abend gekauft.«

»Das Hotel gekauft!« wiederholte der Prinz verdutzt.

»Ganz recht«, bestätigte Racksole.

»Und Félix Babylon ist fort?«

»Er wird zumindest in Kürze das Hotel verlassen.«

»Verstehe«, sagte der Prinz. »Das ist einer dieser amerikanischen Coups, nicht wahr? Sie haben gekauft, um mit Gewinn weiterzuverkaufen. Sie sind auf Urlaub, aber der Versuchung, zur Entspannung ein paar Tausender zu verdienen, können Sie nicht widerstehen. Ich habe von derlei schon gehört.«

»Wir gedenken nicht weiterzuverkaufen, Prinz, es sei denn, wir würden des Handels müde. Manchmal geschieht das sehr schnell, manchmal nicht. Es kommt darauf an, ob ... Wie? Was?« unterbrach sich Racksole und wandte sich einem livrierten Diener zu, der leise hereingekommen war und ihm nachdrücklich geheimnisvolle Zeichen machte.

Mit hektischen Bewegungen flehte der Bedienstete Mr. Theodore Racksole an, zu ihm hinauszukommen.

»Bitte lassen Sie sich nicht aufhalten, Mr. Racksole«, sagte der Prinz, und der Besitzer des »Grand Babylon« machte vor Prinz Aribert eine drollige kleine Verbeugung und folgte dem Diener.

»Darf ich nicht hereinkommen?« fragte der Prinz, sobald der Millionär gegangen war.

»Unmöglich, Prinz.« Nella lachte. »Gästen ist es untersagt, diesen Raum zu betreten, das ist eine strenge Regel.«

»Woher wissen Sie, daß es eine strenge Regel ist, wenn Sie erst gestern das Haus übernommen haben?«

»Weil ich sie heute vormittag selbst aufgestellt habe, Hoheit.«

»Ganz im Ernst, Miss Racksole: Ich möchte mit Ihnen sprechen.«

»Als Prinz Aribert oder als der Freund – der Bekannte –, den ich letztes Jahr in Paris kennengelernt habe?«

»Als Freund, Verehrteste – wenn ich mir dieses Wort gestatten darf.«

»Und Sie wollen bestimmt nicht erst auf Ihr Zimmer gehen?«

»Noch nicht. Ich werde auf Dimmock warten, er muß ja bald kommen.«

»Dann lasse ich uns Tee in Vaters Privaträume kommen – die Privaträume des Vorbesitzers, meine ich.«

»Gut.«

Nella sprach in ein Telefon, betätigte diverse Klingelknöpfe und vermittelte ganz allgemein dem Prinzen und anderen interessierten Mitmenschen den Eindruck einer jungen Frau mit geschäftlichem Instinkt und entsprechender Ausbildung. Dann stieg sie von ihrem hohen Stuhl herunter und begab sich, von zwei dienstbaren Geistern geleitet, mit Prinz Aribert in das Louis-Quinze-Zimmer, in dem ihr Vater und Félix Babylon am vergangenen Abend so ausgiebig miteinander geplaudert hatten.

»Worüber möchten Sie mit mir sprechen?« fragte sie ihren Gast und schenkte ihm die zweite Tasse Tee ein. Der Prinz sah sie an, während er ihr die Tasse abnahm, und da er ein junger Mann mit normalen, gesunden Trieben war, konnte er in diesem Moment an nichts anderes denken als an ihr bezauberndes Aussehen. Ja, Nella war wunderschön an diesem Nachmittag. Bei der Schönheit selbst der schönsten Frau gibt es von Stunde zu Stunde Ebbe und Flut, und Nellas Schönheit war gerade jetzt auf einem Höhepunkt angekommen. Temperamentvoll, lebhaft, hellwach, gebieterisch und sehr lieb zugleich, strahlte sie mitreißende Lebensfreude aus.

»Das habe ich vergessen«, sagte er.

»Vergessen? Wie unrecht von Ihnen! Sie gaben mir zu verstehen, daß es etwas schrecklich Wichtiges sei, aber natürlich wußte ich, daß das gar nicht sein kann, denn kein Mann – und erst recht kein Prinz – hat mit einer Frau jemals etwas wirklich Wichtiges zu besprechen.«

»Bedenken Sie, Miss Racksole, daß ich heute nachmittag nicht der Prinz bin.«

»Sondern Graf Steenbock?«

Er fuhr zusammen. »Nur für Sie«, sagte er, unwillkürlich die Stimme senkend. »Miss Racksole, mir ist sehr daran gelegen, daß niemand hier von meinem Aufenthalt in Paris im vergangenen Frühjahr erfährt.«

»Eine Staatsaffäre?« Sie lächelte.

»Eine Staatsaffäre«, bestätigte er ernst. »Selbst Dimmock ist nicht eingeweiht. Wie seltsam, daß wir beide in jenem ruhigen, abgelegenen Hotel abstiegen – seltsam, aber wunderschön. Ich werde nie den verregneten Nachmittag im Trocadéro-Museum vergessen. Sprechen wir darüber.«

»Über den Regen oder über das Museum?«

»Ich werde jenen Nachmittag nie vergessen«, wiederholte er, ohne auf ihren leichten Ton einzugehen.

»Ich auch nicht«, sagte sie halblaut.

»Auch Sie hatten Freude daran?« fragte er begierig.

»Die Skulpturen waren überwältigend.« Sie warf einen schnellen Blick zur Decke.

»Das ist wahr. Sagen Sie, Miss Racksole, wie haben Sie erfahren, wer ich bin?«

»Das ist mein Geheimnis. Versuchen Sie nicht, es zu ergründen. Wer weiß, was für schlimme Dinge Sie entdecken könnten, wenn Sie zu tief graben.« Sie lachte, aber sie lachte allein: Der Prinz wirkte nachdenklich, ja grüblerisch.

»Ich habe nicht zu hoffen gewagt, daß ich Sie noch einmal wiedersehen würde.«

»Warum nicht?«

»Mit Menschen, die man zu sehen wünscht, gibt es nie ein Wiedersehen.«

»Ich aber war fest davon überzeugt, daß wir uns wiedersehen würden.«

»Warum?«

»Weil ich immer das bekomme, was ich will.«

»Sie wollten mich also wiedersehen?«

»Aber ja. Sie interessierten mich über die Maßen. Ich kenne niemanden, der so gut über Bildhauerei zu sprechen weiß wie Graf Steenbock.«

»Bekommen Sie wirklich immer, was Sie wollen, Miss Racksole?«

»Natürlich.«

»Wohl weil Ihr Vater so reich ist.«

»Nein, durchaus nicht. Nur weil ich immer bekomme, was ich will. Mit Vater hat das überhaupt nichts zu tun.«

»Aber Mr. Racksole ist außerordentlich reich?«

»Mehr als reich, Graf. Unvorstellbar. Es ist ganz gräßlich, wie viele Dollars der arme Papa verdient. Und das Schlimmste ist, daß er nichts dagegen machen kann. Wenn einer erst mal zehn Millionen zusammen hat, sagt er immer, kann keine Macht der Welt diese zehn Millionen daran hindern, auf zwanzig anzuwachsen. Und so geht es weiter. Ich gebe aus, was ich kann, komme aber einfach nicht nach. Und Papa ist, was das Geldausgeben betrifft, einfach hoffnungslos.«

»Und Sie haben keine Mutter?«

»Wer hat Ihnen das gesagt?« fragte sie leise.

»Ich – äh – habe mich nach Ihnen erkundigt«, erwiderte er freimütig und ehrerbietig zugleich.

»Obgleich Sie nicht zu hoffen wagten, mich je wiederzusehen?«

»Ja.«

»Sehr sonderbar«, bemerkte sie und verfiel in nachdenkliches Schweigen.

»Sie müssen ein herrliches Leben führen«, sagte der Prinz. »Ich beneide Sie.«

»Worum? Um den Reichtum meines Vaters?«

»Nein. Um Ihre Freiheit und Ihre Pflichten.«

»Ich habe keine Pflichten«, erklärte Nella.

»Ich erlaube mir zu widersprechen. Zu gegebener Zeit werden Sie ihrer gewahr werden.«

»Ich bin nur ein Mädchen«, sagte sie plötzlich ganz schlicht. »Aber Sie, Graf, Sie haben gewiß genügend Pflichten?«

»Ich? Nein, keineswegs. Ich bin ein Niemand, eine Durchlaucht, die vorgeben muß, überaus bedeutend zu sein, und immer sehr darauf achtzugeben hat, daß sie nichts tut, was sich für eine Durchlaucht nicht gehört. Bah!«

»Kämen denn aber, falls Ihr Neffe, Fürst Eugen, sterben sollte, nicht Sie auf den Thron, und hätten Sie dann nicht die Pflichten, die Sie sich so sehr wünschen?«

»Falls Eugen sterben sollte ...«, wiederholte Prinz Aribert in ganz eigenartigem Ton. »Daran ist überhaupt nicht zu denken. Er strotzt vor Gesundheit. In drei Monaten ist er verheiratet. Nein, ich werde nie mehr sein als eine Durchlaucht, das verächtlichste Geschöpf unter der Sonne.«

»Aber was ist mit dem Staatsgeheimnis, von dem Sie sprachen? Ist das nicht eine Pflicht?«

»Das ist aus und vorbei und gehört der Vergangenheit an. Es war ein zufälliges Ereignis in meinem eintönigen Dasein. Nie wieder werde ich Graf Steenbock sein.«

»Wer weiß«, meinte Nella. »Wobei mir einfällt: Sollte nicht Fürst Eugen heute hier eintreffen? Mr. Dimmock erzählte uns davon.«

Der Prinz stand auf und beugte sich über sie. »Ich werde mich Ihnen anvertrauen. Ich weiß nicht, warum, aber ich werde es tun.«

»Aber keine Staatsgeheimnisse verraten«, mahnte sie lächelnd.

In diesem Augenblick öffnete sich sehr plötzlich die Tür.

»Herein mit euch«, sagte eine scharfe Stimme, die Theodore Racksole gehörte.

Zwei Männer betraten, gefolgt von Racksole, das Zimmer mit einer Tragbahre, auf der eine regungslose Gestalt lag. Nella sprang auf.

Als Racksole seine Tochter sah, machte er große Augen. »Ich wußte nicht, daß du hier bist, Nella«, sagte er. Dann wandte er sich an die beiden Träger. »Raus mit euch.«

»Um Gottes Willen – das ist ja Mr. Dimmock!« stieß Nella hervor und sah angsterfüllt auf die Gestalt herunter, die auf der Bahre lag.

»Ganz recht«, bestätigte ihr Vater. »Er ist tot. Ich hätte es dir gern schonender beigebracht. Bitte um Verzeihung, Prinz.« Einen Augenblick blieb es ganz still.

»Dimmock tot«, flüsterte Prinz Aribert und kniete neben der Bahre nieder. »Was hat das zu bedeuten?«

»Der arme Kerl war auf dem Weg über den Vorhof zum Haupteingang, als er plötzlich stürzte. Ein Dienstmann, der Zeuge des Vorfalls wurde, sagt, er sei sehr schnell gegangen. Zunächst dachte ich an einen Sonnenstich, aber das kann nicht sein, auch wenn es heute recht warm ist. Es war wohl ein Herzschlag. Jedenfalls ist er tot. Wir haben getan, was wir konnten. Ich habe nach einem Arzt geschickt. Und nach der Polizei. Vermutlich wird es eine gerichtliche Untersuchung geben.«

Theodore Racksole verstummte, und alle drei sahen in befangen-feierlichem Schweigen auf den jugendlichen Toten herunter. Das Gesicht war ein wenig verzogen, die Augen waren geschlossen, es sah aus, als schliefe er.

»Mein armer Dimmock«, sagte der Prinz mit gebrochener Stimme. »Und ich war ungehalten, weil er mich nicht auf Charing Cross abgeholt hat!«

»Bist du sicher, daß er tot ist, Vater?« fragte Nella.

»Du gehst jetzt am besten, Nella«, gab Racksole zurück, aber Nella blieb, wo sie war, und fing leise an zu schluchzen. Am Vorabend hatte sie sich insgeheim über Reginald Dimmock lustig gemacht. Sie hatte sich vorgenommen, ihm Auskünfte über eine Sache zu entlocken, die ihr sehr am Herzen lag, was ihr auch gelungen war, und hatte dabei über seine jugendliche Unreife gelacht – über seine Eitelkeit, seine so leicht durchschaubaren Listen, sein lächerliches Getue. Sie hatte ihn nicht gemocht, ja sie hatte ihm mißtraut. Kein »feiner« Mensch, hatte sie sich gedacht. Doch als er jetzt vor ihr auf der Bahre lag, waren all diese Erwägungen unwichtig geworden, ja sie belasteten geradezu ihr Gewissen. So wirkt die hehre Majestät des Todes.

Der Prinz winkte den Trägern. »Seid so gut und bringt den armen Kerl in meine Suite. Müßte nicht der Arzt schon dasein?« In dieser Situation fühlte sich Racksole plötzlich nur noch als Hotelbesitzer, der mit einem peinlichen Zwischenfall fertig werden muß, und ganz kurz ertappte er sich bei dem Gedanken: Hätte ich das »Grand Babylon« nur nie gekauft!

Eine Viertelstunde später waren Prinz Aribert, Theodore Racksole, ein Arzt und ein Polizeiinspektor im Empfangssalon des Prinzen versammelt. Sie waren soeben aus einem Vorzimmer gekommen, in dem die sterblichen Überreste von Reginald Dimmock lagen.

»Nun?« Racksole sah den Arzt an.

Dieser, ein kräftiger, jungenhaft wirkender Mann mit scharfen, spottlustigen Augen, erklärte: »Es war kein Herzschlag.«

»Kein Herzschlag?«

»Nein.«

»Was dann?« wollte der Prinz wissen.

»Möglicherweise werde ich diese Frage nach der Leichenöffnung beantworten können«, sagte der Arzt. »Jetzt kann ich es nicht. Die Symptome sind in höchstem Maße ungewöhnlich.«

Der Inspektor zückte ein Notizbuch und begann zu schreiben.

Kapitel 6

IM GOLDENEN SAAL

Im »Grand Babylon« fand an jenem Abend ein großer Ball statt, und zwar im Goldenen Saal, einer hallenartigen Räumlichkeit, die zwar innerhalb des Hotels lag, aber in dasselbe nicht voll integriert und auf jeden Fall weniger exklusiv war als das Hotel selbst. Theodore Racksole wußte von der Sache nur so viel, daß es sich um ein von Mr. und Mrs. Levi für ihre Freunde veranstaltetes Tanzvergnügen handelte. Wer Mr. und Mrs. Levi waren, wußte er nicht, auch konnte ihm darüber niemand nähere Angaben machen; er erfuhr lediglich, daß Mr. Sampson Levi ein prominentes Mitglied jener an der Börse tätigen Gruppe war, die man salopp als »Kaffernzirkus«[6] zu bezeichnen pflegte, daß seine Frau eine korpulente Dame mit Adlernase und vielen Brillanten war und daß beide sich durch großen Reichtum und große Gastfreundlichkeit auszeichneten. Theodore Racksole wünschte an diesem Abend keinen Ball in seinem Hotel und hätte kurz vor dem Dinner um ein Haar angeordnet, den Goldenen Saal zu schließen, den Ball zu untersagen und bei Mr. und Mrs. Sampson Levi anzufragen, wie hoch sie die Summe des ihnen entstandenen Schadens einschätzten. Für dieses Vorgehen gab es drei Gründe: Erstens war er niedergeschlagen und nervös, zweitens gefiel ihm der Name Sampson Levi nicht, und drittens wollte er diesen sogenannten Plutokraten zeigen, daß sie mit Theodore Racksole nicht machen konnten, was sie wollten, daß er sie, wenn ihm danach war, vom Fleck weg aufkaufen konnte und den ganzen Kaffernzirkus gleich mit. Ein unbestimmtes Gefühl aber sagte ihm, daß man eine so willkürliche Handlungsweise vielleicht in Amerika, dem Land der

Freien, dulden würde, niemals aber in England. Er spürte, daß es in England Dinge gibt, die man nicht macht, und daß er es hier mit so einem Ding zu tun hatte. So nahm denn der Ball seinen Lauf, und weder Mr. noch Mrs. Sampson Levi ahnten, daß sie nur mit knapper Not der Peinlichkeit entgangen waren, vor den etwa tausend Gästen, die sie an diesem Abend in den Goldenen Saal gebeten hatten, als die Blamierten dazustehen.

Der Goldene Saal des »Grand Babylon« war als Ballsaal konzipiert. Er hatte eine umlaufende Galerie, die auf vergoldeten, mit Lapislazuli verkleideten Gewölbebögen ruhte, und von diesem Beobachtungsposten aus konnten Männlein, Weiblein und Anstandsdamen, sofern sie nicht tanzen konnten oder wollten, das Treiben im Saal verfolgen. Das war allgemein bekannt, und die meisten Gäste nutzten diese Möglichkeit. Nicht allgemein bekannt oder besser gänzlich unbekannt war die Tatsache, daß sich in der hinteren Wand oberhalb der Galerie ein vergittertes Fensterchen befand, von dem aus die Hotelleitung ein wachsames Auge nicht nur auf die Tänzer, sondern auch auf die Gäste der Galerie haben konnte.

Außenstehenden mag es unglaublich erscheinen, daß die Gäste bei Lustbarkeiten, die in einer derart prachtvollen und berühmten Umgebung wie dem Goldenen Saal des »Grand Babylon« stattfanden, der Beobachtung durch ein wachsames Auge bedurften. Doch so war es. So manche merkwürdigen Machenschaften, so manche überraschenden Gesichter waren von diesem Fenster aus entdeckt worden, und so manch europäischer Geheimpolizist hatte sich nach einer auf diesem Posten verbrachten Nacht über beachtliche Erfolge freuen können.

Abends um elf blickte ein rechtschaffen verdrießlicher Theodore Racksole müßig durch das kleine Gitterfenster. Nella leistete ihm Gesellschaft. Gemeinsam waren sie durch die Gänge des ihnen noch so fremden Hotels gestreift und rein zufällig auf dieses Zimmer gestoßen, das ihnen einen verstohlenen Blick auf Mr. und Mrs. Sampson Levis Ball gewährte. Der kleine Raum war dunkel, nur vom Kronleuchter her fiel ein wenig Licht hinein. Jetzt machte Racksole seiner Tochter Platz und stellte sich hinter Nella.

»Welche der Damen mag wohl Mrs. Sampson Levi sein?« fragte Nella. »Und ob sie so ist wie ihr Name? Hättest du nicht gern auch so einen Namen, Vater, statt einfach Racksole zu heißen? Etwas, worüber sich die Leute aufhalten können?«

Stimmengewirr und leise Geigenklänge stiegen zu ihnen hoch.

»Hm«, sagte Theodore. »Der Henker hole die Abendblätter«, fügte er zusammenhanglos, aber aus tiefstem Herzen hinzu.

»Du bist heute abend recht unleidlich, Vater. Was haben die Abendblätter verbrochen?«

»Zum einen, mein liebes Kind, haben sie mich am Wickel, zum zweiten haben sie dich am Wickel, und zum dritten produzieren sie eine Kriminalgeschichte nach der anderen. Der Tod des jungen Dimmock hat den Stein ins Rollen gebracht.«

»Du hast doch nicht im Ernst erwartet, Vater, daß es dir gelingen würde, nicht in die Zeitung zu kommen. Im übrigen kannst du, was die Presse angeht, froh sein, daß du zur Zeit nicht in New York bist. Stell dir vor, was der gute alte ›Herald‹ aus einem harmlosen kleinen Geschäft wie dem von gestern abend gemacht hätte.«

»Das ist wahr«, räumte Racksole ein. »Aber morgen früh weiß ohnehin ganz New York davon. Und zu allem Überfluß ist Babylon in die Schweiz abgereist.«

»Warum?«

»Keine Ahnung. Plötzliche Sehnsucht nach der alten Heimat vermutlich.«

»Und inwiefern betrifft das dich?«

»Im Grunde gar nicht. Nur fühle ich mich ein wenig vereinsamt. Ich hätte in dieser Hotelsache eine Rückenstärkung gut gebrauchen können.«

»Wenn du so denkst, Vater, mußt du krank sein.« Er seufzte. »Ein ungewohnter Zustand für mich, das gebe ich gern zu. Aber vielleicht ist dir noch nicht klar, Nella, daß wir da in eine recht kuriose Sache hineingeraten sind.«

»Du meinst wegen des armen Mr. Dimmock?«

»Teils wegen Dimmock, teils wegen anderer Dinge. Zunächst verschwindet Miss Spencer, oder wie die lästige Person heißt, auf geheimnisvolle Art und Weise. Dann kommt ein Stein in dein Zimmer geflogen. Dann erwische ich diesen Schuft Jules dabei, wie er früh um drei mit Dimmock Ränke schmiedet. Dann kommt dein teurer Prinz Aribert ohne Gefolge anspaziert, was, wenn ich recht unterrichtet bin, für einen Prinzen in höchstem Maße eigenartig und unpassend ist, wobei ich auch noch feststellen muß, daß meine Tochter mit besagtem Prinzen auf sehr vertraulichem Fuß steht. Dann geht der junge Dimmock hin und stirbt, und es gibt eine Leichenschau. Dann bleiben Fürst Eugen und sein Gefolge, die zum Dinner hier erwartet wurden, ganz aus ...«

»Der Großherzog ist nicht eingetroffen?«

»Nein, und Onkel Aribert ist seinetwegen in verteufelter Aufregung und schickt Depeschen quer durch Europa. Alles in allem geht es recht lustig zu.«

»Glaubst du wirklich, Papa, daß zwischen Jules und dem armen Mr. Dimmock irgend etwas vor sich ging?«

»Das glaube ich nicht nur, ich weiß es. Mit eigenen Augen habe ich gesehen, wie dieser Lump gestern abend beim Essen Dimmock zugezwinkert hat, und das könnte bedeuten ...«

»Du hast also diesen Wink bemerkt, Papa?«

»Du etwa auch?«

»Natürlich, Papa. Ich wollte es dir noch erzählen.«

Der Millionär knurrte.

»Schau mal, Vater«, flüsterte Nella plötzlich und deutete auf die Galerie hinunter. »Wer ist das?« Sie zeigte auf einen Mann mit einer kahlen Stelle am Hinterkopf, der sich unmittelbar unter ihnen an das Geländer der Galerie lehnte und unbeweglich in den Saal blickte. »Ist das nicht Jules?«

»Beim Barte des Propheten! Du hast recht.«

»Vielleicht hat Jules eine Einladung von Mrs. Sampson Levi.«

»Einladung hin, Einladung her – der Mann verläßt mein Hotel, und wenn ich ihn eigenhändig an die frische Luft setzen muß.«

Theodore Racksole entfernte sich ohne ein weiteres Wort, und Nella folgte ihm. Doch als der Millionär auf der Galerie ankam, war von Jules weder dort noch im Ballsaal etwas zu sehen. Wüste Verwünschungen flüsternd, begann er eine gründliche Suche, die aber erfolglos blieb, und kehrte schließlich über gewundene Treppenfluchten und Gänge zu seinem ursprünglichen Beobachtungsposten zurück in der Absicht, von dort aus nochmals seine Blicke schweifen zu lassen. Zu seiner Überraschung fand er in dem kleinen dunklen Gelaß einen Mann vor, der das Balltreiben so konzentriert betrachtete wie vor wenigen Minuten er selbst. Als dieser Mann Schritte hörte, fuhr er zusammen und drehte sich um.

Es war Jules.

Die beiden wechselten im Halbdunkel einen kurzen Blick.

Dann sagte Jules gelassen: »Guten Abend, Mr. Racksole. Ich muß mich für meine Anwesenheit hier oben entschuldigen.«

»Macht der Gewohnheit vermutlich«, bemerkte Theodore Racksole trocken.

»Sehr richtig, Sir.«

»Hatte ich Ihnen nicht untersagt, dieses Hotel noch einmal zu betreten?«

»Ich bezog das nur auf meine berufliche Anwesenheit. Heute abend bin ich als Gast von Mr. und Mrs. Sampson Levi da.«

»In Ihrer neuen Rolle als Privatier, was?«

»Ganz recht.«

»Aber ich dulde hier oben keine Privatiers, mein Freund.«

»Ich hatte mich bereits entschuldigt.«

»Dann kann ich Ihnen nur den gutgemeinten Rat geben, schleunigst von hier zu verschwinden.«

»Gute Nacht, Sir.«

»Ach, noch etwas, Jules: Sollten Mr. und Mrs. Sampson Levi oder irgendwelche anderen Hebräer oder Christen Sie wieder einmal zu Gast in mein Hotel bitten, wäre ich Ihnen verbunden, wenn Sie diese Einladung ablehnten. Sie werden feststellen, daß dies erheblich zu Ihrer Sicherheit beiträgt.«

»Gute Nacht, Sir.«

Noch vor Mitternacht hatte Theodore Racksole sich vergewissert, daß auf der Gästeliste von Mr. und Mrs. Sampson Levi ungeachtet ihrer beträchtlichen Länge kein Hinweis auf einen Mann wie Jules zu finden war.

Er blieb lange, genauer gesagt die ganze Nacht auf. Dank langjähriger Übung konnte er, wenn er wollte oder wenn die Umstände es erforderten, gut auf Schlaf verzichten. Er ging in seinem Zimmer auf und ab und sinnierte, wie kaum jemand außer Theodore Racksole sinnieren konnte. Früh um sechs machte er einen Rundgang durch die Wirtschaftsräume und sah zu, wie die Lieferungen aus Covent Garden, Smithfield, Billingsgate und anderen ausgefallenen Orten eintrafen. Interessiert verfolgte er die Vorgänge im Küchenbereich und merkte sich vor, welche Änderungen er einführen, welchen Mitarbeitern er den Lohn erhöhen und welchen er den Lohn kürzen würde. Um sieben stand er zufällig am Gepäckaufzug und sah, wie große Mengen an Koffern und Taschen unten ankamen und in einem Lieferwagen der Firma Carter Paterson verschwanden. »Wessen Gepäck ist das?« fragte er herrisch.

Der für das Gepäck zuständige Bedienstete erläuterte leicht beleidigt, es gehöre keiner bestimmten Person, sondern den verschiedensten Gästen, und ginge an unterschiedliche Bestimmungsorte; es handle sich um vorausgeschicktes Expreßgut, von dem jeden Morgen um diese Zeit etwa die gleiche Menge das Haus verließ.

Theodore Racksole begab sich zum Frühstück, das aus einer Tasse Tee und einer halben Scheibe Toast bestand.

Um zehn richtete man ihm aus, der Polizeiinspektor wünsche ihn zu sprechen. Er sei gekommen, erklärte der Inspektor, um die Überführung des toten Reginald Dimmock in die Leichenhalle zu beaufsichtigen, und ein geeignetes Fahrzeug warte am Hintereingang.

Der Inspektor hatte auch Vorladungen für Racksole, Prinz Aribert von Posen und den Dienstmann mitgebracht, die an der Leichenschau teilnehmen sollten.

»Ich dachte, Mr. Dimmocks sterbliche Überreste wären schon gestern abend überführt worden«, bemerkte Racksole mißmutig.

»Nein, Sir. Der Wagen wurde anderweitig gebraucht.«

Der Inspektor erlaubte sich den Hauch eines professionellen Lächelns, und der verärgerte Racksole sagte kurz angebunden, er solle sich an die Arbeit machen.

Nur Minuten später ließ der Inspektor Mr. Racksole höflich ersuchen, sich zu ihm in die erste Etage zu bemühen. In dem Vorraum, in den man den toten Reginald Dimmock gebracht hatte, befanden sich, als Racksole eintrat, der Inspektor und Prinz Aribert sowie zwei Polizisten.

»Was gibt's?« fragte Racksole, nachdem er und der Prinz sich mit einer Verbeugung begrüßt hatten. Dann sah er den auf zwei Stühlen abgestellten Sarg. »Ein Sarg wurde also bereits beschafft«, stellte er fest. »Recht so.« Er trat näher heran. »Aber er ist ja leer«, entfuhr es ihm.

»Sehr richtig«, sagte der Inspektor. »Die Leiche ist verschwunden. Und Durchlaucht Prinz Aribert teilt mir mit, daß er, obschon sein Zimmer direkt gegenüber, auf der anderen Seite des Ganges liegt, in dieser Sache keinerlei Aufklärung geben kann.«

»Nein, wirklich nicht«, bestätigte der Prinz, der zwar nach außen hin die Fassung wahrte, dem man aber anmerkte, daß er schmerzlich berührt, ja tief unglücklich war.

»Also da soll mich doch dieser und jener ...«, sagte Racksole halblaut und verstummte.

Kapitel 7

NELLA UND DER PRINZ

Theodore Racksole erschien es schlechterdings unmöglich, daß man einen so sperrigen Gegenstand wie eine Leiche aus dem Hotel schaffen konnte, ohne auch nur den Hauch einer Spur eines Hinweises auf den Zeitpunkt der Tat oder die Art und Weise ihrer Durchführung zu hinterlassen. Nach der ersten Überraschung erfaßte Racksole unbändiger Zorn. Am liebsten hätte er das Personal in Bausch und Bogen vor die Tür gesetzt. Höchstpersönlich verhörte er den Wachmann, der in der vergangenen Nacht Dienst gehabt hatte, das Zimmermädchen und alle anderen Personen, die etwas von der Sache hätten wissen können oder müssen. Umsonst: Reginald Dimmocks Leiche blieb verschwunden, als hätte sie sich in Luft aufgelöst. Gewiß, da gab es noch die Polizei, die aber war in Theodore Racksoles Augen ein recht kläglicher Verein. Er berichtete den Polizeibeamten, was er wußte, beantwortete ihre Fragen mit brummiger Geduld und versprach sich von dieser Seite rein gar nichts. Er führte auch mehrere Gespräche mit Prinz Aribert von Posen, hatte aber, obschon dieser die Zuvorkommenheit in Person und über das Schicksal seines früheren Begleiters zweifellos ehrlich betrübt war, den Eindruck, daß der Prinz etwas verschwieg, daß er Bedenken trug, alles zu sagen, was er wußte. Racksole erkannte mit gewohntem Scharfblick, daß Reginald Dimmocks Tod nur ein unbedeutender Vorfall war, der sich gewissermaßen am Rande eines weit rätselhafteren Falles zugetragen hatte. Er beschloß daher, zu warten und die Augen weit offen zu halten, bis irgendein Ereignis eintrat, das zur Klärung der Sachlage beitragen konnte. Zunächst traf er nur eine konkrete Maßnahme:

Er sorgte dafür, daß der Raub von Dimmocks Leiche nicht in die Presse gelangte. Es ist erstaunlich, wie gut ein Geheimnis gewahrt werden kann, wenn man bei den Geheimnisträgern nur die richtige Mischung aus Härte und Überzeugungskraft anwendet. Racksole handhabte das sehr geschickt. Es war eine heikle Aufgabe, und er empfand durchaus Genugtuung über seinen Erfolg.

Dennoch begriff er, daß er gegenüber einer unbekannten Bande von Ränkeschmieden, in der nach seiner festen Überzeugung Jules eine wichtige Rolle spielte, vorübergehend den kürzeren gezogen hatte. Er konnte Nella kaum in die Augen sehen. Offenbar hatte seine Tochter gedacht, er brauche nur einmal seinen Millionärszauberstab zu schwingen, um die Verschwörer unverzüglich zu entlarven. Von ihrem Heimatland her wußte sie, daß ihm auch Unmögliches zu gelingen pflegte. Dort war er der »Boß«: Wenn sein Name fiel, gerieten die Menschen ins Zittern; wenn er wünschte, daß etwas geschehe, dann geschah es; wenn er etwas zu erfahren wünschte, erfuhr er es. Hier in London aber war es um Theodore Racksole ein wenig anders bestellt. Er beherrschte New York, London aber schien sich nicht recht für ihn zu interessieren, ja es gab in London sogar etliche Personen, die ihm, Theodore Racksole, eine lange Nase machten. Und das war für ihn wie für seine Tochter ein ungewohnter Zustand.

Was Nella anging, so machte sie sich weiter mit dem Tagesgeschäft einer Hotelrezeption vertraut und verfolgte im übrigen mit freundlicher Anteilnahme Prinz Ariberts Kommen und Gehen. Sie erkannte – was ihrem Vater entgangen war –, daß der Prinz sich vor allem deshalb so betont zurückhielt, um sich seine innere Unruhe und Bangigkeit nicht anmerken zu lassen. Sie spürte, daß der Ärmste nicht recht wußte, was er anfangen sollte, und daß ihn etwas umtrieb, was er bislang noch niemandem anvertraut hatte. Man berichtete ihr, daß er jeden Morgen über das Victoria Embankment spazierte – allein und anscheinend ohne Ziel. Am dritten Morgen fand sie, daß eine Kutschfahrt am Embankment entlang ihrer Gesundheit förderlich wäre, ließ einen Wagen kommen und machte sich in einer berückenden grauen Robe auf den Weg. An der Blackfriars Bridge stieß sie auf den Prinzen und ließ am Trottoir halten.

»Guten Morgen, Prinz«, begrüßte sie ihn. »Verwechseln Sie diese Wegstrecke womöglich mit dem Hyde Park?«

Er verbeugte sich lächelnd. »Ich gehe gewöhnlich morgens hier spazieren.«

»Das überrascht mich. Ich dachte bisher, ich sei in ganz London die einzige, die das Embankment mit dem Blick auf den Fluß dem staubigen Hyde Park vorzieht. Warum sich alle Welt nur in diesem dummen Park ergeht, ist mir unbegreiflich. Ja, wenn die Londoner den Central Park hätten ... «

»Für mich ist das Embankment das Schönste an ganz London«, sagte er.

Sie beugte sich in ihrem Landauer ein wenig vor, so daß sich ihr Gesicht dem seinen näherte. »Ich glaube wirklich, wir sind verwandte Seelen, Sie und ich«, sagte sie halblaut. »*Au revoir*, Prinz!«

»Einen Augenblick, Miss Racksole«, versetzte er rasch und fast flehend.

»Ich bin in Eile«, flunkerte sie. »Ich kann nicht den ganzen Vormittag spazierenfahren. Sie glauben gar nicht, wieviel es bei uns zu tun gibt.«

»Dann will ich Sie nicht weiter aufhalten. Aber ich verlasse heute abend das ›Grand Babylon‹.«

»Ach ja? Würden Hoheit mir dann die Ehre erweisen, heute in den Räumen meines Vaters mit mir den Lunch zu nehmen? Vater ist nicht da, er hat den Tag über mit irgendwelchen Börsenmenschen in der City zu tun.«

»Es wird mir eine große Freude sein«, erwiderte der Prinz, und man sah ihm an, daß er es ehrlich meinte.

Nella fuhr davon.

Wenn der Lunch erfolgreich verlief, so war das zu gleichen Teilen Rocco und Nella zu verdanken. Der Prinz sagte nicht viel über das hinaus, was die Spielregeln der Konversation erforderten. Seine Gastgeberin war dafür um so gesprächiger, aber es gelang ihr nicht, ihn aus der Reserve zu locken. Nach dem Kaffee nahm er ziemlich formell Abschied von ihr.

»Leben Sie wohl, Prinz«, sagte Nella. »Aber ich dachte ... nein, nichts. Leben Sie wohl.«

»Sie dachten, ich wollte etwas mit Ihnen besprechen. Das ist richtig, aber ich habe eingesehen, daß ich nicht das Recht habe, Ihr Gemüt mit meinen Angelegenheiten zu belasten.«

»Aber ... aber angenommen, ich möchte damit belastet werden?«

»Sie sind zu gütig.«

»Setzen Sie sich«, sagte sie unvermittelt, »und erzählen Sie mir alles. Aber auch wirklich alles. Ich liebe Geheimnisse.«

Ehe er es sich versah, redete er rasch und eifrig auf sie ein. »Warum sollte ich Sie mit meinen Geständnissen ermüden?« sagte er. »Ich weiß es nicht, ich kann es Ihnen nicht sagen, aber ich spüre, daß ich es tun muß. Ich spüre, daß Sie mich besser verstehen werden als jeder andere Mensch auf der Welt. Andererseits – warum sollten Sie mich verstehen? Auch das weiß ich nicht. Miss Racksole, ich werde Ihnen die ganze Misere in einem Satz erklären. Fürst Eugen, Großherzog von Posen, ist verschwunden. Vor vier Tagen hätte ich mich mit ihm in Ostende treffen sollen. Er hatte Geschäfte in London. Er wünschte meine Begleitung. Ich schickte Dimmock voraus und wartete auf Eugen. Er kam nicht. Ich depeschierte nach Köln, seine letzte Station, und erfuhr, daß er planmäßig dort abgereist war. Ich erfuhr auch, daß er über Brüssel gefahren war. Zwischen Brüssel und dem Bahnhof Ostende Quay muß er verschwunden sein. Er reiste mit einem einzigen Kammerdiener, und auch dieser ist fort. Ihnen, Miss Racksole, brauche ich nicht zu erklären, daß größte Vorsicht geboten ist, wenn eine so hochstehende

Persönlichkeit wie mein Neffe es fertigbringt verlorenzugehen. Man kann nicht per Suchanzeige in der Londoner ›Times‹ nach ihm fahnden. Das Verschwinden muß geheimgehalten werden. In Posen und in Berlin glaubt man, Eugen sei in London, hier, in diesem Hotel – oder zumindest glaubte man es. Heute vormittag aber erhielt ich ein chiffriertes Telegramm von ... von Seiner Majestät dem Kaiser, ein sehr eigenartiges Telegramm mit der Frage, wann mit Eugens Rückkehr nach Posen zu rechnen sei, und mit der Bitte, er möge vorher noch nach Berlin kommen. Dieses Telegramm war an mich gerichtet. Warum sollte der Kaiser, wenn er der Meinung war, Eugen sei hier, das Telegramm an mich schicken lassen? Ich habe drei Tage gezögert, aber ich kann nicht länger warten. Ich muß mich selbst zum Kaiser begeben und ihm Bericht erstatten.«

»Ja, dem können Sie schlecht einen Bären aufbinden«, hätte Nella um ein Haar gesagt, aber sie verschluckte die Bemerkung noch rechtzeitig und fragte statt dessen: »Der Kaiser ist so was wie Ihr Häuptling, nicht? Der Erste unter Gleichen, wie es heißt.«

»Seine Majestät ist unser Herrscher«, erwiderte Aribert still.

»Warum unternehmen Sie denn nichts, um den Verbleib Ihres königlichen Neffen in Erfahrung zu bringen?« fragte sie ohne Umschweife. Die Sache erschien ihr völlig klar und eindeutig.

»Weil zweierlei geschehen sein kann. Entweder ist Eugen – um es geradeheraus zu sagen – entführt worden, oder er hatte Gründe dafür, seinen Reiseplan zu ändern und sich im Hintergrund zu halten, außerhalb der Reichweite von Telegrammen, Briefen und der Eisenbahn.«

»Was für Gründe?«

»Fragen Sie mich nicht. In der Geschichte jeder Familie gibt es gewisse Mißhelligkeiten ...« Er unterbrach sich.

»Und was bezweckte Fürst Eugen mit seinem Besuch in London?«

Aribert zögerte. »Es ging um Geld«, sagte er schließlich. »Wir sind eine arme Familie. Ärmer, als man in Berlin ahnt.«

»Soll ich Ihnen sagen, was ich denke, Prinz Aribert?« Sie lehnte sich in ihrem Fauteuil zurück und betrachtete aus halb geschlossenen Augen gefesselt das blasse, schmale, edle Gesicht. Dieser Mann war unverkennbar von fürstlichem Geblüt.

»Ich bitte darum«, sagte er.

»Fürst Eugen wurde Opfer eines Komplotts.«

»Glauben Sie?«

»Ich bin davon überzeugt.«

»Aber warum? Was könnte man sich davon versprechen?«

»Darüber müßten Sie eigentlich mehr wissen als ich«, gab sie trocken zurück.

»Mag sein. Aber warum sind Sie Ihrer Sache so sicher, verehrte Miss Racksole?«

»Aus mehreren Gründen, die alle etwas mit Mr. Dimmock zu tun haben. Hätten Sie geahnt, Hoheit, daß jener arme junge Mensch Ihnen nicht treu ergeben war?«

»Er war absolut loyal«, erklärte der Prinz im Brustton der Überzeugung.

»Ich bitte tausendmal um Entschuldigung, aber das war er nicht.«

»Miss Racksole, jeden anderen, der diese Behauptung aufgestellt hätte, würde ich ... würde ich ...«

»... in den tiefsten Kerker von Posen werfen?« Sie lachte ein wenig. »Hören Sie mich an.« Und dann erzählte sie ihm von den Vorfällen in der Nacht vor seiner Ankunft im Hotel.

»Wollen Sie damit sagen, Miss Racksole, daß der arme Dimmock mit diesem Lumpen Jules unter einer Decke steckte?«

»So war es.«

»Unmöglich.«

»Wer einem Geheimnis auf den Grund gehen will, Hoheit, darf das Wort ›Unmöglich‹ nicht in den Mund nehmen. Aber ich will Mr. Dimmock zugute halten, daß er seine Handlungsweise bereute, und ich glaube, daß er eben deshalb so – äh – plötzlich verstarb und man seine Leiche verschwinden ließ.«

»Warum hat man mir das nicht schon eher erzählt?« stieß Aribert hervor.

»Prinzen bekommen nur selten die Wahrheit zu hören«, sagte Nella.

Er staunte über ihre Kaltblütigkeit, ihre Entschlußkraft, ihr weltkluges Gebaren. »Ich bin, wenn Sie mir die Bemerkung erlauben, Miss Racksole, noch nie einer Frau wie Ihnen begegnet. Darf ich mit Ihrem Mitgefühl, Ihrer Unterstützung rechnen?«

»Mit meiner Unterstützung, Prinz? Aber wie denn?«

»Das weiß ich nicht. Aber Sie können mir helfen, wenn Sie nur wollen. Eine Frau mit Verstand besitzt davon immer mehr als ein Mann.«

»Verstand habe ich zwar nicht«, versetzte sie kleinlaut, »aber ich glaube wohl, daß ich Ihnen helfen könnte.«

Was sie zu dieser Feststellung veranlaßte, hätte sie nicht einmal sich selbst erklären können. Aber der Satz war heraus, und sie ahnte, daß er sich früher oder später bewahrheiten würde.

»Fahren Sie nach Berlin«, sagte sie. »Es geht nicht anders, das ist mir klar, Sie haben keine Wahl. Und dann sehen wir weiter. Irgend etwas wird sich ergeben. Ich bin ja hier, mein Vater ist hier. Sie müssen uns als Freunde betrachten.«

Er küßte ihr zum Abschied die Hand, und als sie später allein war, küßte sie immer wieder die Stelle, die seine Lippen berührt hatten. Jetzt, da sie in Ruhe über alles nachdachte, schien ihr die ganze Geschichte verstiegen und unwirklich. Gab es heutzutage tatsächlich noch Verschwörungen? Spielten sich in Europa tatsächlich so merkwürdige Dinge ab? Und noch dazu in Londoner Hotels? Abends dinierte sie mit ihrem Vater.

»Wie ich höre, ist Prinz Aribert abgereist«, sagte Theodore Racksole.

»Ja«, bestätigte sie. Über ihr Gespräch mit dem Prinzen verlor sie kein Wort.

Kapitel 8

EINE BARONIN TRIFFT EIN UND REIST WIEDER AB

Am nächsten Morgen betrat kurz vor dem Lunch eine Dame mit einer Zofe und zahlreichen Gepäckstücken das Hotel. Sie war alt, klein und korpulent, hatte weißes Haar unter einer altmodischen Haube und bedachte alles, worauf ihr Auge fiel, mit einem wunderlichen, überaus einfältigen Lächeln. Dennoch vermittelte sie den Eindruck, von Adel – allerdings nicht von englischem Adel – zu sein. Der Ton, den sie ihrer Zofe gegenüber anschlug, mit der sie in gebrochenem Englisch sprach, verriet jene selbstsicher-gelassene Anmaßung, die einem bestimmten Typus des Adligen vom europäischen Festland eigen ist. Auf ihrer Karte stand »Baronin Zerlinski«. Sie bat um ein Zimmer auf der dritten Etage. Zufällig war Nella am Empfang.

»Auf der dritten Etage, gnädige Frau?« wiederholte Nella, ganz die perfekte Empfangschefin.

»Haben ich bereits gesagt«, erklärte die korpulente kleine Dame.

»Ich könnte Ihnen Zimmer auf der zweiten Etage anbieten.«

»Ich wünschen zu sein hoch oben, weg von das Staub und mit Licht.«

»Aber auf der dritten Etage haben wir keine Suiten, gnädige Frau.«

»Gilt mich gleich. Haben Sie nicht zwei Zimmer, wo sind verbunden?«

Nella befragte ziemlich umständlich ihre Bücher. »Nummer 122 und 123 haben eine Verbindungstür.«

»Ist sich nicht vielleicht 121 und 122?« fragte die kleine alte Dame rasch – und biß sich erschrocken auf die Lippen.

»Ich bitte um Verzeihung. Ja, ich meinte 121 und 122.«

Zunächst betrachtete Nella die Korrektur der Zimmernummern nur als einen kuriosen Zufall, doch als die alte Dame im Aufzug nach oben gefahren war, gab ihr die Sache doch zu denken. Vielleicht war ja die Baronin Zerlinski nicht zum erstenmal im Hotel »Grand Babylon«? Zur besseren Übersicht führte man dort ein Gästeregister, das die letzten dreißig Jahre umfaßte. Nella nahm sich das Register vor, den Namen Zerlinski aber suchte sie vergebens. Jetzt führte sie einen Gedanken weiter, der ihr beim Anblick der Baronin vor ihrem Schiebefenster flüchtig durch den Kopf gegangen war, daß nämlich deren Gesicht ihr irgendwie bekannt vorgekommen war, daß sie zwar nicht das Gesicht der alten Dame, aber irgendwo und irgendwann schon einmal ganz ähnliche Züge gesehen hatte. Nella griff nach dem Gotha, in dem sämtliche Verzweigungen europäischer Adelsgeschlechter festgehalten sind, aber eine Baronin Zerlinski kam dort nicht vor. Nella erkundigte sich, wo die Baronin zu lunchen gedachte, erfuhr, daß ein Tisch im Speisesaal für sie reserviert war, und beschloß sogleich, ebenfalls im Speisesaal zu essen. In einer Ecke, halb hinter einer Säule verborgen, hatte sie alle Gäste im Blick und konnte das Kommen und Gehen der einzelnen Gruppen beobachten. Alsbald erschien die Baronin, trotz der Junihitze schwarz gewandet und mit einem kleinen Spitzenschal, sehr würdevoll, sehr wunderlich und sanft lächelnd. Die Dame aß mit Appetit und arbeitete sich ohne Eile und ohne Verzug durch das kunstreich komponierte Mittagsmenü. Sie hatte, wie Nella feststellte, sehr schöne weiße Zähne. Dann geschah etwas Erstaunliches. Als Dessert servierte man der Baronin einen Windbeutel, und Nella sah höchlich verwundert, wie die kleine Dame den Deckel abnahm und mit einem Löffel seelenruhig etwas aus dem Gebäck nahm, was wie ein gefalteter Zettel aussah. Nur Luchsaugen hätten an dieser Bewegung etwas Auffälliges bemerkt, ja die Chancen, daß niemand etwas wahrnehmen würde, standen neunhundertneunundneunzig zu eins. Es war das Pech der Baronin, daß ausgerechnet die tausendste Möglichkeit eingetreten war. Nella sprang auf und ging zu ihr hinüber.

»Es tut mir leid, aber der Windbeutel scheint nicht in Ordnung zu sein, Mylady.«

»Im Gegenteil, er ist köstlich«, erwiderte die Baronin frostig. Ihr Lächeln hatte sich verflüchtigt. »Wer sind Sie? Ich hielt Sie für die Empfangsdame.«

»Mein Vater ist der Hotelbesitzer. Ich hatte den Eindruck, daß in dem Windbeutel etwas steckte, was nicht hineingehört.«

Nella sah die Baronin scharf an. Der gefaltete Zettel, an dem ein wenig Schlagsahne klebte, lag unter einem Tellerrand.

»Nein, besten Dank.« Die Baronin hatte ihr einfältiges Lächeln wiedergefunden.

Nella entfernte sich. Sie hatte außer dem Zettel noch eine Kleinigkeit bemerkt – daß nämlich die Baronin fehlerloses Englisch sprechen konnte, wenn sie wollte.

Nachmittags saß Nella lange in ihrem Zimmer am Fenster und überlegte. Dann sprang sie plötzlich auf, ihr Gesicht erhellte sich, und sie klatschte in die Hände. »Jetzt hab' ich's: Das ist die verkleidete Miss Spencer. Daß ich erst jetzt darauf komme ...« Sie mußte an Prinz Aribert denken. »Vielleicht kann ich ihm helfen«, sagte sie sich und seufzte ein wenig. Sie ging ins Büro hinunter und fragte, ob die Baronin Anweisungen fürs Abendessen gegeben habe. Ein Plan mußte her. Sie nahm sich vor, Rocco kommen zu lassen und ihn hochnotpeinlich zu befragen, denn jetzt wußte sie, daß Rocco, der Unvergleichliche, bei dieser geheimnisvollen Affäre ebenfalls seine Hand im Spiel hatte.

»Baronin Zerlinski ist vor einer halben Stunde abgereist«, erfuhr sie.

»Aber sie ist doch erst heute vormittag gekommen.«

»Die Zofe sagte, ihre Herrin habe eine Depesche erhalten und müsse sofort abreisen. Die Baronin zahlte die Rechnung und fuhr in einer Droschke davon.«

»Wohin?«

»Die Gepäckanhänger waren auf Ostende ausgestellt.«

Vielleicht war es Jagdfieber, vielleicht auch Abenteuerlust: Am gleichen Abend stand Nella auf dem Dampfschiff nach Ostende, das um elf von Dover ausläuft. Sie hatte mit niemandem über ihren Plan gesprochen, nicht einmal mit ihrem Vater. Er war, als sie das Hotel verließ, nicht im Haus gewesen, deshalb hatte sie ihm mit ein paar rasch hingeworfenen Zeilen mitgeteilt, er möge sie in ein, zwei Tagen zurückerwarten, und diesen Brief in Dover zur Post gegeben. Das Schiff war die »Marie-Henriette«, ein Luxusdampfer, dessen Deckskabinen mit der Pracht der Cunard- und White-Star-Linienschiffe wetteiferten. Eine der Kabinen – die beste – war offenbar belegt, denn die Fenstervorhänge waren fest zugezogen. Nella rechnete nicht damit, die Baronin an Bord anzutreffen, denn diese hätte leicht den Acht-Uhr-Dampfer erreichen können oder war vielleicht gar nicht nach Ostende, sondern an einen ganz anderen Ort in einer ganz anderen Richtung gereist. Trotz allem – eine leise Hoffnung blieb, die Dame, die sich Zerlinski nannte, könne sich in der hinter den Vorhängen verborgenen Kabine aufhalten, und während der ganzen mondhellen Überfahrt ließ Nella Türen und Fenster der Kabine nicht aus den Augen.

Pünktlich um zwei Uhr morgens lief die »Marie-Henriette« im Hafen von Ostende ein. Auf dem Kai stand die übliche bunt zusammengewürfelte gestikulierende Menschenmenge. Nella verharrte auf ihrem Posten an der Kabinentür, und endlich wurde ihre Geduld belohnt. Die Tür öffnete sich, und vier Engländer mittleren Alters kamen heraus. Ein rascher Blick in das Innere der Kabine belehrte Nella darüber, daß die vier sich die Zeit der Überfahrt mit Kartenspielen vertrieben hatten.

Es läßt sich nicht leugnen, daß sie rechtschaffen verärgert war. Allerdings galt ihr Ärger nicht, wie sie sich einzureden versuchte, den Umständen, sondern allein Nella Racksole. Morgens um zwei, ohne Gepäck, ohne Begleitung, ohne Schlachtplan befand sie sich in einem unbekannten ausländischen Hafen, einem Hafen mit übler Reputation und so mit den schlechtesten Hotels in ganz Europa. Sie ging ein paar Minuten am Kai auf und ab, dann sichtete sie die Rauchfahne eines weiteren Dampfers auf offener See. Sie erkundigte sich bei einem Hafenbeamten nach dem Schiff und erfuhr, es handle sich um das Acht-Uhr-Dampfschiff von Dover, das einen Maschinenschaden gehabt, einiger notwendig gewordener kleiner Reparaturen wegen Calais angelaufen hatte und nun mit fast vier Stunden Verspätung in seinem Bestimmungshafen eintraf. Sofort hob sich ihre Laune wieder. Eben noch hatte sie sich eine dumme Gans gescholten, die Hirngespinsten nachjagte, jetzt fand sie, daß sie doch recht geschickt und überlegt vorgegangen war. Sie war sich so gut wie sicher, daß sie diese Zerlinski auf dem zweiten Dampfschiff finden würde, und klopfte sich schon im voraus anerkennend auf die Schulter. So ist nun mal die menschliche Natur.

Es dauerte eine kleine Ewigkeit, bis der Dampfer in den Hafen einlief. Nella ging ein paar Minuten auf der Digue[7] auf und ab, um ihn besser beobachten zu können. Die Stadt lag still und nahezu verlassen da, etwas Tückisch-Bedrohliches schien von ihr auszugehen. Nella dachte an das, was man ihr über dieses glitzernde Seebad erzählt hatte, in dem sich während der Saison mehr Schurken aufhielten als in allen anderen europäischen Städten mit Ausnahme von Monte Carlo. Hier, so hatte man ihr berichtet, kamen die begüterten Abenteurer sämtlicher Völker unter der Sonne zusammen, um Geschäfte zu machen oder sich zu vergnügen, und in diesem kosmopolitischen Schlupfwinkel des Lasters waren einige der erstaunlichsten Verbrechen der zweiten Jahrhunderthälfte ausgeheckt und zur Reife gebracht worden.

Als der zweite Dampfer eintraf, stand Nella am Ende der Gangway gleich neben dem Schiffskartenkontrolleur. Als erste betrat – nein, nicht Baronin Zerlinski, sondern Miss Spencer festes Land. Nella drehte sich rasch zur Seite, um ihr Gesicht zu verbergen, und Miss Spencer eilte, ein Köfferchen in der Hand, festen Schrittes zur Zollabfertigung. Sie kannte sich anscheinend im Hafen von Ostende recht gut aus. Der Mond leuchtete taghell, und Nella hatte reichlich Gelegenheit, ihr Opfer zu beobachten. Sie erkannte jetzt ganz deutlich, daß Baronin Zerlinski tatsächlich die verkleidete Miss Spencer gewesen war. Der Gang und die Art, wie sie Kopf und Hüften bewegte, waren gleich. Eine Perücke erklärte die weißen Haare, die Runzeln verdankten sich Pinsel und Schminke. Miss Spencer, deren Haar jetzt wieder in dem gewohnten Gelb leuchtete, passierte den Zoll ohne Schwierigkeiten, und Nella sah, wie sie eine geschlossene Kutsche heranwinkte und etwas zu dem Kutscher sagte. Das Fahrzeug entfernte sich. Nella sprang in den nächsten Wagen, der heranrollte. »Folgen Sie der Kutsche da«, befahl sie auf französisch.

»*Bon*, Madame!« Der Kutscher ließ die Peitsche knallen, und sein Pferd jagte mit klappernden Hufen über das Kopfsteinpflaster. Offenbar war die Verfolgung anderer Fahrzeuge für den Mann nichts Ungewöhnliches.

»Das kann ja lustig werden«, sagte sich Nella und lachte ein wenig unsicher, aber ihr Herz hämmerte.

Eine Zeitlang hielt die Kutsche, hinter der sie her waren, ihren Vorsprung. Sie durchquerten die Stadt fast von einem Ende zum anderen und gelangten in ein Labyrinth kleiner Straßen weit südlich vom Kursaal. Allmählich aber holte Nellas Kutscher auf. Das Fahrzeug vor ihnen hielt mit einem Ruck vor einem hohen dunklen Haus, und Miss Spencer stieg aus. Nella rief ihrem Kutscher zu, er solle ebenfalls anhalten. Weil der aber unbedingt wissen wollte, wie der Spaß ausging, peitschte er sein Pferd und stellte sich taub, bis auch er triumphierend vor dem hohen dunklen Haus haltmachte, in dem Miss Spencer soeben verschwunden war. Der andere Wagen fuhr fort. Nella, die nicht recht wußte, wie sie sich jetzt verhalten sollte, stieg aus und bezahlte den Kutscher. Im gleichen Augenblick wurde die Haustür, die sich gerade hinter Miss Spencer geschlossen hatte, von einem Mann erneut geöffnet.

»Ich möchte zu Miss Spencer«, sagte Nella kurzentschlossen. Etwas Besseres war ihr nicht eingefallen.

»Miss Spencer?«

»Ja. Sie ist soeben eingetroffen.«

»Na, wird ja wohl in Ordnung gehen«, sagte der Mann.

»Das nehme ich an«, gab Nella zurück und betrat, von ihrer Kühnheit selbst überrascht, an ihm vorbei das Haus.

Miss Spencer verschwand gerade durch eine Tür, die von der schmalen Diele abging, und Nella folgte ihr in ein wie in allen belgischen Pensionen karg eingerichtetes Zimmer.

»Mit mir haben Sie gewiß nicht gerechnet, Miss Spencer«, begrüßte sie die einstmalige Baronin Zerlinski. »Sie haben unser Hotel heute nachmittag ebenso plötzlich verlassen wie vor einigen Tagen, und nun bin ich hier, um ein paar Erkundigungen einzuziehen.«

Fairerweise muß gesagt werden, daß Miss Spencer sich angesichts dieser peinlichen Überraschung recht tapfer hielt. Sie zuckte weder zusammen, noch verriet sie irgendeine Gemütsbewegung, nur der beschleunigte Atem verriet eine gewisse Unruhe.

»Sie sind nicht mehr die Baronin Zerlinski«, fuhr Nella fort. »Darf ich mich setzen?«

»Gewiß, setzen Sie sich nur«, sagte Miss Spencer, auf Nellas Ton eingehend. »Sie sind eine recht findige junge Dame, das muß Ihnen der Neid lassen. Was wollen Sie? Sind meine Bücher nicht in Ordnung?«

»Ihre Bücher waren alle in Ordnung. Was mich zu Ihnen bringt, sind nicht Ihre Bücher, sondern der Mord an Reginald

Dimmock, das Verschwinden seiner Leiche und das Verschwinden des Großherzogs Eugen. Ich bin mit gewissen Ermittlungen befaßt und habe mir gedacht, daß Sie mir dabei helfen könnten.«

Miss Spencers Augen funkelten. Sie stand auf und ging rasch zum Kaminsims. »Sie mögen ein Yankee-Mädchen sein, aber Sie sind eine Närrin«, sagte sie und griff nach dem Klingelzug.

»Klingeln Sie nicht, wenn Ihnen Ihr Leben wert ist«, warnte Nella.

»Mein Leben?« fragte Miss Spencer.

»Wenn Ihnen Ihr Leben wert ist«, wiederholte Nella gelassen und zog einen hübschen kleinen Revolver aus der Tasche.

Kapitel 9

ZWEI FRAUEN UND EIN REVOLVER

»Sie ... Sie wollen mich nur erschrecken«, stammelte Miss Spencer leise und mit schwankender Stimme.

»Ach ja?« gab Nella so entschieden wie möglich zurück, obschon ihre Hand vor Aufregung heftig zitterte, was Miss Spencer glücklicherweise nicht bemerkte. »Sie sagten eben, ich sei ein Yankee-Mädchen, aber eine Närrin. Ich bin tatsächlich ein Yankee-Mädchen, wie Sie es nennen, und wenn man in den Internaten meines Heimatlandes Revolverschießen auch noch nicht in den Lehrplan aufgenommen hat, so gibt es doch zahlreiche junge Mädchen, die mit dieser Waffe umgehen können. Zufällig gehöre ich zu ihnen. Wenn Sie klingeln, werden Sie es bereuen.«

Das war nicht mehr und nicht weniger als ein kühner Bluff, und Nella zitterte bei dem Gedanken, Miss Spencer könne ihr auf die Schliche kommen. Zum Glück gehörte Miss Spencer zu den Frauen, die zwar viel Schneid, aber keinen physischen Mut besitzen. Jeder moralischen Anfechtung hätte sie erfolgreich widerstanden, aber sobald sie meinte, um ihre Haut fürchten zu müssen, gab sie klein bei. Nella hatte diese für sie so günstige Veranlagung sofort durchschaut und verhielt sich entsprechend, wobei sie sich nach Kräften bemühte, von ihren eigenen Empfindungen nichts nach außen dringen zu lassen. »Setzen Sie sich«, sagte Nella. »Ich werde Ihnen jetzt ein paar Fragen stellen.«

Miss Spencer gehorchte. Sie war sehr blaß geworden, bemühte sich aber um ein konventionelles Lächeln.

»Warum haben Sie an jenem Abend das ›Grand Babylon‹

verlassen?« begann Nella das Verhör und setzte eine strenge Advokatenmiene auf.

»Ich hatte entsprechende Anweisungen, Miss Racksole.«

»Von wem?«

»Ich ... ich bin eine verheiratete Frau, und die Anweisungen kamen von meinem Gatten.«

»Wer ist das?«

»Tom Jackson ... Jules meine ich, der Oberkellner im ›Grand Babylon‹.«

»Jules heißt also in Wirklichkeit Tom Jackson? Warum wollte er, daß Sie Knall auf Fall das Hotel verlassen?«

»Ich weiß es nicht, Miss Racksole, das schwöre ich Ihnen. Er ist mein Mann, dem ich natürlich Gehorsam schulde, so wie Sie eines Tages Ihrem Mann gehorsam sein werden. Möge der Himmel Ihnen einen besseren Ehemann als den meinigen schenken.«

Miss Spencer verdrückte eine Träne.

Nella spielte mit dem Revolver und spannte den Hahn. »Warum wollte er, daß Sie gehen?« wiederholte sie. Ihre Kaltblütigkeit erstaunte sie und verschaffte ihr etwas wie Genugtuung.

»Das kann ich Ihnen nicht sagen, beim besten Willen nicht.«

»Sie müssen«, sagte Nella erbarmungslos und in furchterregendem Ton.

»Er ... er hat gesagt, ich solle nach Ostende reisen. Etwas war schiefgegangen. Er ist ein schlimmer Mensch, mein Tom. Würde ich es Ihnen sagen, dann würde er ...«

»Meinen Sie, daß etwas im Hotel schiefgegangen war oder hier?«

»Sowohl als auch.«

»Ging es um Fürst Eugen von Posen?«

»Das weiß ich nicht, das heißt ... ja, ich glaube schon.«

»Was hat Ihr Mann mit Fürst Eugen zu schaffen?«

»Ich glaube, er hat in ... in Geschäften mit ihm zu tun. In Geldgeschäften.«

»Und war Mr. Dimmock auch damit befaßt?«

»Ich glaube ja, Miss Racksole. Ich sage Ihnen alles, was ich weiß, das schwöre ich.«

»Haben Ihr Mann und Mr. Dimmock sich in jener Nacht in Zimmer 111 gestritten?«

»Es gab eine Meinungsverschiedenheit.«

»Und das Ende vom Lied war, daß Sie unverzüglich nach Ostende reisten?«

»Ja, ich denke schon.«

»Und was sollten Sie in Ostende machen? Wie lauteten die Anweisungen Ihres Mannes?«

Miss Spencer ließ den Kopf auf die Arme fallen, die auf dem Tisch zwischen ihr und Nella lagen, und schien heftig zu schluchzen. »Erbarmen Sie sich« sagte sie halblaut. »Mehr kann ich Ihnen nicht sagen.«

»Warum nicht?«

»Käme es ihm zu Ohren, er würde mich umbringen.«

»Sie schweifen ab«, erklärte Nella kühl. »Aus gutem Grund bin ich zum Äußersten entschlossen, und wenn Ihnen etwas zustößt, werde ich sagen, ich hätte in Notwehr gehandelt. Noch einmal: Was sollten Sie hier in Ostende machen?«

»Ich werde das ohnehin mit dem Tode büßen«, winselte Miss Spencer, dann erklärte sie mit einem gleichsam verzweifelten Stolz: »Ich sollte Fürst Eugen bewachen.«

»Wo? In diesem Haus?«

Miss Spencer nickte, und als sie aufblickte, sah Nella Tränenspuren auf ihrem Gesicht.

»Demnach war Fürst Eugen ein Gefangener? Jemand hatte ihn auf Veranlassung von Jules entführt?«

»Ja, wenn Sie es unbedingt wissen müssen.«

»Warum mußten ausgerechnet Sie nach Ostende kommen?«

»Tom vertraut mir. Ich kenne Ostende. Ehe ich die Stellung im ›Grand Babylon‹ annahm, hatte ich ganz Europa bereist, und Tom wußte, daß ich mich auskannte.«

»Warum haben Sie die Stellung im ›Grand Babylon‹ angenommen?«

»Tom hat mich dorthin geholt. Ich würde ihm dort von Nutzen sein, hat er gesagt.«

»Ist Ihr Mann ein Anarchist oder etwas in der Art, Miss Spencer?«

»Ich weiß es nicht. Wenn ich es wüßte, würde ich es Ihnen sofort sagen. Aber er ist einer von den ganz Heimlichen.«

»Wissen Sie, ob er jemals einen Mord begangen hat?«

»Nie«, erwiderte Miss Spencer im Ton rechtschaffener Empörung.

»Aber Mr. Dimmock ist ermordet worden. Mit Gift. Wäre er nicht vergiftet worden, warum hätte man seine Leiche stehlen sollen? Es muß geschehen sein, um Ermittlungen zu unterbinden, um Spuren zu verwischen. Heraus mit der Sprache.«

»Ich schwöre bei meinem Leben«, sagte Miss Spencer, die aufgestanden war und sich ein Stück vom Tisch entfernt hatte, »ich schwöre bei meinem Leben, daß ich erst aus der Zeitung von Mr. Dimmocks Tod erfahren habe.«

»Sie schwören, daß Sie keinen Verdacht hatten?«

»Das schwöre ich.«

Nella war geneigt, ihr zu glauben. In dem schäbigen, unreinlichen Zimmer, in dem nur eine Lampe brannte, sahen sie sich an. Miss Spencer strich nervös das gelbe Haar zurecht; sie schien allmählich ihre Fassung, ihr Gleichgewicht zurückzugewinnen. Nella kam die Szene vor wie ein Traum, ein beängstigender, drückender Alptraum. Sie wußte nicht recht, was sie sagen sollte. Viel Konkretes, fand sie, hatte sie noch nicht erfahren. »Wo ist Fürst Eugen jetzt?« fragte sie schließlich.

»Ich weiß es nicht, Miss.«

»Nicht hier?«

»Nein, Miss.«

»Das wird sich alsbald zeigen.«

»Sie haben ihn weggeschafft, Miss Racksole.«

»Wer hat ihn weggeschafft? Freunde Ihres Mannes?«

»Eher Bekannte.«

»Dann seid ihr eine ganze Bande?«

»Bande? Eine Bande? Ich weiß nicht, was Sie meinen«, sagte Miss Spencer mit zitternder Stimme.

»Ich denke, das wissen Sie sehr gut«, lächelte Nella. »So naiv können Sie unmöglich sein, Mrs. Tom Jackson. Mit einem Yankee-Mädchen spielt man nicht. Ich bin fest entschlossen, innerhalb der nächsten fünf Minuten herauszufinden, wie und wann Ihr reizender Ehemann Fürst Eugen entführt hat. Beginnen wir mit der zweiten Frage. Sie sind ihr schon einmal ausgewichen.«

Miss Spencer sah Nella an, dann schlug sie die Augen nieder, und ihre Finger spielten nervös mit der Tischdecke.

»Wie kann ich es Ihnen sagen, wenn ich es nicht weiß?« fragte sie. »Sie haben das Heft in der Hand und quälen mich zum Vergnügen.« Sie setzte eine Miene verfolgter Unschuld auf.

»Wollte Mr. Tom Jackson aus Fürst Eugen Geld herausholen?«

»Geld? Keine Spur. An Geld hat es Tom nie gefehlt.«

»Ich spreche von viel Geld. Zehntausenden, Hunderttausenden ...«

»Tom hat nie von irgendjemandem Geld haben wollen«, wiederholte Miss Spencer störrisch.

»Dann hatte er vielleicht einen Grund, Fürst Eugen an seinem Besuch in London zu hindern?«

»Vielleicht. Ich weiß es nicht. Sie können mich umbringen – ich weiß es wirklich nicht.«

Nella überlegte. Dann hob sie den Revolver. Es war eine automatische, unwillkürliche Bewegung, und sie hatte nicht die Absicht, die Waffe zu benutzen, aber erstaunlicherweise duckte Miss Spencer sich erneut. Nella staunte, daß eine Frau wie Miss Spencer sich tatsächlich einbilden konnte, ihr Gegenüber würde abdrücken. Nella, für die physische Feigheit ein Fremdwort war, konnte sich kaum vorstellen, daß es Menschen gab, die der Furcht vor körperlichen Schmerzen hilflos preisgegeben waren.

Doch sah sie durchaus ihren Vorteil und nutzte ihn bedenkenlos und so dramatisch wie eben möglich. Sie hob den Revolver, bis er auf Miss Spencers Gesicht zeigte, und unvermittelt überkam sie ein ganz neues, sonderbares Gefühl. Sie begriff, daß sie jetzt wirklich abdrücken würde, sollte die klägliche Person vor ihr es zu weit treiben. Plötzlich hatte sie Angst – Angst vor sich selbst. Ein wilder Urinstinkt hatte Gewalt über sie. Wie von einem grellen Blitz beleuchtet, sah sie Miss Spencer tot zu ihren Füßen liegen ... die Polizei ... den Gerichtssaal ... das Schafott. Es war entsetzlich. »Sprechen Sie«, sagte sie heiser, und Miss Spencer erbleichte noch mehr.

»Eins hat Tom mal gesagt«, flüsterte sie scheu.

»Wenn Fürst Eugen bis London käme, hat er gesagt, würde das seinen Plan gefährden.«

»Welchen Plan? Antworten Sie!«

»Erbarmen! Ich weiß es nicht.« Miss Spencer ließ sich auf einen Stuhl sinken. »Mr. Dimmock habe die Seite gewechselt, hat er gesagt, und er würde erst ihn und dann Rocco erledigen müssen ...«

»Rocco? Was ist mit Rocco?« Nella verstand kaum selbst, was sie sagte. Sie faßte den Revolver fester.

Miss Spencer machte große Augen und richtete den glasigen Blick auf Nella. »Fragen Sie nicht. Das ist der Tod.« Ihre Augen waren entsetzensstarr.

»Sie haben so recht«, sagte Nella, und ihr schien, als kämen die Worte von einer dritten Person.

»Das ist der Tod«, wiederholte Miss Spencer. Ihr Kopf und ihre Schultern sanken schlaff nach hinten über die Stuhllehne. Nellas Stimmung schlug unvermittelt um. Die Frau war offenbar ohnmächtig geworden. Sie ließ den Revolver fallen und lief um den Tisch herum. Jetzt war sie wieder ganz sie selbst, die weibliche, mitfühlende alte Nella, und ihr war, als sei ihr damit eine Last von der Seele genommen. In diesem Moment aber schnellte Miss Spencer katzengleich hoch, griff sich den

Revolver und warf ihn mit einer heftigen Bewegung ans Fenster. Er durchschlug die Scheibe. Dabei löste sich ein Schuß. Einen Augenblick herrschte gespanntes Schweigen.

Dann sagte Miss Spencer langsam: »Ich habe Ihnen gesagt, daß Sie eine Närrin sind. Kommen hierher wie ein weiblicher Jack Sheppard[8] und glauben, Sie könnten mich übertölpeln. Jetzt sind wir quitt. Sie haben mir einen tüchtigen Schrecken eingejagt, aber ich wußte gleich, daß ich schlauer bin als Sie und daß ich, wenn ich nur lange genug durchhalte, zum Schluß gewinnen würde. Jetzt bin ich an der Reihe.«

Sprachlos und mit dem bedrückenden Gefühl, daß Miss Spencer recht hatte, blieb Nella regungslos stehen. Der Gedanke an ihre kolossale Torheit war wie ein gefährlicher Sog, der sie mitzureißen drohte. Vor Scham hätte sie in die Erde versinken mögen. Doch selbst jetzt empfand sie keine Furcht. Tapfer bot sie der Frau die Stirn und suchte fieberhaft nach einem Ausweg. Die einzige Lösung, die ihr einfiel, war Bestechung. Bestechung in großem Stil. »Sie haben gewonnen, das räume ich ein«, sagte sie. »Aber ich bin noch nicht fertig. Hören Sie zu.« Miss Spencer schlug die Arme übereinander und sah bitter lächelnd zur Tür.

»Wie Sie wissen, ist mein Vater Millionär. Vielleicht ist Ihnen auch bekannt, daß er einer der reichsten Männer der Welt ist. Wenn ich Ihnen mein Ehrenwort gebe, daß ich nichts von dem, was Sie mir erzählt haben, verraten werde – was verlangen Sie für meine Freiheit?«

»Was schlagen Sie vor?« fragte Miss Spencer lässig.

»Zwanzigtausend Pfund«, sagte Nella prompt. Mit geschäftlichen Verhandlungen kannte sie sich aus.

Miss Spencer verzog verächtlich die Lippen.

»Hunderttausend.«

Wieder zuckte es nur um Miss Spencers Mund.

»Sagen wir eine Million. Ich kann mich auf meinen Vater verlassen, und Sie können es auch.«

»Sie meinen, Sie wären ihm eine Million wert?«

»Allerdings«, sagte Nella.

»Und Sie glauben, wir könnten darauf bauen, daß die Summe gezahlt wird?«

»Selbstverständlich.«

»Und wir hätten danach keinerlei Unannehmlichkeiten zu befürchten?«

»Ich würde Ihnen mein Wort darauf geben. Und das Wort meines Vaters.«

»Und wieso meinen Sie, daß ich für Ihre Freilassung überhaupt eine Gegenleistung verlangen würde? Sie sind doch nur ein dummes leichtsinniges junges Ding.«

»Ich weiß, daß Sie mich nicht ohne weiteres laufen lassen. Ihr Gesicht spricht eine deutliche Sprache.«

»Sie haben recht«, erwiderte Miss Spencer mit Nachdruck. »Nicht für alle Dollars von Amerika würde ich Ihnen die Freiheit schenken.«

Nella überlief es kalt, und sie setzte sich wieder. Durch die eingeschlagene Scheibe wehte ihr kühle Luft ins Gesicht. Auf dem Gang hörte man Schritte, die Tür öffnete sich, aber Nella wandte sich nicht um. Sie konnte den Blick nicht von Miss Spencer lassen. In ihren Ohren rauschte es wie von Wasser. Dann schwand ihr das Bewußtsein, und sie sank kraftlos zu Boden.

Kapitel 10

AUF SEE

Nella war es, als würde sie sacht in einer großen Wiege geschaukelt, die langsam und ungemein sanft hin und her schwang. Diese Wahrnehmung dauerte einige Zeit an, dann drang ein rasches leises dumpfes Pochen an ihr Ohr. Linde erquickende Lüfte trieben sie ohne ihr Zutun voran, während sie gleichzeitig in köstlicher Ruhe verharrte. Ihr schien, als kniete ihre Mutter neben ihr und flüsterte ihr ein Eiapopeia ins Ohr. Dann zogen wunderliche Farben an ihren Augen vorbei, die Lider zuckten, sie erwachte. Ihr Blick ging kurz hin und her und suchte vergeblich zu ergründen, wo sie sich befand. Noch immer umfing sie diese köstliche Ruhe, dazu kam ein Gefühl der Erleichterung, daß ein heftiger Kampf, ein Kampf auf Leben und Tod, vorüber war. Ob sie in dem Kampf ihrer mit einer anderen Seele gesiegt oder eine Niederlage erlitten hatte, kümmerte sie nicht. Es war vorbei, war ausgestanden, und die Erkenntnis brachte Genugtuung und Zufriedenheit. Erst ganz allmählich lösten sich Nellas Gedanken aus diesen Fesseln, und sie begann ihre Umgebung wieder wahrzunehmen. Offenbar befand sie sich auf einer Jacht, und diese Jacht bewegte sich vorwärts. Das Schaukeln der Wiege war in Wirklichkeit das sachte Rollen des Schiffes, das Pochen der Laut der Schiffsschraube, die wunderlichen Farben malte die Sonne auf die Wellen, die sich im Kielwasser der Jacht über einem fernen und immer weiter zurückweichenden Horizont erhob, das mütterliche Eiapopeia war das leise Lied, das der Mann am Steuer summte. Nella hatte im Lauf ihres Lebens schon viele Erfahrungen mit Jachten gesammelt. Vom Flußlauf des Hudson bis zu den blauen Wogen des Mittelmeers hatte sie alle erdenklichen Gewässer mit einer Jacht bereist. Sie liebte das Wasser, und so erschien es ihr schön und richtig, sich jetzt auf dem Wasser wiederzufinden. Sie hob den Kopf, um einen Blick in die Runde zu werfen, ließ ihn aber gleich wieder sinken. Sie war erschöpft, entkräftet, sehnte sich nur nach ungestörter Ruhe. Weder Sorgen oder Ängste noch Pflichten bedrängten sie. Es war, als seien seit ihrer Begegnung mit Miss Spencer hundert Jahre vergangen, und die Erinnerung daran schien sich in die hintersten Winkel ihres Seins zurückgezogen zu haben.

Es war eine kleine Jacht, und Nella erfaßte mit geübtem Blick, daß sie dem Hochadel der Lustfahrzeuge angehörte. Von ihrem Liegestuhl aus (wobei es ihr zunächst gar nicht in den Sinn kam, darüber nachzudenken, wie sie dorthin gekommen war) nahm sie Einzelheiten wahr: Das Deck war so weiß und glatt wie ihre Hand, die Decksnähte durchzogen es der Länge nach wie blaue Adern. Alles Messing, von dem Streifen um den schlanken Schornstein bis zu der gewölbten Oberfläche der Kompaßhaube, glänzte wie Gold. Die sich nach oben verjüngenden Masten ragten in verwegenem Winkel gen Himmel, und die Takelage sah aus wie gesponnene Seide. Es waren keine Segel gesetzt, die Jacht lief unter Dampf und machte sieben bis acht Knoten. Nella schätzte das Boot, vermutlich auf einer der Werften am Clyde gebaut, auf etwa hundert Tonnen und nicht älter als zwei bis drei Jahre. Auf Deck war kein Mensch zu sehen außer dem Steuermann. Dieser trug einen blauen Strickjersey, auf dem weder ein Name noch ein Anfangsbuchstabe stand, und auch an den weißen Rettungsringen, die an der Haupttakelage festgezurrt waren, und an dem glänzenden Dingi, das in den Steuerborddavits hing, war kein Name zu sehen. Nella rief dem Steuermann etwas zu, rief noch einmal mit schwacher Stimme, der aber nahm keine Notiz von ihr und sang leise weiter, als gäbe es auf der ganzen weiten Welt nichts anderes als die Jacht, die See, die Sonne und seine eigene Person.

Dann ließ sie den Blick über die Konturen der Landmasse schweifen, von der sie sich in raschem Tempo entfernten, und konnte mit einiger Mühe einen Leuchtturm und eine weiße unregelmäßige Kuppel ausmachen, in der sie den Kursaal von Ostende erkannte, jenen prächtigen Rivalen des Spielcasinos von Monte Carlo. Demnach waren sie von Ostende ausgelaufen. Linde strichen die Sonnenstrahlen über Nella hin, sie wirkten wie ein Stärkungsmittel. Das sie umgebende Wasser changierte von wundersamen Grau- und dunklen Blautönen zu noch wundersamerem Rosa und durchscheinend unirdischen Grünschattierungen. Das magische Kaleidoskop des Tagesanbruchs zeigte sich in gewohnter Weise, unbekümmert um die Nöte bloßer Sterblicher. In der Ferne erspähte Nella das braune Segel eines Ostender Fischerboots, das von einer Nacht mit dem Schleppnetz auf See heimkehrte. Dann hörte sie Schaufelräder schlagen, und schwerfällig zog ein Raddampfer, unbeholfen wie eine Schildkröte in den Wellen herumpaddelnd, an ihnen vorbei. Das war die »Schwalbe« aus London. Nella sah, wie sich etliche Passagiere neugierig über die Achterdecksreling lehnten. Ein junges Mädchen im Regenmantel winkte ihr zu, und automatisch hob sie den Arm und gab den Gruß zurück. Der Offizier auf der Brücke der »Schwalbe« rief die Jacht an, doch deren Steuermann reagierte nicht. Kurz darauf war die »Schwalbe« nur noch ein Pünktchen in der Ferne.

Vergeblich versuchte Nella sich in dem Liegestuhl aufzurichten. Als sie die Decke abgeschüttelt hatte, die über ihr lag, zeigte sich, daß sie mit einem breiten Gurt an den Liegestuhl gebunden war. Sofort war sie hellwach, zornig und auf der Hut. Sie begriff, daß sie noch nicht außer Gefahr war, ja daß die Gefährdung womöglich kaum erst begonnen hatte. Die träge Zufriedenheit, das träumerische Gefühl von Frieden und Beschaulichkeit war wie weggeblasen, und sie wappnete sich gegen das, was von dieser ernsten und schwierigen Lage womöglich noch zu erwarten war.

In diesem Moment kam von unten ein Mann an Deck. Er mochte um die Vierzig sein, trug makellose Segelkluft und eine Schirmmütze. »Guten Morgen«, sagte er, höflich die Mütze lüftend. »Ein phantastischer Sonnenaufgang, nicht wahr?«

Die kalkulierte Unverschämtheit des Tons traf die hilflos an ihren Stuhl Gefesselte wie ein Peitschenhieb. Wie allen Menschen, die ein heiter-unbeschwertes Leben in jenen freundlichen Regionen führen, in denen Gold jede Falte glättet und die Justiz gegen Unbotmäßigkeiten mit fester Hand angeht, fiel es ihr schwer zu begreifen, daß es Bereiche gibt, in denen Gold keine Wirkung zeitigt und die Justiz machtlos ist. Noch vor vierundzwanzig Stunden hätte sie es für unmöglich gehalten, daß das von ihr Erlebte irgendjemandem widerfahren könnte. Sie hätte wohlgemut von Zivilisation und dem neunzehnten Jahrhundert gesprochen, den Fortschritt und die Polizei ins Feld geführt. Doch lehrte diese Erfahrung sie jetzt, daß die menschliche Natur sich stets gleichbleibt und unter der dünnen Kruste der Sicherheit, auf der wir braven Bürger uns bewegen, die dunklen Kräfte des Verbrechens insgeheim weiter ihr Unwesen treiben – nicht anders als in den Tagen, da man sich nicht von Cheapside nach Chelsea begeben konnte, ohne unter die Räuber zu fallen. Es war dies eine Lektion, die sie in den Amtsstuben der Kriminalpolizei von Paris, London und St. Petersburg nicht besser hätte lernen können.

»Guten Morgen«, wiederholte der Mann, und Nella warf ihm einen finsteren Blick zu.

»Sie!« stieß sie hervor. »Sie, Mr. Thomas Jackson, wenn das Ihr richtiger Name ist, binden Sie mich los, vorher rede ich nicht mit Ihnen!« Ihre Augen blitzten, und die Verachtung, die in ihnen stand, machte sie noch schöner.

Mr. Thomas Jackson alias Jules, vormals Oberkellner im »Grand Babylon«, hielt sich für einen ausgemachten Kenner der weiblichen Schönheit, und der Anblick Nella Racksoles traf ihn wie ein heftiger Schlag. »Mit Vergnügen«, erwiderte er. »Ich hatte vergessen, daß ich Sie, um einen Sturz zu verhindern, an dem Stuhl – äh – gesichert hatte.« Mit einer raschen Bewegung löste er den Gurt.

Nella stand auf. Bebend vor Wut bot sie ihm die Stirn. »Was hat das zu bedeuten?« fragte sie.

»Sie fielen in Ohnmacht«, antwortete er unbewegt. »Vielleicht hatten Sie das vergessen?«

Mit einer einladenden Bewegung deutete er auf einen Liegestuhl.

Nella mußte einräumen, daß dem Burschen eine gewisse Distinktion und Lebensart nicht abzusprechen war. Niemand hätte erraten, daß er zwanzig Jahre lang in einem Hotel Kellnerdienste geleistet hatte. Die hohe, geschmeidige Gestalt, die lässig ungezwungene Haltung hätten die eines Adligen sein können. Seine Stimme war leise, beherrscht und dennoch resolut.

»Deshalb brauchten Sie mich noch lange nicht in Ihrer Jacht zu entführen.«

»Es ist nicht meine Jacht«, erwiderte er, »aber das ist ein unwichtiges Detail. Wichtiger ist, daß Sie, wenn ich mir den Hinweis erlauben darf, erst vor wenigen Stunden eine Dame in meinem Haus mit einem Revolver bedroht haben.«

»Dann war das Ihr Haus?«

»Warum nicht? Darf ich nicht ein Haus mein eigen nennen?«

Er lächelte.

»Ich muß Sie ersuchen, sofort und unverzüglich zu wenden und mich zurückzubringen.« Sie bemühte sich um größtmögliche Festigkeit in der Stimme.

»Bedaure unendlich, aber das ist unmöglich. Ich bin nicht mit der Absicht in See gestochen, gleich wieder umzukehren. Sofort und unverzüglich«, fügte er an, ein wenig ihren Tonfall nachäffend.

»Wenn ich zurückkomme«, sagte sie, »wenn mein Vater von dieser Sache erfährt, dürfte das sehr ungemütlich für Sie werden, Mr. Jackson.«

»Angenommen aber, Ihr Vater erfährt nicht davon ...«

»Was?«

»Angenommen, es gibt keine Rückkehr?«

»Wollen Sie Ihr Gewissen mit einem Mord belasten?«

»Apropos Mord ... Sie waren nahe daran, meine Freundin Miss Spencer zu ermorden. So hat sie es mir zumindest erzählt.«

»Ist Miss Spencer an Bord?« fragte Nella, die in der Anwesenheit einer Frau einen schwachen Hoffnungsschimmer erblikken mochte.

»Miss Spencer ist nicht an Bord. An Bord ist niemand außer Ihnen und mir sowie einer kleinen und, wie ich Ihnen versichern darf, sehr diskreten Mannschaft.«

»Ich habe Ihnen nichts weiter zu sagen. Sie müssen tun, was Sie für richtig halten.«

»Besten Dank für die Erlaubnis. Ich lasse Ihnen Frühstück heraufschicken.«

Er ging zum Niedergang, der in den Salon führte, und pfiff, woraufhin ein schwarzer Junge mit einem Tablett erschien, auf dem Schokolade stand. Nella nahm das Tablett und warf es, ohne sich auch nur eine Sekunde zu besinnen, über Bord. Mr. Jackson tat ein paar Schritte und wandte sich dann wieder Nella zu. »Sie haben Schneid«, sagte er; »und ich bewundere Schneid. Es ist eine seltene Eigenschaft.«

Sie antwortete nicht.

»Warum haben Sie sich eigentlich in meine Angelegenheiten eingemischt?« fragte er.

Wieder antwortete sie nicht, aber die Frage gab ihr zu denken. Ja, warum hatte sie sich auf diese rätselhafte Sache überhaupt eingelassen? So heiter und unbeschwert, wie sie normalerweise durchs Leben flatterte, war die Beschäftigung mit derlei Dingen ihr sonst fremd. Hatte sie nur dafür sorgen wollen, daß die Gerechtigkeit den Sieg davontrug und das Böse bestraft wurde? War es womöglich Abenteuerlust gewesen? Oder etwa der Wunsch, Seiner Durchlaucht Prinz Aribert einen Gefallen zu tun?

»Ich kann nichts dafür, daß Sie in dieser Klemme stecken«, fuhr Jules fort. »Nicht ich habe Sie in diese üble Lage gebracht, sondern Sie sich selbst. Sie und Ihr Vater haben ein wenig zuviel Tempo vorgelegt.«

»Das bleibt abzuwarten«, erwiderte sie frostig.

»In der Tat. Und ich wiederhole, daß ich Sie bewundere – solange Sie nicht meine Kreise stören. Das lasse ich mir nämlich unter keinen Umständen gefallen – nicht einmal von einem Millionär, nicht einmal von einer schönen Frau.« Er verbeugte sich. »Ich will Ihnen sagen, was ich vorhabe. Ich werde Sie an einen sicheren Ort geleiten und dort festhalten, bis meine Unternehmungen abgeschlossen sind und keine Möglichkeit der Einmischung mehr besteht. Sie sprachen vorhin von Mord. Was für eine krude Vorstellung! Nur der Amateur mordet ...«

»Und Reginald Dimmock?« warf sie rasch ein. Er schwieg einen Augenblick und machte ein ernstes Gesicht. »Reginald Dimmock«, wiederholte er. »War das nicht ein Fall von Herzschwäche? Lassen Sie mich noch einmal Schokolade bestellen. Sie müssen Hunger haben.«

»Ehe ich Ihr Essen anrühre, verhungere ich lieber.«

»Welch herrliches Geschöpf«, sagte er halblaut und ließ seinen Blick über ihr Gesicht gleiten. Nellas blendende, hochfahrende Schönheit überwältigte ihn. »Was wären Sie für eine Ehefrau!« Er trat näher an sie heran. »Sie und ich, Miss Racksole, Ihre Schönheit, Ihr Reichtum und mein Verstand – wir könnten uns die Welt untertan machen. Wenige Männer sind Ihrer wert, aber ich bin einer von Ihnen. Hören Sie mich an, es soll Ihr Schaden nicht sein. Heiraten Sie mich. Ich bin ein großer Mann und werde noch Größeres erreichen. Ich bete Sie an. Heiraten Sie mich, und ich will Sie verschonen. Alles wird gut werden, ich werde einen neuen Anfang machen, die Vergangenheit wird sein, als sei sie nie gewesen.«

»Ist das nicht ein wenig plötzlich ... Jules?« fragte Nella mit beißendem Spott.

»Haben Sie von mir erwartet, daß ich mich an Konventionen halte? Ich liebe sie.«

»Nehmen wir einmal an, es wäre so. Was soll dann aber aus Ihrer derzeitigen Ehefrau werden?«

»Meiner derzeitigen Ehefrau?«

»Ja. Miss Spencer, wie sie sich nennt.«

»Sie hat Ihnen gesagt, ich sei ihr Mann?«

»Ja, denken Sie nur ... «

»Das entspricht nicht der Wahrheit.«

»Mag sein. Dennoch möchte ich Sie doch lieber nicht heiraten.« Nella stand vor ihm wie die verkörperte Verachtung.

Er kam ihr noch näher. »Dann geben Sie mir einen Kuß. Nur einen, mehr verlange ich nicht. Ein Kuß von diesen Lippen, und Sie sind frei. Ich wäre nicht der erste Mann, der sich für einen Kuß zugrunde richtet.«

»Memme«, stieß sie hervor.

»Memme«, wiederholte er. »Ich und eine Memme? Gut denn, so bin ich eine Memme, und Sie werden mich küssen, ob Sie wollen oder nicht.« Er legte ihr eine Hand auf die Schulter. Während sie mit einem unwillkürlichen Aufschrei vor seinen lüsternen Augen zurückzuckte, schnellte aus dem nur wenige Fuß entfernten Dingi eine Gestalt hoch. Ein einziger gezielter Schlag auf Mr. Jacksons Ohr streckte diesen bewußtlos zu Boden. Vor ihm stand, einen Revolver im Anschlag, Prinz Aribert von Posen. Für Mr. Jackson dürfte das die größte Überraschung seines bisherigen Lebens gewesen sein.

»Erschrecken Sie nicht«, sagte der Prinz zu Nella. »Daß ich hier bin, hat den einfachsten Grund der Welt, und ich werde Ihnen alles erklären, sobald ich mit diesem Burschen fertig bin.«

Nella hatte es vorübergehend die Sprache verschlagen, doch dann sah sie die Waffe, die er in der Hand hielt. »Aber das ist ja mein Revolver!«

»Sehr richtig. Und auch das werde ich Ihnen erklären«, versprach der Prinz.

Der Mann am Steuerrad hatte dieser Szene nicht die geringste Aufmerksamkeit geschenkt.

Kapitel 11

DER PFANDLEIHER DER FÜRSTEN

»Mr. Sampson Levi wünscht Sie zu sprechen, Sir.«

Die Stimme des Dieners riß Theodore Racksole aus Gedanken, die alles andere als erfreulich gewesen waren, denn es muß leider gesagt werden, daß Mr. Racksole, Besitzer des Hotels »Grand Babylon«, mit sich höchst unzufrieden war. In seinem Hotel spielte sich Rätselhaftes ab, und trotz seines Scharfblicks und umfassenden Wissens wollte es ihm nicht gelingen, dem rätselhaften Treiben auf die Spur zu kommen. Er lachte zwar über die fruchtlosen Bemühungen der Polizei, mußte aber ehrlicherweise einräumen, daß die seinen nicht erfolgreicher waren. In der Öffentlichkeit wurde geredet, denn auf verschlungenen Wegen hatte sich die Nachricht vom Verschwinden des armen Dimmock doch herumgesprochen, und der Gedanke, daß sich um sein untadeliges Hotel womöglich finstere Gerüchte rankten, gefiel Theodore Racksole ganz und gar nicht. Voller Grimm überlegte er, was wohl die Öffentlichkeit und die Sonntagszeitungen erst sagen würden, wenn sie von all dem wüßten, was sich noch nicht herumgesprochen hatte – Miss Spencers Verschwinden, Jules' sonderbarem Ballbesuch und dem Ausbleiben des Großherzogs Eugen von Posen. Vergeblich hatte Theodore Racksole sich das Hirn zermartert, vergeblich hatte er auf eigene Faust ausgiebige Ermittlungen angestellt, vergeblich hatte er für diese Ermittlungen nicht unerhebliche Geldsummen unter die Leute gebracht. Als die Polizei behauptete, sie habe eine Spur gefunden, bemerkte Racksole, die Polizei werde schließlich für die Suche nach Spuren bezahlt und habe überdies selten mehr als eine solche vorzuweisen, und eine Spur, die keine weiteren Ergebnisse zeitige, sei eine recht klägliche Angelegenheit. Fest stand nur soviel, daß über seinem Hotel, seinem schönen Spielzeug, dem ersten Haus am Platze, ein Schatten hing. Auf die Geschäftslage hatte er sich noch nicht ausgewirkt, war aber nicht wegzuleugnen und bereitete Racksole heftigen Verdruß, oder vielleicht wäre es richtiger zu sagen, daß ihn sein Unvermögen verdroß, den Schatten zu verjagen.

»Mr. Sampson Levi wünscht Sie zu sprechen«, wiederholte der Diener, da sein Herr nicht hatte erkennen lassen, ob er ihn beim erstenmal gehört hatte.

»Mich persönlich?« vergewisserte sich Racksole.

»Er fragte nach Ihnen, Sir.«

»Vielleicht will er mit Rocco einen Speiseplan oder dergleichen bereden.«

»Ich werde mich erkundigen, Sir.« Der Diener machte Anstalten, das Zimmer zu verlassen.

»Halt«, befahl Racksole unvermittelt. »Mr. Levi möge hereinkommen.«

Der große Börsenmakler, der dem »Kaffernzirkus« vorstand, betrat schlicht und unspektakulär den Raum. Er war ziemlich klein, von frischer Gesichtsfarbe und gekleidet wie ein typischer hebräischer Finanzier, wobei das, was er an Uhrketten zuviel hatte, der etwas knapp geratene Schnitt der Weste wieder ausglich. In der fülligen Hand hielt er einen Spazierstock mit goldenem Knauf und einen nagelneuen Zylinderhut, denn es war Freitag, und Mr. Levi pflegte an jedem Freitag, den Gott werden ließ – die hohen Feiertage ausgenommen –, einen neuen Zylinderhut zu erstehen. Er atmete schwer und schnaufte kräftig durch die Nase, als hätte er soeben ein herkulisches Werk vollbracht. Mr. Levi musterte den amerikanischen Millionär eine Spur befangen, gleichzeitig aber verriet das runde rote Gesicht unverhohlen auch Bewunderung und Gutwilligkeit. »Mr. Racksole, wenn ich nicht irre? Theodore Racksole? Ist mir eine Ehre.« Mit diesen Worten hätte sich auch ein minderer

Kaminkehrer einführen können, erstaunlicherweise aber fand Theodore Racksole den Ton nicht unsympathisch. Hier, wo man es am wenigsten erwartet, sagte er sich, findet man einen redlichen Mann.

»Guten Tag«, erwiderte er kurz angebunden.

»Was verschafft mir das Vergnügen?«

»Ihre Zeit ist gewiß knapp bemessen«, versetzte Sampson Levi. »Die meine jedenfalls ist es, und deshalb will ich gleich zur Sache kommen. Ich bin ein einfacher Mann, Mr. Racksole. Den Gentleman zu spielen und dergleichen Unfug schätze ich nicht. Ich bin Aktienhändler, und das darf jeder wissen. Neulich habe ich hier im Hotel einen Ball gegeben, der mich über zweitausend Pfund gekostet hat, Ihre Rechnung habe ich heute früh mit einem Scheck beglichen. Ich kann Bällen nichts abgewinnen, aber für mich sind sie nutzbringend, und meine liebe Frau findet Gefallen daran, und deshalb geben wir sie. Gegen das Hotel kann ich, was den Ball betrifft, nichts sagen, alles ist sehr ordentlich gelaufen, wirklich sehr ordentlich, aber was ich von Ihnen wissen will, ist dies: Warum haben Sie meinen Gästen einen Privatdetektiv auf den Hals geschickt?«

»Einen Privatdetektiv?« wiederholte Racksole verblüfft.

»Ja«, bestätigte Mr. Sampson Levi, indem er sich auf seinem Sessel Luft zufächelte und Theodore Racksole mit dem ernsten, geraden Blick eines Mannes musterte, dem eine Kränkung widerfahren ist. »Ja, einen Privatdetektiv. Ich weiß, es ist eine Kleinigkeit, und Sie werden mir entgegenhalten, daß Sie, da Ihnen der ganze Kasten gehört, in dieser Sache machen können, was Sie wollen, aber ich bin hergekommen, um Ihnen zu sagen, daß mir so was nicht paßt. Aus Prinzip nicht. Von Ärger möchte ich dabei gar nicht reden, mir geht es einfach ums Grundsätzliche.«

»Ich versichere Ihnen, mein lieber Mr. Levi«, sagte Racksole, »daß es mir nie in den Sinn käme, etwas Derartiges zu veranlassen, wenn ich den Goldenen Saal privat an einen privaten Auftraggeber für eine private Veranstaltung vermietet habe.«

»Ehrlich wahr?« vergewisserte sich Mr. Sampson Levi mit der ihm eigenen farbigen Ausdrucksweise.

»Ehrlich wahr«, bestätigte Racksole lächelnd.

»Auf meinem Ball war ein Mann, den ich nicht eingeladen hatte. Das habe ich gleich gesehen, weil ich nämlich ein enorm gutes Gedächtnis für Gesichter habe. Mehrere Leute haben mich hinterher gefragt, was er da zu suchen hatte, und einer hat behauptet, es wäre einer Ihrer Kellner, aber das habe ich ihm nicht abgenommen. Ich weiß zwar nicht, wie es im ›Grand Babylon‹ zugeht, solche Lokalitäten sind nicht mein Stil, aber ich kann mir nicht denken, daß Sie einen Ihrer Kellner zum Bespitzeln meiner Gäste abkommandiert, allenfalls, daß sie ihn als Kellner hingeschickt hätten, nur hat dieser Bursche nicht gekellnert, dafür aber um so fleißiger gebechert.«

»Vielleicht kann ich etwas Licht in diese Angelegenheit bringen«, sagte Racksole. »Mir ist bekannt, daß ein Mann auf Ihrem Ball war, der keine Einladung hatte.«

»Und wie sind Sie dahintergekommen?«

»Durch einen reinen Zufall, Mr. Levi, nicht durch Nachfragen. Es handelt sich um den früheren Oberkellner des Hotels, einen gewissen Jules, von dem Sie sicher schon gehört haben.«

»Ich? Im Leben nicht«, beteuerte Mr. Levi.

»Wer Jules sei, hat man mir gesagt, wüßte alle Welt, aber offenbar ist das nicht der Fall. Wie dem auch sei – an dem Tag, als Ihr Ball stattfand, hatte ich Jules entlassen und ihn aufgefordert, dem ›Grand Babylon‹ in Zukunft fernzubleiben. Am gleichen Abend aber traf ich ihn hier – nicht im Goldenen Saal, sondern im Hotel selbst. Gebeten, seine Anwesenheit zu erklären, behauptete er, Ihr Gast zu sein. Mehr weiß ich von der Sache nicht, und daß Sie mir die Geschmacklosigkeit zutrauen, Ihren Gästen einen Privatdetektiv beizugeben, kann ich nur zutiefst bedauern.«

»Das befriedigt mich vollauf«, sagte Mr. Sampson Levi nach einer kleinen Pause. »Mir ging es nur um eine Erklärung, und die habe ich bekommen. Freunde aus der City haben mir versichert, ich könnte mich darauf verlassen, daß Mr. Theodore Racksole nicht um den heißen Brei herumredet, und das finde ich zu meiner Freude bestätigt. Diesen Jules werde ich selber mal unter die Lupe nehmen. Darf man fragen, warum Sie ihn entlassen haben?«

»Das weiß ich nicht.«

»Das wissen Sie nicht? Na hören Sie! Ich habe ja nur gefragt, weil ich dachte, dadurch käme ich vielleicht dahinter, warum er auf meinem Ball aufgekreuzt ist. Entschuldigen Sie meine Neugier.«

»Nicht der Rede wert, Mr. Levi. Sehen Sie, ich weiß es wirklich nicht. Ich hatte einfach das Gefühl, daß er ein verdächtiges Individuum ist. Es war eine Sache des Instinkts, verstehen Sie?«

Mr. Levi stellte sogleich eine Gegenfrage: »Wenn dieser Jules so bekannt ist, wie Sie sagen – wie konnte er dann hoffen, auf meinem Ball unerkannt zu bleiben?«

»Da muß ich passen«, erwiderte Racksole bedauernd.

»Tja, ich muß weiter«, versetzte Mr. Sampson Levi. »Einen guten Tag wünsche ich Ihnen, und vielen Dank auch. Sie beschäftigen sich nicht mit Kaffir-Anleihen?«

Mr. Racksole verneinte lächelnd.

»Dachte ich mir. Und ich fasse keine amerikanische Eisenbahnaktie an. Also kommen wir uns wohl nicht ins Gehege.«

»Guten Tag«, sagte Racksole höflich und begleitete Mr. Sampson Levi zur Tür. Mit der Hand auf dem Türknauf blieb dieser stehen und bedachte Theodore Racksole mit einem schlauen, wissenden Blick. »Komische Sachen, die hier in letzter Zeit passiert sind, nicht?«

Mehrere Sekunden sahen die beiden sich unverwandt an.

»Ja«, bestätigte Racksole dann. »Wissen Sie etwas darüber?«

»Hm ... also ... nichts Genaues«, sagte Mr. Levi. »Aber ich habe so bei mir gedacht, daß wir zwei beide einander vielleicht unter die Arme greifen könnten, wie man so sagt.«

»Nehmen Sie doch bitte noch einmal Platz«, bat Racksole, angenehm berührt von dieser unverblümten Aussage. »Wie können wir einander von Nutzen sein? Ich schmeichle mir, eine gewisse Menschenkenntnis zu besitzen, besonders wenn es um Menschen aus der Finanzwelt geht, und wenn Sie Ihre Karten auf den Tisch legen wollen, bin ich dazu ebenfalls bereit.«

»Einverstanden«, sagte Mr. Sampson Levi. »Da muß ich Ihnen wohl zuerst erklären, warum ich mich für Ihr Hotel interessiere. Ich warte schon die ganze Zeit darauf, daß mich ein gewisser Großherzog Eugen von Posen herbestellt, aber das ist bisher noch nicht passiert, und jetzt sieht es so aus, als ob Großherzog Eugen gar nicht in London ist. Dabei hätte ich jeden Eid schwören können, daß er spätestens gestern hier auftauchen würde.«

»Warum waren Sie Ihrer Sache so sicher?«

»Eins nach dem anderen, Mr. Racksole. Klären wir erst mal die Fronten. Warum haben Sie dieses Hotel gekauft? Das ist nämlich eine Nuß, an der seit ein paar Tagen viele von uns in der City herumknacken. Warum haben Sie das ›Grand Babylon‹ gekauft? Und welchen Schachzug planen Sie jetzt?«

»Es gibt keinen weiteren Schachzug«, versicherte Racksole, »aber warum ich das Hotel gekauft habe, will ich Ihnen gern sagen, es ist kein Geheimnis: aus einer Laune heraus.« Und dann schilderte Theodore Racksole diesem kleinen Juden den er inzwischen schätzengelernt hatte, in allen Einzelheiten, wie seine Verhandlungen mit Mr. Babylon verlaufen waren. »Ich könnte mir denken«, schloß er, »daß Sie nicht so recht nachempfinden können, wie es in mir aussah, als ich das Geschäft abschloß.«

»Ganz im Gegenteil«, versetzte Mr. Levi, »ich habe mal auf ganz ähnliche Weise ein Motorboot auf der Themse gekauft und selten einen besseren Handel gemacht. Dann ist es also reiner Zufall, daß das Hotel jetzt Ihnen gehört?«

»Reiner Zufall – und das alles wegen eines Beefsteaks und einer Flasche Bass-Bier.«

Mr. Sampson Levi strich sich nachdenklich brummelnd über sein Dreifachkinn.

»Was Fürst Eugen betrifft«, fuhr Racksole fort, »so erwarte ich Seine Hoheit tatsächlich hier. Die Fürstensuite steht für ihn bereit. Er sollte an eben jenem Nachmittag eintreffen, an dem der junge Dimmock zu Tode kam, und ich habe bis heute weder erfahren, warum er ausgeblieben ist, noch habe ich seinen Namen in der Zeitung gefunden. Was für eine Angelegenheit ihn nach London führt, ist mir nicht bekannt.«

»Aber mir«, versetzte Mr. Sampson Levi. »Er wollte einen Kredit aufnehmen.«

»Für sein Land?«

»Nein, für sich privat.«

»Bei wem?«

»Bei mir. Das überrascht Sie? Wären Sie schon ein wenig länger in London, so wüßten Sie, daß ich für ihn genau der richtige Mann bin. Vielleicht ist Ihnen noch nicht zu Ohren gekommen, daß man mich an der Börse den ›Pfandleiher der Fürsten‹ nennt, weil ich Darlehen für die minderen europäischen Höfe vermittle. Ich bin Aktienhändler, aber mein Hauptgeschäft ist es, für einige dieser zweitrangigen Fürstentümer Geld beizuschaffen. Der Fürst von Posen nun wünschte ausdrücklich eine Million, und zwar bis zu einem bestimmten Zeitpunkt, und er wußte, daß er die Sache bis zu einem festgesetzten Stichtag abschließen mußte, weil er die Million zu dem gewünschten Zeitpunkt sonst nicht bekommen konnte. Und deshalb wundert es mich sehr, daß er nicht in London ist.«

»Wozu brauchte er eine Million?«

»Schulden«, lautete die lakonische Antwort.

»Seine eigenen?«

»Gewiß doch.«

»Aber er ist noch nicht einmal dreißig.«

»Na und? Es ist nicht der erste europäische Fürst, der in zehn, zwölf Jahren eine Million Schulden zusammengebracht hat. Das geht bei Fürsten ruck, zuck.«

»Und woher rührt der plötzliche Entschluß, seine Schulden zu tilgen?«

»Bis er nicht schuldenfrei ist, lassen der Kaiser und die Eltern der Dame ihn nicht heiraten, und damit haben sie auch ganz recht. Wenn er keine weiße Weste vorweisen kann, wird aus der Prinzessin Anna von Eckstein-Schwartzburg nie eine Großherzogin von Posen. Der Kaiser hat übrigens keine Ahnung, wie hoch die Schulden des Fürsten sind. Wenn er es wüßte ...«

»Aber wird der Kaiser nichts von diesem Darlehen erfahren?«

»Nicht unbedingt. Es gibt da Mittel und Wege ... Merken Sie was?« Mr. Sampson Levi lachte. »Ich deichsle so was nicht zum erstenmal. Nach der Hochzeit kann man es eventuell vorsichtig durchsickern lassen. Im übrigen bringt Prinzessin Anna ein beachtliches Vermögen mit. Was meinen Sie, Mr. Racksole«, fragte er in plötzlich verändertem Ton, »wohin Fürst Eugen verschwunden sein könnte? Denn wenn er heute nicht auftaucht, wird es nichts mit der Million. Heute ist der letztmögliche Termin, morgen wird das Geld anderweitig vergeben. Natürlich mache ich so ein Geschäft nicht allein, meine Freunde haben dabei auch ein Wörtchen mitzureden.«

»Sie fragen mich, wohin meiner Meinung nach Fürst Eugen verschwunden ist?«

»Ja.«

»Mit anderen Worten: Sie glauben, man hat ihn verschwinden lassen?«

Sampson Levi nickte. »Ja, so hab' ich mir das zusammengereimt. Die Sache mit Dimmock ist wunderlich. Höchst wunderlich. Dimmock ist ein illegitimer Sproß aus dem Posener Herrscherhaus. Merken Sie was? Sie haben ihn zum Sekretär und Gesellschafter von Prinz Aribert gemacht, damit es gewissermaßen in der Familie bleibt. Seine Mutter war Irin, ihr Pech war es, daß sie zu schön war. Merken Sie was? (Diesen unkonventionellen Ausdruck flocht Mr. Sampson Levi gern ein, wenn er in mitteilsamer Stimmung war.) Ich glaube nun, daß Dimmocks Tod etwas mit dem Verschwinden von Fürst Eugen zu tun hat. Dabei verstehe ich nur eins nicht: Wem sollte daran gelegen sein, daß der Großherzog verschwindet? Der arme Kerl hat nie einer Fliege was zuleide getan. Wenn jemand ihn geschnappt hat, wie man so sagt, warum ist er geschnappt worden? Einen Nutzen hat niemand davon.«

Racksole kam eine jähe Erleuchtung. »Vielleicht doch ... «

»Wie darf ich das verstehen?« fragte Mr. Levi.

»Nehmen wir einmal an, einem andern verarmten europäischen Fürsten läge daran, sich Prinzessin Anna mitsamt ihrem Vermögen zu sichern – hätte besagter Fürst nicht ein Interesse daran, die Vergabe des Darlehens an Großherzog Eugen zu hintertreiben? Hätte er nicht ein Interesse daran, Fürst Eugen zumindest für eine gewisse Zeit verschwinden zu lassen?«

Sampson Levi dachte eine Weile angestrengt nach. »Mr. Racksole«, sagte er schließlich, »ich glaube, Sie haben den Nagel auf den Kopf getroffen.«

Kapitel 12

ROCCO UND ZIMMER 111

Am Nachmittag des gleichen Tages – das eben geschilderte Gespräch hatte vormittags stattgefunden – hatte Racksole noch eine Idee, auf die er, wie er sich sagte, eigentlich schon früher hätte kommen müssen. Er hatte des längeren mit Mr. Sampson Levi gesprochen, sich mit ihm über verschiedene Punkte ausgetauscht und ein weiteres Treffen vereinbart. Auf die Theorie aber, daß Reginald Dimmock zum Verräter an seiner Familie geworden war, den Verrat bereut und dadurch seinen Tod selbst herbeigeführt hatte, waren sie nicht näher eingegangen, dafür hatten sie sich mit den politischen Verhältnissen auf dem europäischen Festland beschäftigt und erörtert, welches Fürstengeschlecht ein Interesse an einem zeitweiligen Verschwinden von Großherzog Eugen haben könnte. Als Racksole sich jetzt noch einmal im einzelnen dem Fall des toten Reginald Dirnmode zuwandte, beschäftigte ihn vor allem eine Frage: Warum hatten Dimmock und Jules vermittels eines Tricks Nella Racksole aus Zimmer 111 vertrieben? Daß es ein Trick gewesen, daß die Fensterscheibe nicht zufällig zu Bruch gegangen war, stand für Racksole längst fest, erst jetzt aber erkannte er, wie bedeutsam dieser Vorfall war und daß es mit Zimmer 111 eine besondere Bewandtnis haben mußte. Nach dem Lunch ging er leise nach oben, blieb aber vor der Tür von Zimmer 111 stehen, denn es war noch belegt, der Gast sollte erst am Abend abreisen. Daß nicht viel damit gewonnen war, ein Zimmer von außen in Augenschein zu nehmen, war ihm klar, trotzdem betrachtete er geraume Zeit nachdenklich die Tür. Dann ging er rasch die Treppe hinunter in die darunterliegende Etage, lief den Gang entlang, blieb abrupt stehen und stampfte unwillkürlich mit dem Fuß auf. »Wenn das keine Entdeckung ist! Nummer 111 liegt unmittelbar über der Fürstensuite.«

Er ging an die Rezeption und ordnete an, bis auf weiteres Zimmer 111 nicht mehr zu vergeben. Im Büro überreichte man ihm Nellas Brief, der folgendermaßen lautete:

Lieber Papa, ich verreise auf ein paar Tage, weil ich einem Hinweis nachgehen will. Wenn ich in drei Tagen nicht wieder da bin, erkundige Dich nach mir in Ostende. Bis dahin störe meine Kreise nicht.

Deine findige Tochter

Diese wenigen Worte bedeckten in Nellas großer Krakelschrift die eine Seite des Bogens. Ganz unten stand »b. w.«. Racksole drehte das Blatt um und las den dick unterstrichenen Satz: »PS: Behalte Rocco im Auge.«

»Möchte wissen, was die Krabbe jetzt wieder im Schilde führt«, sagte er halblaut, während er den Brief in kleine Schnipsel zerlegte, die er in den Papierkorb warf. Dann fuhr er mit dem Aufzug in den Keller, um sich zunächst einmal Rocco in seinem Reich anzusehen. Daß dieser verbindliche Mann, der so viel Würde ausstrahlte und sein gastronomisches Handwerk mit so großem Enthusiasmus betrieb, in die Machenschaften eines Jules und anderer unbekannter Halunken verwickelt sein sollte, mochte er kaum glauben. Aber der Macht der Gewohnheit folgend, ging er dem Hinweis seiner Tochter nach, deren Scharfblick und Gewitztheit er durchaus zu schätzen wußte.

Der Küchenbereich des Hotels »Grand Babylon« gehört zu den größten Sehenswürdigkeiten Europas. Erst drei Jahre vor den Ereignissen, von denen hier die Rede ist, hatte Félix Babylon ihn völlig neu gestalten lassen und sich dabei sämtlicher Erfindungen und Patente bedient, die zwei Kontinente zu bieten hatten. Die Küchenräume erstreckten sich über eine Fläche von nahezu einem Morgen. Wände und Böden waren vollständig mit Fliesen und Marmor ausgekleidet, so daß man sie täglich abspritzen konnte wie das Deck eines Kriegsschiffes. Besuchern führte man gelegentlich die Kartoffelschneidemaschine vor, den patentierten Tellertrockner, den »Babylon«-Bratspieß (von Félix Babylon höchstpersönlich erfunden), den Silber-Grill[9], ferner ein System miteinander verbundener Suppenkessel und andere Wunderdinge aus diesem Ressort. Mit einigem Glück bekamen die Besucher anläßlich ihrer Besichtigung auch die Künstler zu sehen, die aus Eisblöcken Menschen- und Tierfiguren als Tafelschmuck meißelten, den ersten Serviettenfalter Londons oder den Mann, der täglich Torten und Süßspeisen in ständig neuer Gestalt erfand. Zwölf Chefs taten in den Küchen Dienst, unterstützt von neunzig Sous-Chefs und einer Armee unbeachteter Handlanger.

Über ihnen allen thronte Rocco, erhaben und unnahbar. Im Zentrum der Küchensuite hatte er einen eigenen Raum, in dem er jene genialen Kombinationen, jene Bravourstücke an Originalität und Wohlgeschmack ersann, denen er seinen Ruhm verdankte. In der Küche bekamen Besucher ihn nie zu sehen, zu besonderen Anlässen aber schlenderte der große Mann lässig durch den Speisesaal und nahm die Komplimente der Stammgäste entgegen, die als wahre Kenner seine Einzigartigkeit zu würdigen wußten.

Theodore Racksoles plötzliches und unübliches Erscheinen in der Küche verursachte einige Aufregung. Er nickte dem einen oder anderen Chef zu, richtete aber an keinen das Wort, sondern bewegte sich schweigend durch das Gewimmel der weiß bemützten Gestalten. Schließlich entdeckte er Rocco, der sich, von bewundernden Kollegen umringt, gerade über einen auf einer blauen Platte liegenden, frisch gebratenen Fasan beugte. Er stieß dem Vogel eine lange Gabel in den Rücken und hob das ganze Tier mit der linken Hand hoch. In der Rechten hielt er ein langes, blinkendes Tranchiermesser. Es handelte sich offenbar um eine seiner weltberühmten Vorstellungen im Schau-Tranchieren. Mit vier raschen, makellosen und ebenso sicheren wie feinfühligen Schnitten durchtrennte er die Glieder des Vogels. Es war eine stupende Leistung, die in ihrer ganzen Großartigkeit nur ein in seinem Metier sehr geschickter Tranchierer so recht ermessen konnte. Die Chefs ließen ein beifälliges Brummeln hören, und Rocco – groß, schlank und elegant – zog sich in seinen separaten Raum zurück, in den Racksole ihm folgte. Rocco saß, eine Hand über die Augen gelegt, in einem Sessel. Er hatte Racksole noch nicht bemerkt.

»Was machen Sie gerade, Mr. Rocco?« erkundigte sich der Millionär lächelnd.

Rocco fuhr hoch. »Ich bitten tausendmal Pardon! Ich war dabei, eine neue Mayonnaise zu erfinden, die ich benötige für ein Menü in der nächsten Woche.«

»Sie erfinden derlei Dinge ohne Zutaten?«

»Gewiß. Ich erfinden sie in mein Kopf. Ich denke ihnen. Zutaten? Überflüssig. Ich kennen alle Geschmäcke. Ich denken und denken und denken, und dann ist fertig. Ich schreiben auf, ich geben Rezept meine beste Chef, *et voilà*. Ich muß nicht einmal kosten, ich weiß, wie schmeckt. Ist wie Komponieren von Musik. Die großen Komponisten, sie komponieren nicht am Klavier.«

»Verstehe«, sagte Racksole.

»Weil ich arbeite so, Sie mir zahlen dreitausend im Jahr«, ergänzte Rocco ernsthaft.

»Schon von Jules gehört?« fragte Racksole unvermittelt.

»Jules?«

»Er ist in Ostende verhaftet worden«, flunkerte Racksole, einer plötzlichen Eingebung folgend. »Es heißt, daß er und einige andere in einen Mordfall verwickelt sind. In den Mord an Reginald Dimmock.«

»Ach ja?« fragte Rocco gedehnt, nur mühsam ein Gähnen unterdrückend, und Racksole war sofort klar, daß ein so beeindruckendes Desinteresse eigentlich nur fingiert sein konnte.

»Die Polizei hat offenbar ausnahmsweise einmal gute Arbeit geleistet«, fuhr Racksole fort.

»Morgen soll das Hotel gründlich durchsucht werden. Ich sage Ihnen das deshalb, weil die Durchsuchung, was Sie betrifft, natürlich nur Formsache ist. Sie haben doch nichts dagegen, wenn die Kriminalbeamten Ihre Räume in Augenschein nehmen?«

»Aber nein.« Rocco zuckte die Schultern.

»Ich muß Sie bitten, darüber zu schweigen«, sagte Racksole. »Von Jules' Verhaftung weiß zunächst nur ich, die Presse hat keine Kenntnis davon. Sie verstehen?«

Rocco setzte ein überlegenes Lächeln auf, und sein Dienstherr, sehr zufrieden mit dem kurzen Gespräch, ging weiter. Freilich mochte es nicht ganz ungefährlich sein, einem gewieften Burschen wie Rocco etwas vorzuschwindeln. Racksole überlegte ernsthaft, wie er sich, falls Nellas Verdacht unbegründet war und die ganze Geschichte im Sande verlief, dem großen Meister gegenüber rechtfertigen sollte. Dennoch – Roccos ganzes Verhalten und etwas seltsam Unstetes in seinem Blick hatte Racksoles Überzeugung gefestigt, daß sein *chef de cuisine* auf irgendeine Weise an Jules' Machenschaften beteiligt war und vermutlich auch etwas mit dem Tod von Reginald Dimmock und dem Verschwinden von Fürst Eugen von Posen zu tun hatte.

In der Nacht, genauer gesagt früh um halb zwei, als es im Hotel still geworden war, begab sich Racksole in die zweite Etage und betrat Zimmer 111. Er schloß von innen ab und machte sich daran, den Raum Fuß für Fuß zu untersuchen. Hin und wieder ließ ihn ein Knarren oder ein anderes Geräusch zusammenfahren, dem er dann ein paar Sekunden gespannt nachhorchte. Das Zimmer fiel in keiner Hinsicht aus dem Rahmen, es war in dem gleichen opulenten Stil wie alle Gästezimmer des Hotels »Grand Babylon« eingerichtet. Racksoles besonderes Interesse galt dem Fußboden. Er hob die dicken Orientteppiche hoch und nahm alle Dielenbretter genau in Augenschein, fand aber nichts Ungewöhnliches. Dann wandte er sich dem Ankleidezimmer und schließlich dem Bad zu, die beide vom Hauptraum abgingen, hatte aber auch in diesen kleineren Zimmern keinen Erfolg. Schließlich stand er vor der Badewanne, die, wie bei Badewannen nicht unüblich, eine Verkleidung aus edel glänzendem Holz hatte. Bei manchen Badewannen befindet sich neben den Hähnen ein Schränkchen mit einer seitlichen Tür, das hier jedoch fehlte. Racksole klopfte die Verkleidung ab, nirgends aber war jenes merkwürdig hohle Geräusch zu vernehmen, das gemeinhin ein Geheimfach verrät. Müßig drehte er den Kaltwasserhahn auf, und das Wasser rauschte in die Wanne. Er drehte den Kaltwasserhahn wieder zu und legte den Ablaufhebel um. Dabei glitt sein Knie, mit dem er sich an der Verkleidung abgestützt hatte, nach vorn. Die Verkleidung hatte nachgegeben, und er sah, daß ein großes Paneel von innen mit einem Scharnier und einer Haspe versehen war. Hinter dem Paneel kam am Ende der Badewanne ein Hohlraum zum Vorschein. Racksole versuchte zunächst, den Trick mit dem Ablaufhebel zu wiederholen, was ihm aber nicht gelang. Auch vermochte er keine Verbindung zwischen dem Gestänge des Ablaufhebels und der Haspe des Paneels zu entdecken. Was sich in dem Hohlraum hinter der Verkleidung befand, konnte er nicht erkennen, und das elektrische Licht war fest angeschlossen und ließ sich nicht herumtragen wie eine Kerze. Er tastete seine Taschen ab, in denen sich glücklicherweise eine gefüllte Streichholzschachtel fand. Im Licht eines Zündholzes warf er einen Blick in den Hohlraum und sah – nichts. Nichts bis auf ein etwa einen Meter von der Verkleidung entferntes ziemlich großes Loch. Mit einiger Mühe zwängte er sich durch die Lücke in der Verkleidung und kniete sich in den Hohlraum. Als er das nächste Zündholz anriß, passierte ihm ein Mißgeschick: Sämtliche Zündhölzer in der halb geöffneten Schachtel gerieten in Brand, so daß die schwefligen Dämpfe ihn schier erstickten. Ein einzelnes Zündholz war auf dem Boden des Hohlraums gelandet und brannte hell. Racksole rieb sich den beißenden Dampf aus den Augen, griff rasch nach dem Streichholz und spähte in das Loch, das einen Durchmesser von etwa achtzehn Zoll hatte und scheinbar ins Bodenlose führte. Das Seltsamste daran aber war, daß in dem Schacht, der von dem Loch aus nach unten ging, eine Strickleiter baumelte. Diese Entdeckung entlockte Racksole ein zufriedenes Lächeln.

Das Zündholz verlosch.

Sollte er eine neue Schachtel Streichhölzer holen, wozu er womöglich einen langen Weg in einen entfernten Raum des Hotels zurückzulegen hatte, oder sollte er versuchen, im Dunkeln den Abstieg über die Strickleiter zu wagen? Er entschied sich für letzteres – vor allem auch deshalb, weil er jetzt am Ende des Schachts einen ganz schwachen Lichtschein ausmachen konnte.

Mit großer Vorsicht zwängte er sich durch die Öffnung in die Röhre, die einem Brunnenschacht glich, und kletterte nach unten. Endlich hatte er – schweißnaß, aber unversehrt und nicht wenig aufgeregt – wieder festen Boden unter den Füßen. Der Lichtschein kam durch ein kleines Loch im Holz, das gute Sicht auf das Bad und durch dessen geöffnete Tür ins Schlafzimmer der Fürstensuite bot. Dort stand an dem mit einer Marmorplatte abgedeckten wuchtigen Waschtisch ein Mann und beugte sich über einen auf der Marmorplatte befindlichen Gegenstand. Der Mann war Rocco.

Kapitel 13

IN DER FÜRSTENSUITE

Racksole begriff natürlich sofort, daß diese von ihm unter großen persönlichen Beschwernissen erkundete seltsame Querverbindung zwischen dem Bad von Nummer 111 und dem Bad des Fürstenzimmers in der Etage darunter von einer oder mehreren Personen in der ruchlosen Absicht angelegt worden war, die Bewohner der Fürstensuite zu bespitzeln – eine ebenso simple wie geniale Methode. Die Einzelheiten der Konstruktion durchschaute er derzeit noch nicht, vermutete aber, daß man sich der Verschalung der Wasserrohre als »Schacht« bedient und die Rohre selbst anderweitig in den dicken Wänden des »Grand Babylon« untergebracht hatte. Das Guckloch, durch das er jetzt ins Schlafzimmer spähte, war winzig und vermutlich von der anderen Seite kaum zu sehen. Allerdings schien es für einen Mann verfertigt, der etwas größer war als er, denn er mußte sich, um die richtige Höhe für sein Auge zu finden, auf die Zehenspitzen stellen. Sowohl Jules als auch Rocco waren ziemlich groß und hätten sich ohne große Mühe durch den Schacht schieben können – im Gegensatz zu Theodore Racksole, der nicht korpulent, aber kräftig und starkknochig war.

All das schoß dem Millionär blitzartig durch den Kopf, während er wie gebannt Roccos rätselhaftes Tun verfolgte. Die Tür zwischen Bad und Schlafzimmer stand weit offen, und er hatte einen großen Teil des Schlafzimmers im Blick, unter anderem zur Gänze das breite, üppig gepolsterte Bett, während er von dem marmornen Waschtisch nur eine Hälfte sehen konnte, so daß Rocco hin und wieder aus seinem Gesichtsfeld verschwand, während die gelenkigen Hände des Kochs sich an dem Gegenstand auf der Marmorplatte zu schaffen machten. Worum es sich bei diesem Gegenstand handelte, hätte Racksole zunächst nicht sagen können. Erst als sich sein Auge an die ungewohnte Position und die Beleuchtung gewöhnt hatte, sah er klarer.

Es war ein menschlicher Körper, das heißt, Racksole konnte auf jener Hälfte des Tisches, die in seinem Blickfeld lag, die Beine eines Mannes erkennen. Ein Schauder überlief ihn, als unabweisbar die Erkenntnis in sein Bewußtsein drang, daß Rocco vor sich auf dem kalten Marmor ein hilfloses menschliches Wesen liegen hatte. Da sich die Beine nicht bewegten, war der Unglückliche entweder eingeschlafen, stand unter der Wirkung eines Betäubungsmittels oder war – welch grausiger Gedanke! – gar tot.

Racksole hätte am liebsten laut aufgeschrien und diesem gräßlichen mitternächtlichen Werk, das sich da vor seinem fassungslosen Blick vollzog, irgendwie ein Ende gesetzt, aber er beherrschte sich.

Auf dem Waschtisch standen etliche seltsam geformte Gegenstände und Instrumente, deren sich Rocco hin und wieder bediente. Die Zeit, die der Küchenpapst mit dieser Arbeit verbrachte, dünkte Racksole schier endlos. Schließlich hielt Rocco inne, machte eine Handbewegung, die Zufriedenheit ausdrückte, pfiff ein paar Takte aus »Cavalleria Rusticana« und ging ins Badezimmer, wo er seinen Rock ablegte und sich fast geräuschlos die Hände wusch. Sorgfältig die langen Finger trocknend, stand er weniger als vier Fuß von Racksole entfernt, und der in den Schacht eingezwängte Millionär hielt den Atem an, um Rocco nur ja nichts von seiner Anwesenheit hinter der Holzwand merken zu lassen. Rocco kehrte denn auch ins Schlafzimmer zurück, ohne Verdacht zu schöpfen. Dort legte er ein weißes Gewand aus Frotteestoff über die Gestalt auf dem Tisch und hob sie auf das große Bett, wo sie beängstigend reglos liegen blieb. Für den verborgenen Beobachter stand inszwischen fest, daß es eine Leiche war, an der Rocco auf so unheimliche und geheimnisvolle Weise herumarbeitete. Aber wessen Leiche? Und was hatte er mit ihr gemacht?

Racksole fragte sich allen Ernstes, ob er sich in einem Hotel im West End befand – in seinem eigenen Hotel im Herzen von London, der polizeilich am besten bewachten Stadt der Welt. Es schien unglaublich, ja unmöglich – und doch war es so. Wieder mußte er an das denken, was Félix Babylon seinerzeit zu ihm gesagt hatte, wieder begriff er, wie wahr sein Vorgänger gesprochen hatte. Dem Besitzer eines so großen und komplizierten Unternehmens, wie es das »Grand Babylon« war, konnte nie auch nur ein Zehntel all der merkwürdigen und erstaunlichen Dinge zur Kenntnis gebracht werden, die sich täglich direkt vor seiner Nase abspielten. Daß einem in so einer Karawanserei auf Schritt und Tritt Geheimnisse und scheinbar unerklärliche Erscheinungen begegneten, war unvermeidlich, allerdings fand Racksole, daß das Schicksal doch etwas zu weit ging, wenn es seinem Küchenchef gestattete, die Nacht mit einer Leiche in seiner Fürstensuite zu verbringen, in jenen geheiligten Räumen, die eigentlich nur Personen von königlichem Geblüt vorbehalten waren. Ein mysteriöser Vorfall hier und da mochte ja noch angehen, aber dies, fand er, überschritt entschieden das Maß des Erträglichen und hätte wohl auch Félix Babylon in Erstaunen versetzt.

Der elektrische Kronleuchter in der Deckenmitte war nicht eingeschaltet. Licht spendeten nur die beiden Lampen rechts und links vom Waschtisch, so daß Racksole die Züge des Mannes auf dem Bett nicht genau erkennen konnte. Sosehr er sich auch anstrengte – er sah nur so viel, daß es sich wohl um einen jungen Menschen handelte. Racksole war sich über sein weiteres Vorgehen noch nicht schlüssig, als Rocco mit einem rechteckigen schwarzen Kasten in der Hand in sein Blickfeld trat. Der Meisterkoch löschte die beiden elektrischen Lampen, und in der Fürstensuite herrschte nun tiefe Finsternis. Racksole hörte Rocco aufs Bett springen. Noch ein paar Sekunden mußte er sich in Geduld fassen, dann leuchtete ein gleißender weißer Blitz auf, der mehrere Sekunden andauerte und in dessen Licht er den begnadeten Kochkünstler wie einen bösen Geist über der Leiche stehen sah, den schwarzen Kasten in der einen und einen brennenden Aluminiumdraht in der anderen Hand. Als der Aluminiumdraht verlosch, wirkte die Dunkelheit noch schwärzer als zuvor.

Rocco hatte eine Blitzlichtaufnahme der Leiche gemacht. Doch die grell aufzuckende Flamme, die dem unbeteiligten Auge der Kamera das leblose Gesicht enthüllte, hatte auch Theodore Racksole Klarheit verschafft: Der Tote war Reginald Dimmock.

Durch diese Erkenntnis zum sofortigen Handeln getrieben, suchte Racksole nach einer Möglichkeit, sein Versteck zu verlassen. Daß es einen Zugang in das Bad der Fürstensuite geben mußte, stand für ihn fest, aber obwohl er mit Händen und Füßen alles abtastete, fand er ihn nicht. So würde ihm wohl nichts weiter übrigbleiben, als an der Strickleiter hochzuklettern, sich schnellstmöglich in die erste Etage zu begeben und Rocco abzufangen, wenn dieser die Fürstensuite verließ. In dem beengten Raum war der Aufstieg über die dünne, schwankende Leiter schmerzhaft und gefahrvoll, aber Racksole kam gut voran und war schon fast oben angelangt, als das Schicksal sich einen boshaften Scherz mit ihm erlaubte und die Stricke unter seinem Gewicht nachgeben ließ, so daß er schmählich durch den hölzernen Schacht in die Tiefe sauste. Eine verzeihliche Verwünschung unterdrückend, blieb Racksole ratlos unten hocken, bis er sah, daß sich durch den Aufprall eine Falltür zu seinen Füßen geöffnet hatte. Er zwängte sich hindurch, stieß ein weiteres Türchen auf und stand gleich darauf im Bad der Fürstensuite – zerzaust, verschwitzt, ziemlich benommen, aber am Ziel. Sekunden später war er wieder vollkommen Herr seiner Sinne.

Erstaunlicherweise war all das so geräuschlos vonstatten gegangen, daß Rocco ihn offenbar nicht gehört hatte. Racksole ging leise zu der Verbindungstür zwischen Bad und Schlafzimmer und blieb dort stehen, ohne einen Laut von sich zu geben. Rocco hatte am Waschtisch wieder Licht gemacht und hantierte mit seinen Gerätschaften.

Racksole räusperte sich gemessen.

Kapitel 14

ROCCO BEANTWORTET FRAGEN

Rocco fuhr hoch wie ein aufgescheuchter Tiger und funkelte Theodore Racksole an. »Verdammt und zugenäht«, knirschte er in einem so unverfälscht angelsächsischen Ton, wie ihn Racksole nicht schöner hätte zustande bringen können.

Das Überraschendste an der ganzen Sache aber war wohl, daß Theodore Racksole in diesem Moment nicht wußte, was er sagen sollte. Er war derart verblüfft, insbesondere von Roccos grandioser Gelassenheit, daß es ihm die Sprache verschlagen und sämtliche Gedanken blockiert hatte.

»Ich gebe auf«, sagte Rocco. »Vom ersten Moment an, als Sie dieses verwünschte Hotel betraten, waren Sie mir nicht geheuer, das habe ich auch zu Jules gesagt. Ich wußte, daß es mit einem Mann Ihres Schlages Ärger geben würde, und jetzt haben wir die Bescherung. Noch einmal: Ich gebe auf. Ich weiß, wann ich geschlagen bin. Ich habe keinen Revolver und bin auch ansonsten unbewaffnet. Ich ergebe mich. Tun Sie, was Sie für richtig halten.«

Damit setzte sich Rocco auf einen Stuhl. Nur ein wirklich großer Mann hätte eine derart bewundernswerte Leistung vollbringen können. Rocco war es gelungen, seine Würde zu wahren.

Racksole kam langsam ein Stück näher, griff sich ebenfalls einen Stuhl, zog ihn zu Rocco heran und nahm ihm gegenüber Platz. Die Männer – beide im Abendanzug – saßen sich fast Knie an Knie gegenüber. Rechts von Racksole stand das Bett mit Reginald Dimmocks Leiche, links von Racksole und ein wenig hinter ihm der marmorne Waschtisch, auf dem nach wie vor Roccos Gerätschaften lagen. Das elektrische Licht erhellte nur Roccos linke Wange, während die andere Gesichtshälfte im Dunkeln lag. Racksole klopfte seinem Meisterkoch zweimal aufs Knie. »Da hätten wir also noch einen Engländer, der sich in meinem Hotel als Ausländer ausgibt«, begann er das Verhör.

»Falsch«, widersprach Rocco gelassen. »Ich bin Bürger der Vereinigten Staaten.«

»Da soll mich doch dieser und jener ...«, empörte sich Racksole.

»Jawohl. Ich bin in West Orange, New Jersey, zur Welt gekommen. Als Italiener gebe ich mich aus, weil ich mir in Italien – genauer gesagt in Rom – zuerst einen Namen als Küchenchef gemacht habe. In meinem Beruf hat es viele Vorteile, wenn man als Ausländer auftritt. Ein Meisterkoch, der Elihu P. Rucker heißt ... – ja, sehen Sie, das können Sie sich auch nicht vorstellen! Ich habe meine Nationalität aus dem gleichen Grunde gewechselt wie mein Freund und Kollege Jules, auch Mr. Jackson genannt.«

»Jules ist also Ihr Freund und Kollege.«

»Er war es, aber das ist jetzt aus und vorbei. Schon vor einer Woche habe ich ihm gesagt, daß ich seine Vorgehensweise mißbillige, und jetzt werde ich meinen Worten Taten folgen lassen.«

»Wenn Sie sich da nur nicht täuschen, Mr. Elihu P. Rucker, Bürger der Vereinigten Staaten. Sie werden sich nämlich, ehe Sie sehr viel älter geworden sind, in der Obhut der Polizei wiederfinden, und dort dürften Ihrem Tatendrang recht enge Grenzen gesetzt sein.«

»Möglich ist es«, räumte Rocco seufzend ein.

»Zunächst aber möchte ich Ihnen ein paar Fragen unter vier Augen stellen. Das Spiel ist aus, das haben Sie selbst zugegeben, es ist deshalb in Ihrem eigenen Interesse, sie so freimütig wie möglich zu beantworten. Habe ich mich deutlich genug ausgedrückt?«

»Gewiß«, versetzte Rocco ungerührt. »Alles, was Sie wissen möchten, werde ich Ihnen kaum sagen können, aber ich will sehen, was sich tun läßt.«

Racksole räusperte sich. »Sagen Sie mir zunächst mit einem Wort, worum es bei diesem Komplott geht.«

»Das ginge nicht einmal mit tausend Worten. Es ist nämlich nicht mein Geheimnis.«

»Warum wurde der arme Dimmock vergiftet?« Der Millionär warf einen kurzen Blick auf die Leiche des unglückseligen jungen Mannes und senkte unwillkürlich die Stimme.

»Das weiß ich nicht«, erwiderte Rocco. »Und ich erkläre ausdrücklich, daß mir das ganz und gar nicht recht war. Ich habe es erst hinterher erfahren und war mächtig fuchtig, das kann ich Ihnen versichern.«

»Wollen Sie behaupten, daß Sie tatsächlich nicht wissen, warum Dimmock sterben mußte?«

»Ich behaupte, daß ich keinen Sinn darin sah. Natürlich ist er – äh – zu Tode gekommen, weil er sich zuerst an der Sache beteiligt und dann einen Rückzieher gemacht hat, soviel kann ich Ihnen sagen, weil Sie darauf vermutlich schon selbst gekommen sind, aber ich versichere hiermit feierlich, daß ich einen Mord mit meinem Gewissen nicht vereinbaren kann.«

»Es war also Mord?«

»Hm ... ja ... gewissermaßen«, räumte Rocco ein.

»Wer hat ihn begangen?«

»Das ist eine unfaire Frage.«

»Wer außer Ihnen und Jules ist an diesem sauberen Plan noch beteiligt?«

»Auf Ehre, das weiß ich nicht.«

»Dann sagen Sie mir wenigstens, was Sie mit Dimmocks Leiche gemacht haben.«

»Wie lange waren Sie im Bad?« fragte Rocco mit grandioser Unverschämtheit zurück.

»Sie haben mir keine Fragen zu stellen, Mr. Rucker«, sagte Theodore Racksole. »Ich hätte nicht übel Lust, Ihnen den Hals umzudrehen, und rate Ihnen gut: Reizen Sie mich nicht! Was haben Sie hier mit Dimmocks Leiche getrieben?«

»Ich habe sie einbalsamiert.«

»Ein... einbalsamiert?«

»Gewiß. Richardsons Methode der arteriellen Flüssigeinspritzung, von mir vervollkommnet. Daß das Einbalsamieren zu meinen Fertigkeiten gehört, war Ihnen offenbar nicht bekannt.«

»Aber warum?« fragte Racksole ratlos. »Warum haben Sie sich die Mühe gemacht, die Leiche des armen Burschen einzubalsamieren?«

»Liegt das nicht auf der Hand? Diese Leiche muß pfleglich behandelt werden. Sie enthält – oder vielmehr enthielt – Substanzen, die eine der Polizei unbekannte Person beziehungsweise Personen schwer belasten. Es könnte erforderlich werden, sie zu transportieren. Eine Leiche läßt sich nicht lange verbergen, eine Leiche verrät sich selbst. In der Themse konnte man sie nicht versenken, da wäre sie innerhalb von zwölf Stunden gefunden worden. Man konnte sie auch nicht begraben, das wäre zu gefährlich gewesen. Man konnte nur dafür sorgen, daß sie für den Fall, daß einmal Not am Mann war, wenn ich so sagen darf, permanent transportfähig blieb. Ich brauche Ihnen nicht zu sagen, daß nicht haltbar gemachte Leichname allenfalls vier oder fünf Tage transportfähig bleiben, sie gehören zu den leicht verderblichen Gütern. Deshalb wurde der Vorschlag gemacht, ich solle sie einbalsamieren, was ich tat. Wohlgemerkt – an meiner Mißbilligung des Mordes änderte das nichts, aber Sie werden auch verstehen, daß ich einen Kollegen nicht im Stich lassen konnte. Ja, so und nicht anders stehen die Dinge, und das wäre nun alles.«

Rocco lehnte sich zurück, als habe er gesagt, was gesagt werden mußte, und schloß die Augen, um anzudeuten, daß aus seiner Sicht auch das Gespräch abgeschlossen war. Theodore Racksole stand auf.

»Ich hoffe sehr«, sagte Rocco, rasch die Augen aufschlagend, »ich hoffe sehr, daß Sie unverzüglich die Polizei verständigen.

Es wird spät, und ich verzichte nicht gern auf meine Nachtruhe.«

»Und wo werden Sie Ihrer Meinung nach diese Nachtruhe genießen können?«

»In einer Zelle natürlich. Sagte ich nicht, daß ich weiß, wann ich geschlagen bin? Ich bin keinesfalls blind und weiß natürlich, daß es zumindest einen Anfangsverdacht gegen mich gibt. Vermutlich komme ich wegen Begünstigung einer Straftat – so nennt man das wohl – mit ein, zwei Jahren Haft davon. Auf jeden Fall kann ich beweisen, daß ich an dem Mord dieses unglückseligen Einfaltspinsels nicht beteiligt bin.« Er deutete mit einer seltsam abschätzigen Bewegung des Ellbogens zum Bett. »Gehen wir? Im Hotel schläft alles, aber der Wachmann in der Vorhalle wird uns einen Polizisten holen. Ich stehe zu Diensten. Fahren wir gemeinsam nach unten, Mr. Racksole! Ich gebe Ihnen mein Wort, daß ich friedlich mitgehe.«

»Nicht so eilig«, widersprach Theodore Racksole. »Es wird Ihnen nicht schaden, wenn Sie noch eine Stunde auf Ihren Schlaf verzichten, zumal morgen keine Arbeit auf Sie wartet. Ich möchte noch das eine oder andere von Ihnen wissen.«

»Bitte«, sagte Rocco ergeben, als wollte er sagen: »Was sein muß, muß sein.«

»Wo war Dimmocks Leiche in den letzten drei oder vier Tagen?«

»Ach so ...« Rocco war sichtlich erstaunt über diese leichte Frage. »Sie war in meinem Zimmer und eine Nacht auf dem Dach, einmal verließ sie das Hotel als Gepäckstück und kam am nächsten Tag als eine Kiste Demerarazucker zurück. Wo sie sonst noch war, ist mir entfallen, aber sie war immer gut aufgehoben und wurde mit dem angemessenen Respekt behandelt.«

Racksole mußte sich zur Ruhe zwingen. »Und wer hat sich all diese Manöver einfallen lassen?« fragte er.

»Ich. Das heißt, ich habe sie ersonnen und dafür gesorgt, daß sie ausgeführt wurden. Ihre Polizei hatte schon Verdacht geschöpft, ich mußte also sehr flink sein.«

»Und wer hat sie ausgeführt?«

»Das hieße aus der Schule plaudern. Aber soviel kann ich Ihnen sagen: Meine Helfer ahnten nichts. Für einen Mann in meiner Stellung ist es lächerlich einfach, seine Untergebenen für sich einzuspannen. Ja, wirklich – lächerlich einfach.«

Racksole verzog keine Miene. »Und was wollten Sie letztlich mit dem Leichnam anfangen?« Rocco zwirbelte seinen imposanten Schnurrbart.

»Das hätte – unter anderem – bei Ihrer Polizei gelegen. Aber vermutlich hätten wir die sterbliche Hülle« – wieder eine Bewegung mit dem Ellbogen – »den trauernden Hinterbliebenen übergeben.«

»Wissen Sie, wer diese Hinterbliebenen sind?«

»Gewiß. Sie etwa nicht? Dann will ich nur andeuten, daß Dimmock einen Fürsten zum Vater hatte.«

»Mir kommt es recht ungeschickt vor, daß Sie sich für Ihre Unternehmungen ausgerechnet dieses Zimmer ausgesucht haben.«

»Im Gegenteil! Das ganze Hotel hat keine geeignetere Räumlichkeit zu bieten. Wer würde vermuten, daß hier etwas nicht mit rechten Dingen zugeht?«

»*Ich* habe es vermutet«, sagte Racksole mit einigem Nachdruck.

»Ja, Sie, Mr. Racksole! Aber mit Ihnen hatte ich nicht gerechnet. Sie sind hier der einzige helle Kopf weit und breit, Sie sind amerikanischer Staatsbürger, und daß ich mich mit solchen Leuten auseinandersetzen müßte, konnte ich schließlich nicht ahnen.«

»Heute nachmittag habe ich Ihnen wohl einen tüchtigen Schrecken eingejagt.«

»Nicht im geringsten.«

»Sie hatten keine Angst vor einer Durchsuchung?«

»Ich wußte, daß keine Durchsuchung beabsichtigt war, sondern daß Sie mir nur angst machen wollten. Ein wenig Grips und Scharfsinn dürfen Sie mir schon zutrauen, Mr. Racksole. Als Sie mich heute in der Küche ansprachen, begriff ich sofort, daß Sie mir auf der Spur waren, aber das beunruhigte mich nicht, sondern führte mir nur vor Augen, daß ich keine Zeit zu verlieren hatte, daß ich schnell handeln mußte. Offensichtlich war ich aber nicht schnell genug. Darin waren Sie mir über; das will ich gern zugeben. Fahren wir nach unten.«

Rocco erhob sich und ging auf die Tür zu. Mit ein paar Schritten war Racksole bei ihm und packte ihn an der Schulter. »Keine krummen Touren«, sagte er. »Sie sind in meinem Gewahrsam, vergessen Sie das nicht.«

Rocco bedachte seinen Arbeitgeber mit einem Blick milder; aber würdevoller Verachtung. »Sagte ich nicht, daß ich bereit bin, friedlich mitzugehen?«

Racksole empfand in diesem Augenblick fast so etwas wie Scham und erkannte, daß ein Mensch selbst im Verbrechen groß sein kann. An der Tür blieb er noch einmal stehen. »Daß Sie, ein Mann mit einzigartigen Gaben, sich in so eine Sache hineinziehen ließen, war unglaublich töricht. Sie sind ruiniert. Dabei waren Sie auf Ihrem Gebiet einer der ganz Großen.«

»Das ist das wahrste Wort, das Sie in dieser Nacht gesprochen haben«, bestätigte Rocco. »Ich war auf meinem Gebiet ganz groß – und ich war unglaublich töricht. Leider.« Er hob die langen Arme ein wenig und ließ sie resigniert wieder fallen.

»Warum haben Sie es getan?«

»Wegen Jules. Er hat mich fasziniert, denn auch er ist ein ganz Großer. Das ›Grand Babylon‹ bot uns phantastische Möglichkeiten. Das Spiel war der Mühe wert, denn es warf satte Gewinne ab. Wüßten Sie Einzelheiten, würden Sie mir recht geben. Vielleicht werden Sie eines Tages alles erfahren, denn Sie haben viel Talent, den Dingen auf den Grund zu gehen. Ich war geblendet. Hypnotisiert.«

»Und jetzt stehen Sie vor dem Ruin.«

»Nein, das denn doch nicht. In ein paar Jahren werde ich wieder ganz oben sein. Ein Genie wie ich ist erst dann ruiniert, wenn es tot ist. Mit einem Genie hat die Welt Nachsicht. Man wird mir verzeihen. Falls ich ins Gefängnis muß, bin ich nach meiner Freilassung kein gewöhnlicher Knastbruder, sondern nach wie vor Rocco. Der große Rocco. Und die europäischen Hotels werden sich um mich reißen.«

»Und ich sage Ihnen, daß Sie an Ihrem Sturz selbst schuld sind, da gibt es keinen Pardon.«

»Ich weiß«, erwiderte Rocco. »Gehen wir?«

Es ließ sich nicht leugnen, daß Racksole von diesem Ausnahmemenschen, dem er ein Gehalt von dreitausend Pfund im Jahr hatte zahlen wollen, beeindruckt war, ja daß er fast so etwas wie Mitleid mit ihm empfand. Und so betraten sie Seite an Seite, Fänger und Gefangener, den langen leeren Gang des Hotels. Vor dem ersten Aufzug blieb Rocco stehen.

»Er wird abgeschlossen sein«, sagte Racksole. »Wir müssen über die Treppe.«

»Ich habe immer einen Schlüssel bei mir.« Rocco holte ihn aus der Tasche, schloß das Scherengitter auf und öffnete es. Sein zielstrebig-selbstbewußtes Auftreten entlockte Racksole ein unwillkürliches Lächeln.

»Nach Ihnen«, sagte Rocco mit einer tiefen Verbeugung, und Racksole betrat den Aufzug.

Blitzschnell schob Rocco das Gitter vor, das sich automatisch verriegelte. Theodore Racksole war hilflos im Aufzug gefangen, während Rocco als freier Mann auf dem Gang stand.

»Leben Sie wohl, Mr. Racksole«, sagte er liebenswürdig und mit einer noch tieferen Verbeugung. »Leben Sie wohl. Es ist mir peinlich, daß ich Sie auf diese plumpe Art übertölpeln mußte, aber Sie werden zugeben, daß Sie sich sehr naiv verhalten haben. Sie sind, wie gesagt, ein heller Kopf – bis zu einem gewissen Punkt. Wenn der überschritten ist, bin ich gewiefter als Sie.

Nochmals: Leben Sie wohl. Nun komme ich heute doch um meine Nachtruhe, aber das ist vielleicht trotz allem einer Haftzelle bei der Polizei vorzuziehen. Wenn Sie tüchtig Lärm schlagen, wecken Sie womöglich jemanden auf, der Sie aus dem Aufzug befreit. Ich an Ihrer Stelle würde mich allerdings bis zum Morgen in Geduld üben, das hat mehr Würde. Und nun zum drittenmal: Leben sie wohl.«

Damit ging Rocco ohne Eile davon.

Racksole war so wütend auf sich selbst, daß es ihm die Sprache verschlagen hatte. Er ballte die Fäuste, knirschte mit den Zähnen und hielt den Atem an. In dem stillen Hotel hörte er trotz des dicken Läufers auf dem Gang Roccos allmählich verhallende Schritte.

Es war der schwerste Schlag, der Racksole je getroffen hatte.

Am nächsten Morgen machte unter den hochgeborenen Gästen des »Grand Babylon« ein Gerücht die Runde, der Millionär, dem das Hotel jetzt gehörte, sei die ganze Nacht im Aufzug eingesperrt gewesen. Es hieß auch, Rocco habe sich mit seinem neuen Brotherrn zerstritten und Knall auf Fall das Haus verlassen. Eine Herzogin bemerkte, Roccos Weggang bedeute den Ruin des Hotels, woraufhin der Gatte ihr riet, keinen Unsinn zu reden.

Racksole ließ den Kriminalbeamten zu sich bitten, der den Fall Dimmock bearbeitete, und erstattete tapfer Bericht über die Vorfälle der vergangenen Nacht – eine schwere Prüfung für einen Mann von Racksoles Temperament.

»Sonderbare Geschichte«, bemerkte Inspektor Marshall, wobei er ein Lächeln nicht unterdrücken konnte. »Das Ende dieses Abenteuers war gewiß unerfreulich, aber immerhin sind Sie jetzt im Besitz etlicher wertvoller Fakten.«

Racksole schwieg.

»Auch ich bin auf eine Spur gestoßen«, fuhr der Kriminalbeamte fort. »Als ich Ihre Nachricht erhielt, wollte ich Sie gerade aufsuchen. Ich möchte Sie bitten, mich möglichst sofort an einen bestimmten Ort nicht weit von hier zu begleiten.«

»Mit Vergnügen«, sagte Racksole.

In diesem Moment trat ein Page mit einem Telegramm ein. Racksole öffnete es und las: »Bitte komm sofort. Nella. Hotel ›Wellington‹, Ostende.«

Er sah auf die Uhr. »Ich kann Sie nicht begleiten«, sagte er zu dem Kriminalbeamten. »Ich muß nach Ostende.«

»Nach Ostende?«

»Ja, jetzt gleich.«

»Aber mein Anliegen ist dringend, Mr. Racksole«, protestierte Inspektor Marshall.

»Meins auch«, versetzte Racksole.

Zehn Minuten später war er auf dem Weg zu Victoria Station.

Kapitel 15

ENDE DES JACHT-ABENTEUERS

Wir müssen jetzt auf die namenlose Jacht zu Nella Racksole und Prinz Aribert von Posen zurückkehren. Zunächst beschäftigte sich Prinz Aribert damit, Jules – auch Tom Jackson genannt – vermittels mehrerer Tauenden gründlich zu sichern. Der Schlag hatte den einstigen Oberkellner zwar in tiefe Bewußtlosigkeit versetzt, und unter seinem Ohr war eine Quetschwunde zu sehen, dennoch war nicht auszuschließen, daß er in Kürze wieder zu sich kommen und dann gewalttätig werden konnte. Deshalb machte ihn der Prinz, nachdem er ihn an Armen und Beinen gefesselt hatte, sicherheitshalber noch an einem Pfosten fest.

»Hoffentlich stirbt er uns nicht«, sagte Nella.

»Er ist ja kreidebleich.«

»Die Jacksons dieser Welt«, belehrte Prinz Aribert sie, »sterben erst am Galgen. Im übrigen wundert es mich, daß niemand eingegriffen hat. Vielleicht hat man insgeheim Angst vor meinem Revolver. Ihrem Revolver, meine ich.«

Sie sahen zu dem Steuermann hin, der ungerührt Kurs aufs offene Meer hielt. Inzwischen mochten sie zwei Meilen von der belgischen Küste entfernt sein.

Prinz Aribert befahl dem Seemann auf französisch, die Jacht zu wenden und den Hafen von Ostende anzusteuern, der aber nahm von dieser Anweisung keine Notiz. Als der Prinz den Revolver hob, um ihm ein wenig Angst einzujagen, fing der Mann in einem französisch-flämischen Kauderwelsch schnell und aufgeregt zu reden an. Er habe strengen Befehl von Jules, sich nicht einzumischen, was immer an Deck geschehen mochte. Er sei der Kapitän und solle – immer Volldampf voraus – einen englischen Hafen anlaufen, dessen Namen er nicht preisgeben dürfe. Der Mann war sehr groß, sehr stark und allem Anschein nach sehr entschlossen, und der Prinz wußte nicht recht, wie er sich verhalten sollte. Er stellte noch ein paar Fragen, die aber den Schiffsführer nur in üble Laune versetzten und schließlich ganz zum Schweigen brachten. Vergebens erklärte ihm Prinz Aribert, daß Miss Nella Racksole, Tochter des Millionärs Racksole, von Mr. Tom Jackson entführt worden war. Vergebens schwenkte er drohend den Revolver. Der Kapitän, bei all seiner Griesgrämigkeit offenbar ein mutiger Mann, sagte nur, das gehe ihn nichts an, er habe sich an seine Anweisungen zu halten und im übrigen möge doch sein Gesprächspartner bitte nicht vergessen, daß er der Kapitän sei.

»Erschießen kann ich ihn wohl nicht«, sagte der Prinz zu Nella. »Allenfalls könnte ich ihm ein Bein durchlöchern ...«

»Das wäre aber sehr riskant, und der arme Kapitän mit seinem so ungewöhnlich stark entwickelten Pflichtbewußtsein wäre damit recht hart bestraft«, gab Nella zu bedenken. »Außerdem stürzt sich dann womöglich die ganze Mannschaft auf uns. Nein, wir müssen uns etwas anderes einfallen lassen.«

»Wo mag die Mannschaft stecken?« überlegte der Prinz.

In diesem Augenblick erwachte der gefesselt auf dem Deck liegende Mr. Jackson aus der Bewußtlosigkeit, schlug die Augen auf und sah sich benommen um. Dann erkannte er den Prinzen, der, den Revolver gut sichtbar in der Hand, auf ihn zukam.

»Sie sind's«, sagte er matt. »Was machen Sie hier an Bord? Wer hat mich gefesselt?«

»Ich wünsche keine Debatte«, erklärte der Prinz. »Die Jacht muß unverzüglich nach Ostende zurückkehren, dort werde ich Sie den Behörden übergeben.«

»Das wollen wir doch einmal sehen«, fauchte Tom Jackson, und dem Mann am Steuer rief er auf französisch zu: »Laß die beiden ins Dingi setzen.«

Es war eine seltsame Situation. Der Prinz, der nichts in der Hand hatte als Nellas Revolver, sah sich vor die Wahl gestellt, sich auf eine womöglich gewalttätige Auseinandersetzung einzulassen oder sich mit so viel Würde als möglich den Umständen zu beugen.

»Nehmen wir das Dingi«, sagte Nella. »Wenn wir tüchtig rudern, sind wir in einer Stunde an Land.«

Er war geneigt, Nella zuzustimmen. Ein wenig beschämend war es schon, auf diese Weise von Bord gehen zu müssen und den Schurken Thomas Jackson ungeschoren davonkommen zu lassen, aber was blieb ihnen anderes übrig? Sie wußten zwar um ihre eigene Stärke, doch wie stark der Gegner war, wußten sie nicht. Der Rädelsführer lag ihnen gefesselt zu Füßen, war aber, wie sich gezeigt hatte, nach wie vor in der Lage, Befehle zu erteilen, und wenn der Kapitän weiter so beharrlich den einmal eingeschlagenen Kurs hielt, nützte es auch nichts, Jackson durch einen Knebel am Reden zu hindern. Außerdem hatte der Prinz eine Abneigung gegen blindwütige Schießereien, bei denen man nie wußte, wohin sie führen konnten.

»Gut, wir nehmen das Dingi«, sagte der Prinz rasch.

Unten ertönte eine Glocke, und ein Matrose und der schwarze Junge erschienen an Deck. Das rhythmische Stampfen der Maschinen verlangsamte sich, die Jacht drehte bei, und das Dingi wurde zu Wasser gelassen. Tom Jackson gelang es, sich trotz seiner Fesseln Nella zuzuwenden. »Leben Sie wohl«, sagte er. »Keine Sorge, wir sehen uns wieder.«

Dann saßen sie in dem Dingi, das nun Wind und Wellen preisgegeben war. Die Schraube der Jacht wirbelte schäumend das Wasser auf, das schöne Schiff glitt von ihnen fort, und am Heck tauchte ein Mann auf. Es war der von seinen Leuten befreite Thomas Jackson. Er hielt sich ein weißes Schnupftuch an das verletzte Ohr und sah mit rätselhaftem Lächeln zu den beiden einsam, aber hoch erhobenen Hauptes im Beiboot sitzenden Menschen hinüber. Diesmal hatte Jules eine Niederlage hinnehmen müssen, oder vielleicht sollte man eher sagen, daß er sich hatte überlisten lassen, denn Menschen wie Jules kennen keine Niederlagen. Wieder einmal war ihm das Glück hold gewesen und hatte ermöglicht, daß er – bei einem schweren Verbrechen auf frischer Tat ertappt – in aller Ruhe das Weite suchen konnte, ohne Spuren zu hinterlassen.

Blau und still lag das Meer in der Morgensonne. Das Dingi wiegte sich träge in der Bugwelle der davondampfenden Jacht. Allmählich zeichneten sich die Umrisse der Küste klarer ab. Ostende schien kaum eine Taulänge entfernt. Die weiße Kuppel des Kursaals glitzerte am blaßtürkisfarbenen Himmel, deutlich waren die Rauchsäulen der im Hafen liegenden Dampfer zu erkennen. Auf dem offenen Meer sah man einen Schwarm braun getakelter Fischerboote, die mit ihrem nächtlichen Fang zurückkehrten. Am Strand konnte man die bunten Badekarren zählen. Nella und ihrem Begleiter fiel es schwer zu begreifen, daß sich in der vergangenen Stunde etwas Außergewöhnliches zugetragen hatte – nur war da eine knappe Meile von ihnen entfernt jene Jacht, die ebensowenig ein Traumbild war wie die düstere Gestalt am Heck, die noch immer zu ihnen hinsah.

»Jules war wohl zu verblüfft und zu geschwächt, um zu fragen, wie ich auf seine Jacht kam«, meinte der Prinz und nahm die Ruder.

Nella strahlte ihn an. »Ja, richtig, das war mir schon fast entfallen. Erzählen Sie, Prinz!«

»Dazu muß ich weiter ausholen, und es wird ein Weilchen dauern. Sollen wir den Bericht nicht vielleicht aufschieben, bis wir wieder festen Boden unter den Füßen haben?«

»Ich rudere, und Sie erzählen«, entschied Nella.

»Ich will jetzt alles erfahren.«

Er lächelte glücklich, weigerte sich aber, die Ruder aus der Hand zu geben. »Genügt es nicht, daß ich hier bin?« fragte er.

»Eigentlich schon. Aber ich möchte es trotzdem ganz genau wissen.«

Mit langem, gemächlichem Schlag ruderte er das Dingi in Richtung Küste. Nella hatte sich auf dem Achtersitz niedergelassen.

»Das Boot hat kein Steuer«, sagte er. »Sie müssen mir hin und wieder die Richtung angeben. Halten Sie auf den Leuchtturm zu. Die Flut kommt kräftig herein, das hilft uns voran. An Land wird man denken, daß wir nur einen kleinen Morgenausflug unternommen haben.«

»Wollen Sie mir jetzt bitte verraten, wie es dazu kam, daß Sie mein Lebensretter wurden?«

»Ich habe Ihnen nicht das Leben gerettet, Miss Racksole, ich habe nur einen Mann überwältigt.«

»Sie haben mir sehr wohl das Leben gerettet. Der Schurke wäre vor nichts zurückgeschreckt, das war ihm anzusehen.«

»Dann haben Sie großen Mut bewiesen, denn Sie haben sich nichts von Ihrer Todesangst anmerken lassen.« Er sah sie bewundernd an, und einen Augenblick ruhten die Ruder.

Sie machte eine ungeduldige Handbewegung.

»Ich sah Sie zufällig gestern abend in der Kutsche«, fuhr er rasch fort. »Mir fehlte nämlich dann doch der Mut, mit meiner Geschichte nach Berlin zu reisen, und ich machte in Ostende Station, um auf eigene Faust ein wenig Detektiv zu spielen. Daß ich Sie sichtete, war ein unverhoffter Glücksfall. Ich folgte der Kutsche und sah gerade noch, wie Sie jenes gräßliche Haus betraten. Ich wußte, daß Jules etwas mit jenem Haus zu tun hatte, ich ahnte, was Sie planten, und hatte Angst um Sie. Zum Glück hatte ich das Haus gründlich beobachtet. Es ist von hinten her über eine schmale Gasse zugänglich. Dorthin begab ich mich, gelangte von der Gasse in den Garten und stellte mich unter das Fenster des Zimmers, in dem Sie Ihr Gespräch mit Miss Spencer führten. Ich hörte jedes Wort. Miss Spencer vom ›Grand Babylon‹ bis nach Ostende zu verfolgen war eine sehr beherzte Tat. Es schien mir nicht ratsam, mit Gewalt ins Haus einzudringen, da ich durch überstürztes Handeln womöglich

Sie und mich in Schwierigkeiten gebracht hätte. So beschränkte ich mich auf eine Beobachterrolle. Großartig, wie Sie mit Miss Spencer umgesprungen sind! Ich hörte, wie gesagt, jedes Wort, denn das Fenster stand einen Spalt breit offen, und ich hatte den Eindruck, daß Sie meine Hilfe nicht brauchten. Dann aber überlistete Miss Spencer Sie mit einem schnöden Trick, und der Revolver kam durchs Fenster geflogen. Ich hob ihn auf, weil ich mir sagte, daß ich ihn wohl noch würde brauchen können. Danach blieb eine Weile alles still. Zunächst ahnte ich nicht, daß Sie ohnmächtig geworden waren, sondern dachte, Sie seien entkommen. Als mir klar wurde, wie die Dinge standen, konnte ich nicht mehr eingreifen. Zwei Männer, beide sichtlich zum Äußersten entschlossen, hatten sich zu Miss Spencer gesellt ...«

»Wer war der andere?« fragte Nella.

»Das weiß ich nicht. Es war dunkel. Sie fuhren mit Ihnen zum Hafen. Wieder nahm ich die Verfolgung auf. Ich sah, wie die beiden Männer Sie an Bord trugen. Ehe die Jacht ihre Anker lichtete, gelang es mir, unbemerkt in das Dingi zu klettern. Ich legte mich der Länge nach hinein, und niemand schöpfte Verdacht. Den Rest kennen Sie.«

»War das Boot bereit zum Auslaufen?«

»Ja. Der Schiffsführer war auf der Brücke, und die Jacht stand unter Dampf.«

»Dann hatte man mich erwartet. Aber wie kann das sein?«

»Man hatte irgend jemanden erwartet, das ja, aber nicht notwendigerweise Sie.«

»Ging der zweite Mann an Bord?«

»Er half dabei, Sie die Gangway hinunterzutragen, kam aber dann zu dem Wagen zurück, auf dessen Kutschbock er sich schwang.«

»Und niemand sonst hat etwas gesehen?«

»Der Kai war menschenleer, das letzte Fährschiff bereits eingelaufen.«

»Die Welt ist voller Wunder«, sagte Nella nach einem kurzen Schweigen.

Und für diese beiden war sie das wirklich, allerdings wohl kaum so, wie Nella es gemeint hatte. Sie hatten ein nervenaufreibendes Abenteuer hinter sich, sie hatten – nur eine von etlichen minderen Verdrießlichkeiten – nicht frühstücken können, befanden sich in einem kleinen Boot draußen auf See und wußten beide nicht, was der Tag noch bringen würde. Der Prinz machte sich große Sorgen um seinen fürstlichen Neffen. Trotzdem sehnten sich beide nicht nach einem Ende dieser Fahrt über die sommerlich heitere See. Insgeheim, vielleicht sogar ganz unbewußt, war da bei ihr wie bei ihm der unbestimmte Wunsch, er möge in alle Ewigkeit das Boot mit lässigem Schlag vorantreiben, während sie ihm hin und wieder mit einer Bewegung ihres verwirrend hübschen Kopfes die Richtung wies. Wie ließ sich das wohl erklären? Nun, die beiden waren jung, kerngesund und voller Schwung, und – sie waren zusammen. Das Boot war in der Tat sehr klein, Nellas Gesicht war kaum eine Elle von dem des Prinzen entfernt. Für ihn war die junge Frau umgeben vom Glanz ihrer Schönheit und ihres Reichtums, für sie war er umgeben vom Glanz männlicher Unerschrockenheit und der Strahlkraft eines Thrones.

Doch jede Seereise geht einmal zu Ende – entweder an Land oder am Meeresgrund –, und schließlich lag das Dingi zwischen den steinernen Hafenmolen. Der Prinz ruderte zu der nächstgelegenen Anlegestelle und vertäute das Boot. Dann gingen sie an Land. Es war sechs Uhr morgens, ein strahlend sonniger Tag hatte begonnen. Zu dieser frühen Stunde waren noch kaum Menschen unterwegs.

»Was jetzt?« fragte der Prinz. »Ich muß Sie in ein Hotel bringen.«

»Ich gebe mich ganz in Ihre Hände«, erwiderte sie gefügig und mit einem Lächeln, das sein Herz schneller schlagen ließ. Er erkannte jetzt, daß sie erschöpft und von ihren Gefühlen übermannt war – eine jäh einsetzende, nur zu verständliche Reaktion.

Im Hotel »Wellington« eröffnete der Prinz dem verschlafenen Portier, sie seien mit dem Frühzug von Brügge gekommen und wünschten sofort zu frühstücken. Es war noch lächerlich früh, aber ein gewöhnlicher englischer Goldsovereign wirkt in belgischen Hotels Wunder, und es dauerte nicht lange, bis Nella und dem Prinzen auf der Hotelveranda zum Frühstück die Schokolade serviert wurde, die man in aller Eile extra für sie bereitet hatte.

»Ich habe noch nie so köstliche Schokolade getrunken«, beteuerte der Prinz.

Diese Feststellung hatte mit den Tatsachen nicht viel zu tun, denn das Getränk war nicht gerade ein Ruhmesblatt für das Hotel »Wellington«, aber Nella bestätigte beglückt: »Ich auch nicht.« Dann gab es eine Pause, und Nella, die ihren Überschwang ein wenig bereuen mochte, fügte in nüchternem Ton hinzu: »Ich muß sofort an Papa depeschieren.« So war es zu dem Telegramm gekommen, das Theodore Racksole nötigte, sich von Inspektor Marshall zu trennen.

Kapitel 16

DIE FRAU MIT DEM ROTEN HUT

»Eine Frage müssen wir vordringlich klären«, sagte Theodore Racksole.

Er saß mit seiner Tochter und Prinz Aribert am Eßtisch eines Privatsalons im Hotel »Wellington«. Racksole war wie erwartet mit dem Nachmittagsdampfer eingetroffen, und die anderen beiden hatten ihn abgeholt. Sie hatten früh zu Abend gegessen, und Racksole hatte sich ausführlich von den Abenteuern berichten lassen, die Nella und der Prinz zu Wasser und zu Lande erlebt hatten. Er selbst schwieg sich über seine Erlebnisse der vergangenen Nacht weitgehend aus und berichtete nur, ohne in Einzelheiten zu gehen, daß Dimmocks Leiche wieder aufgetaucht sei.

»Nämlich?« fragte der Prinz auf Racksoles Bemerkung hin.

»Ob wir der Polizei unverzüglich alles berichten oder uns auf eigene Faust umtun sollen. Welchen Weg wir einschlagen müßten, sollte eigentlich klar sein. Vorsicht und Klugheit gebieten, daß wir die Polizei ins Vertrauen ziehen und den Fall gänzlich ihr überlassen.«

»Aber Papa! Wie kannst du an so etwas auch nur denken!« sprudelte Nella in ihrer spontanen Art heraus. »Der Spaß hat doch gerade erst angefangen.«

»Nennst du die vergangene Nacht einen Spaß?« fragte Racksole ernst.

»Jetzt schon.«

»Ich nicht«, erwiderte der Millionär lakonisch. Vielleicht dachte er an seine unfreiwillige Haft im Aufzug.

»Was meinen Sie, könnten wir unsere Ermittlungen nicht

vielleicht noch ein wenig, ein ganz klein wenig weitertreiben?« fragte der Prinz, bedächtig eine Walnuß knackend. »Wäre nicht, wenn das nichts fruchtet, noch Zeit genug, die Polizei einzuschalten?«

»Wo sollten wir Ihrer Meinung nach anfangen?« fragte Racksole.

»Nun, da wäre zunächst das Haus, das Miss Racksole gestern abend so beherzt betreten hat« – er warf ihr einen bewundernden Blick zu – »und das Sie und ich, Mr. Racksole, näher in Augenschein nehmen könnten.«

»Heute abend?«

»Gewiß. Womöglich könnten wir da etwas tun.«

»Wir könnten auch des Guten zu viel tun.«

»Wie meinen Sie das?«

»Wir könnten jemanden erschießen oder mit Einbrechern verwechselt werden. Wenn wir uns strafbar machen, können wir uns nicht damit herausreden, daß es um einer guten Sache willen geschah.«

»Das ist wahr«, räumte der Prinz ein. »Trotzdem ...«

»Trotzdem widerstrebt es Ihnen, die Polizei ins Spiel zu bringen. Sie möchten die Beute allein erlegen, das Jagdfieber hat Sie gepackt, stimmt's? Hören Sie auf den Rat des Älteren, Prinz, und schlafen Sie noch einmal darüber. Ich habe wenig Lust, mich zweimal hintereinander auf nächtliche Eskapaden einzulassen. Und was dich betrifft, Nella: Ab ins Bett mit dir! Der Prinz und ich werden sehen, was diese zweifelhafte Herberge an Trinkbarem zu bieten hat, und noch ein wenig plaudern.«

»Du bist heute abend ganz abscheulich, Papa.«

»Mag sein. Fest steht, daß ich sehr böse über deinen Alleingang bin. Das war sträflicher Leichtsinn. Wenn ich als Vater nicht so ein alter Narr wäre ... Jetzt gute Nacht. Es ist neun. Der Prinz wird dich entschuldigen.«

Wäre Nella nicht so müde gewesen, hätte Prinz Aribert möglicherweise Zeuge einer nicht böse gemeinten, aber hartnäckigen

Auseinandersetzung zwischen dem Millionär und seiner temperamentvollen Tochter werden können. So aber zog sich Nella überraschend gefügig zurück, und die beiden Männer blieben allein.

»Jetzt«, sagte Racksole in plötzlich verändertem Ton, »bin ich dabei, wenn Sie heute nacht ein wenig Detektiv spielen wollen. Meiner Meinung nach wäre es das Dümmste, was wir tun könnten, alles noch einmal zu überschlafen. Aber mir ging es darum, Nella aus der Sache herauszuhalten – zumindest bis morgen. Sie kann sehr halsstarrig sein, Prinz, und wenn wir heute nacht tatsächlich etwas auf die Beine stellen, bekommen wir von Ihro Gnaden morgen früh ein tüchtiges Donnerwetter zu hören. Sind Sie bereit, dieses Risiko auf sich zu nehmen?«

»Gewiß«, lächelte der Prinz. »Miss Racksole ist eine bemerkenswert schneidige junge Dame.«

»Da haben Sie ein wahres Wort gesprochen. Etwas weniger Schneid wäre mir bei meiner Tochter manchmal lieber.«

»Ich hege die größte Bewunderung für Miss Racksole«, sagte der Prinz und sah deren Vater dabei voll an.

»Zu viel der Ehre, Prinz«, bemerkte der. »Kommen wir zur Sache. Gehe ich recht in der Annahme, daß Sie einen Grund dafür haben, die Polizei nach Möglichkeit aus dem Fall herauszuhalten?«

Die Züge des Prinzen umwölkten sich. »Allerdings. Ich fürchte sehr, daß mein armer Neffe in eine peinliche Lage geraten ist, an deren Bekanntwerden ihm nicht gelegen sein kann.«

»Sie glauben also nicht, daß er einem Verbrechen zum Opfer fiel?«

»Nein.«

»Warum nicht, wenn man fragen darf?«

»Ganz im Vertrauen, Mr. Racksole: Vor einigen Jahren hatte mein törichter Neffe eine Neigung zu einer Schauspielerin vom Berliner Theater gefaßt. Mag sein, daß die Dame ein Ausbund an Tugend ist, aber wenn es um einen regierenden Fürsten geht, ist es unvermeidlich, daß böse Gerüchte in Umlauf kommen. Ich dachte, die Affäre sei zu Ende, da das Verlöbnis meines Neffen mit Prinzessin Anna von Eckstein-Schwartzburg in Kürze bekanntgegeben werden soll, gestern aber sah ich besagte Dame aus Berlin in einer Kutsche über die Digue fahren. Daß sie sich zu eben dem Zeitpunkt, da mein Neffe verschwindet, in Ostende aufhält, ist mit Sicherheit mehr als ein Zufall.«

»Aber wie paßt das zu dem Mord an Reginald Dimmock?«

»Überhaupt nicht. Meiner Ansicht nach gibt es keinen Zusammenhang zwischen dem Mord an dem armen Dimmock und dem Verschwinden meines Neffen – es sei denn, die Berliner Schauspielerin hätte den Mördern zugearbeitet. In diese Richtung hatte ich bisher noch nicht gedacht.«

»Was haben Sie also heute nacht vor?«

»Ich gedenke, das Haus aufzusuchen, in dem sich gestern abend Miss Racksole aufhielt, um dort nach Möglichkeit etwas Definitives in Erfahrung zu bringen.«

»Einverstanden«, sagte Racksole. »Ich schließe mich mit Vergnügen an. Aber ich muß Ihnen sagen, Prinz – bitte sehen Sie mir nach, daß ich so unverblümt rede –, daß Ihre Vermutung nicht zutrifft. Ich wette hunderttausend Dollar darauf, daß Fürst Eugen entführt wurde.«

»Weshalb sind Sie Ihrer Sache so sicher?«

»Das ist eine lange Geschichte. Lassen Sie mich zunächst eine Frage stellen. Ist Ihnen bekannt, daß Ihr Neffe eine Million Schulden hat?«

»Eine Million Schulden«, wiederholte Prinz Aribert fassungslos. »Unmöglich!«

»Und doch ist es so«, erwiderte Racksole gelassen und erzählte ihm, was er von Mr. Sampson Levi erfahren hatte. »Was haben Sie dazu zu sagen?« fragte er abschließend.

Prinz Aribert antwortete nicht.

»Was haben Sie dazu zu sagen?« wiederholte Racksole mit einigem Nachdruck.

»Nur soviel: Eugen ist ruiniert, selbst wenn er noch lebt.«

»Aber nein«, versetzte Racksole ermutigend, »gewiß nicht. Da findet sich schon eine Lösung. Von Ihnen will ich zunächst wissen, ob vor Ihrem Neffen schon jemand um die Hand der Prinzessin Anna angehalten hat.«

»Ja. Im letzten.Jahr warb der König von Bosnien um sie, aber sein Antrag wurde abgelehnt.«

»Warum?«

»Weil man meinen Neffen für den geeigneteren Bewerber hielt.«

»Oder vielleicht, weil der Ruf Seiner Majestät von Bosnien nicht der beste ist?«

»Nein, das war nicht der Grund. Leider ist es bei einer Eheschließung zwischen gekrönten Häuptern meist nicht möglich, charakterliche Qualitäten ins Kalkül zu ziehen.«

»Dann hätte der König von Bosnien für den Fall, daß die Ehe von Prinzessin Anna mit Ihrem Neffen nicht zustande käme, freie Bahn?«

»Ja. Politisch wäre es eine durchaus zufriedenstellende Verbindung.«

»Danke«, sagte Racksole. »Ich wette noch einmal hunderttausend Dollar, daß irgend jemand in Bosnien – ich verdächtige nicht den König persönlich – hinter dieser Sache steckt. Die Methoden der Balkanpolitiker sind seit jeher fast orientalisch. Gehen wir!«

»Wohin?«

»Zu diesem feinen Haus, in dem Nella ihr Abenteuer erlebt hat.«

»Ist es dazu nicht noch etwas früh?«

»Sie haben recht. Außerdem brauchen wir noch das eine oder andere, eine Blendlaterne zum Beispiel. Die gehe ich besorgen.«

»Und einen Revolver?« schlug Prinz Aribert vor.

»Glauben Sie wirklich, den hätten wir nötig?« Der Millionär lachte.

»Vielleicht.«

»Ich bin gerüstet, mein Freund.« Racksole zog einen Revolver aus der Hüfttasche. »Und wie steht es mit Ihnen?«

»Ich habe den Revolver Ihrer Tochter.«

»Schau einer an«, sagte Racksole halb zu sich. Inzwischen war es halb zehn geworden, aber das Unternehmen vor Mitternacht zu beginnen war nicht zweckmäßig. Das bedeutete, daß sie noch fast drei Stunden überbrücken mußten.

»Wir könnten ins Kasino gehen«, meinte Racksole. »Vielleicht begegnen wir dort der schönen Berlinerin.«

Der Vorschlag, zunächst eher scherzhaft vorgebracht, leuchtete schließlich beiden ein. Es war sicher nicht das Schlechteste, die Wartezeit in den prachtvollen Spielsälen des Kurhauses zu verbringen, wo in der Saison nicht weniger Geld gewonnen und verloren wird als in Monte Carlo. Es schlug zehn, als sie eintraten. Das Kasino war gut besucht, und unter den Gästen waren nicht wenige in ganz Europa berühmt-berüchtigte Persönlichkeiten. In dieser bunt gemischten Menge waren alle gleich. Kalt und unparteiisch fiel das elektrische Licht auf Gerechte und Ungerechte, auf Narren und Gauner, Europäer und Asiaten. Wie üblich hielten die Damen die besten Plätze an den Tischen besetzt. Prinz Aribert war die Szene von Monaco her vertraut, aber Theodore Racksole war – zum erstenmal in einem europäischen Spielkasino und mit einer nur sehr vagen Vorstellung von den Spielregeln – sofort gefesselt. Eine Weile beobachteten sie das Spiel an dem ihnen zunächst stehenden Tisch. Racksole sagte kein Wort. Den Blick auf den Tisch gerichtet, jede Bewegung von Spielern und Croupier mit der größten Aufmerksamkeit verfolgend, bekam er seine erste Lektion im Roulette. Er sah, wie ein junger Bursche fünfzehntausend Francs gewann, die ihm eine junge Frau, die kaum älter war als er, unverfroren stahl. Er sah zwei alte Spieler ihre Jetons setzen und verlieren und still ihrer Wege gehen. Er sah, wie bei einer einzigen Runde fünfzigtausend Francs an die Bank fielen.

»Ein ganz hübscher Zeitvertreib«, befand er schließlich, »aber bei so kleinen Einsätzen fehlt der richtige Kitzel. Jetzt will ich doch auch einmal mein Glück versuchen. Geben Sie acht – ich gewinne bestimmt.«

»Warum?« fragte der Prinz.

»Weil ich bei Glücksspielen immer gewinne«, versetzte Racksole vergnügt und selbstgewiß. »Das ist mein Schicksal. Überdies bin ich heute abend Anfänger, und Neulingen ist bekanntlich das Glück immer hold.«

Zehn Minuten später mußte der Croupier seine Tätigkeit vorübergehend einstellen, bis Nachschub an Jetons eingetroffen war.

»Was habe ich Ihnen gesagt?« Racksole ging ein paar Tische weiter, und hundert neugierige Augen folgten ihm. Eine alte Frau, deren farbenprächtiger Aufzug Jugendlichkeit vortäuschen sollte, flehte ihn auf französisch an, er möge fünf Francs für sie setzen, und streckte ihm den Jeton hin. Er nahm ihn und gab ihr dafür eine Hundert-Francs-Note. Die Frau krampfte die Hand um den knisternden Schein und hastete zu ihrem Tisch zurück.

An dem zweiten Tisch, den Racksole und der Prinz aufgesucht hatten, lag Spannung in der Luft. Ganz vorn saß eine Frau in einem tief dekolletierten Abendkleid aus schwarzer Seide, die einen breitrandigen roten Hut trug. Sie mochte siebenundzwanzig oder achtundzwanzig Jahre alt sein, hatte dunkle Augen, volle Lippen und eine unverkennbar jüdische Nase. Mit ihrem beeindruckenden, aber eher finster-bedrohlich wirkenden Aussehen war sie das, was man eine junonische Schönheit zu nennen pflegt. Diese Frau nun stand im Mittelpunkt des allgemeinen Interesses. Man erzählte sich, sie habe heute an diesem Tisch schon hundertsechzigtausend Francs gewonnen.

»Sie hatten recht«, flüsterte Prinz Aribert seinem Begleiter zu. »Das ist die Dame aus Berlin.«

»Donner und Doria! Hat die Schöne Sie gesehen? Wird sie Sie erkennen?«

»Ich vermute, daß sie mich erkennen würde, aber bisher hat sie noch nicht aufgeblickt.«

»Dann halten Sie sich hinter ihr. Ich werde sie ein wenig beschäftigen.«

Geschickt eroberte sich Racksole einen Platz gegenüber der Dame mit dem roten Hut. Sein Erfolg an dem anderen Tisch hatte sich bereits bis zu diesem herumgesprochen; schon galt er als ernstzunehmender und gefährlicher Spieler. Bei der ersten Runde setzte die Dame tausend Francs auf Doppel-Zero, Racksole setzte hundert Francs auf die neunzehn und tausend Francs auf die ungeraden Zahlen. Die neunzehn gewann. Racksole erhielt viertausendvierhundert Francs. Neunmal hintereinander setzte Racksole auf die Neunzehn und die ungeraden Zahlen, neunmal setzte die Dame auf DoubleZero. Neunmal konnte Racksole den Gewinn einstreichen, während die Dame verlor. Als die anderen Spieler merkten, daß die Sache sich zu einem Duell auswuchs, traten die meisten zurück und übernahmen eine Zuschauerrolle. Prinz Aribert behauptete seinen Platz hinter dem großen roten Hut. Das Spiel ging weiter. Racksole verlor hier und da eine Kleinigkeit, aber das Glück blieb ihm im wesentlichen treu. Bei ihm gab es, wie ein englischer Zuschauer an ihrem Tisch es ausdrückte, »kein Vertun«. Als es Mitternacht schlug, waren der Dame mit dem roten Hut nur noch tausend Francs geblieben. Danach hatte sie eine halbstündige Glückssträhne, um eins aber waren ihre Mittel erschöpft. Von den hundertsechzigtausend Francs, mit denen sie, wie es hieß, am frühen Abend begonnen hatte, besaß Racksole etwa neunzigtausend, den Rest hatte die Bank. Für die Juno mit dem roten Hut war das eine Katastrophe. Sie sprang auf, stampfte mit dem Fuß und verließ in großer Eile den Saal. Racksole und der Prinz folgten ihr in vorsichtigem Abstand.

»Es wäre gut, wenn wir erkunden könnten, was sie jetzt vorhat«, sagte Racksole.

Draußen, im gleißenden Licht der hohen Bogenlampen und mit dem Rauschen der Brandung im Hintergrund, die unablässig an die Grundmauern des Kurhauses schlug, hatte die Juno in dem roten Hut eine Mietkutsche herangewinkt, in der sie jetzt davonjagte. Racksole und der Prinz nahmen in einem offenen Wagen die Verfolgung auf.

Schon nach einer halben Meile aber ließ Prinz Aribert halten, forderte Racksole zum Aussteigen auf, bezahlte den Kutscher und schickte ihn weg. »Ich glaube ziemlich genau zu wissen, wohin sie will«, erläuterte er, »und wir kommen besser voran, wenn wir ihr zu Fuß folgen.«

»Sie glauben, daß sie zu dem Haus will, in dem sich gestern der bewußte Vorfall abgespielt hat?«

»Ganz recht. Wir werden – wie sagt man bei Ihnen – zwei Fliegen mit einer Klappe schlagen.«

Prinz Ariberts Vermutung bestätigte sich. Der Wagen der Dame hielt vor dem Haus, in dem Nella Racksole mit Miss Spencer gesprochen hatte, und die Dame mit dem roten Hut verschwand darin, als die beiden Herren gerade am Ende der Straße auftauchten. Der Prinz führte Racksole zu der rückwärtigen Gasse und zählte beim Gehen die Häuser ab. Minuten später waren sie einbrechergleich über eine Mauer geklettert, schlichen sich vorsichtig über ein langes, schmales Grundstück, das halb Garten, halb Hof war, und hockten sich unter ein Fenster mit zugezogenen Vorhängen, das einen Spalt breit offenstand.

»Hören Sie genau hin«, wisperte der Prinz. »Sie sprechen miteinander.«

»Wer?«

»Die Berliner Dame und Miss Spencer. Ich erkenne Miss Spencers Stimme.«

Racksole stieß beherzt das hohe Flügelfenster ein Stück weiter auf und legte das Ohr an den Spalt, durch den ein gelber Lichtstrahl fiel.

»Kommen Sie hierher«, flüsterte er dem Prinzen zu. »Die Damen sprechen Deutsch, das verstehen Sie besser.«

Lautlos wechselten sie die Plätze unter dem Fenster, und der Prinz lauschte angestrengt.

»Dann weigern Sie sich?« fragte Miss Spencers Besucherin.

Miss Spencer gab keine Antwort.

»Nicht einmal tausend Francs? Ich sage Ihnen doch, daß ich die fünfundzwanzigtausend komplett verloren habe.«

Wieder hörte man keine Antwort.

»Dann packe ich aus«, stieß die Dame zornig hervor. »Ich habe mein Versprechen gehalten und ihn hergelockt, ihr habt den unglücklichen Jungen in diesem gräßlichen Keller in sicherem Gewahrsam – und jetzt wollen Sie mit diesen armseligen tausend Francs nicht herausrücken?«

»Sie haben erhalten, was Ihnen zustand.« Miss Spencers Stimme klang kalt und gemessen durch die Nacht.

»Ich verlange noch einmal tausend.«

»Die habe ich nicht.«

»Das werden Sie noch bereuen!«

Prinz Aribert hörte Röcke rascheln, eine Tür schlagen – und der Lichtstrahl, der durch den Fensterspalt gefallen war, verschwand unvermittelt. Er stieß den Fensterflügel weit auf. Das Zimmer war dunkel und allem Anschein nach leer.

»Jetzt brauchen wir Ihre Laterne«, sagte er eifrig, nachdem er Theodore Racksole das Gespräch zwischen den beiden Frauen übersetzt hatte.

Racksole zog die Blendlaterne aus der geräumigen Tasche seines Überziehers und zündete sie an. Ihr Strahl huschte über den Fußboden.

»Was ist das?« Prinz Aribert deutete nach unten. Der Schein der Laterne fiel auf ein rechteckiges Gitter zu ihren Füßen, durch das man in einen Keller sehen konnte. Sie knieten sich hin und spähten in das unterirdische Gelaß. Auf einem lädierten Stuhl saß dort teilnahmslos und mit geschlossenen Augen ein junger Mann. Der Kopf war ihm auf die Brust gesunken. Im matten Licht der Laterne wirkte er gespenstisch, ja leichenhaft blaß.

»Wer mag das sein?« fragte Racksole.

»Es ist Eugen«, gab der Prinz leise zurück.

Kapitel 17

GROSSHERZOG EUGENS BEFREIUNG

»Eugen«, rief Prinz Aribert leise. Als der junge Mann im Keller seinen Namen hörte, hob er matt den Kopf und sah zu dem Gitter hoch, das ihn von seinen Rettern trennte, schien diese jedoch nicht zu erkennen. Ziellos und benommen hielt er, in das gleißende Licht der Laterne blinzelnd, den Blick ein paar Sekunden nach oben gerichtet, dann sank ihm der Kopf wieder schwer auf die Brust. Er trug einen Reiseanzug aus dunklem Tweed, und Racksole sah, daß ein Ärmel – der linke – quer über dem oberen Manschettenrand einen Riß aufwies und auf der linken Schulter Schmutzspuren waren. Ein gestärkter, jetzt arg mitgenommener Leinenkragen umschloß, halb aufgeknöpft, nur noch locker den Hals des Gefangenen. Die braunen Stiefel waren aufgeschnürt, eine Mütze, ein Taschentuch, ein Stück Uhrkette und ein paar Goldmünzen lagen auf dem Boden. Racksole leuchtete mit der Laterne in alle Ecken, konnte aber außer dem Stuhl, auf dem der Großherzog von Posen saß, und einem kleinen Holztisch, auf dem ein Teller und eine Tasse standen, keine weiteren Einrichtungsgegenstände entdecken.

»Eugen«, rief Prinz Aribert erneut. Diesmal reagierte sein unglücklicher Neffe überhaupt nicht, und Aribert sagte leise zu Racksole: »Vielleicht kann er uns nicht richtig sehen.«

»Aber er muß doch Ihre Stimme erkennen«, sagte Racksole beklommen.

Es gab eine kleine Pause, und die beiden Männer dort oben sahen sich unschlüssig an. Irgendwie, soviel war klar, mußten sie in den Keller gelangen und Fürst Eugen herausholen, beide aber hatten ein wenig Angst vor dem nächsten Schritt.

»Gottlob ist er nicht tot«, sagte Aribert.

»Womöglich hat ihn Schlimmeres befallen.«

»Schlimmeres? Wie meinen Sie das?«

»Womöglich ist er wahnsinnig geworden.«

»Kommen Sie!« Aribert schrie es fast heraus in seinem jähen Tatendrang. Er entriß Racksole die Laterne und stürmte in das jetzt dunkle Zimmer, in dem das Gespräch zwischen Miss Spencer und der Dame mit dem roten Hut stattgefunden hatte. Einen Augenblick blieb Racksole noch regungslos vor dem Fenster stehen.

»Kommen Sie«, wiederholte Prinz Aribert gebieterisch. »Wovor fürchten Sie sich?«

»Wenn ich das wüßte.« Racksole fühlte sich benommen und dumm im Kopf. Mit schweren Schritten folgte er Aribert. Auf dem Kaminsims standen zwei gelöschte Kerzen, die Racksole gedankenlos wieder anzündete. Sie sahen sich in dem Zimmer um, das nichts Besonderes zu bieten hatte. Es war ein ganz gewöhnliches Zimmer – ziemlich klein, ziemlich armselig, ziemlich heruntergekommen, mit einer häßlichen Tapete und häßlichen Bildern in häßlichen Rahmen. Die Tür war zu und ließ sich auch nicht öffnen, als Prinz Aribert den Türknauf drehte. »Abgeschlossen«, stellte er fest. »Man weiß offenbar, daß wir hier sind.«

»Unsinn«, widersprach Racksole schroff. »Woher denn?« Er packte den Türknauf und rüttelte heftig, bis die Tür aufsprang. »Na also«, stellte er zufrieden fest. Der kleine Erfolg schien seinem seelischen Gleichgewicht wieder aufzuhelfen. Es war ein sonderbarer psychologischer Effekt, daß schon der Anblick eines hilflosen Menschen in einem Keller ausreichte, um zwei beherzte erwachsene Männer in Angst und Schrecken zu versetzen. Sie brauchten einen Moment, um sich von diesem Eindruck zu erholen, dann aber hasteten sie über den Flur zum Vordereingang. Die Haustür stand offen. Sie traten auf den Gehsteig hinaus und blickten nach rechts und nach links, sahen aber keine Seele. Die nur durch drei Gaslampen erhellte Straße wirkte seltsam bedrohlich und geheimnisvoll.

»Auf und davon«, stellte Racksole fest, womit er die Frau mit dem roten Hut meinte.

»Und Miss Spencer ist ihr nach?« fragte Aribert.

»Nein, die muß noch dasein, sie dürfte sich nicht aus dem Haus gewagt haben. Wo ist die Kellertreppe?«

Nach der brauchten sie zum Glück nicht lange zu suchen, denn Prinz Aribert wäre, als er einen Schritt nach hinten tat, um ein Haar eben diese Treppe hinuntergefallen, die, wie man im Licht der Laterne erkannte, spiralförmig nach unten führte. Wortlos nahm Racksole die Laterne wieder an sich und begann den Abstieg. Der Prinz folgte dichtauf. Die Treppe mündete in einen kurzen Gang, und in diesem Gang kauerte eine Frau. Ihre Augen reflektierten das Licht der Laterne und leuchteten wie die einer Katze um Mitternacht. Als sie näher kamen, erkannten sie, daß es Miss Spencer war, die ihnen den Weg versperrte. Halb auf dem Fußboden kniend, hielt sie etwas in der Hand, das die beiden Männer zuerst für einen Dolch hielten, was sich aber – sehr viel prosaischer – als ein ziemlich langes Brotmesser entpuppte.

»Ich habe Sie gehört«, rief Miss Spencer ihnen zu. »Zurück! Sie können nicht herein.«

Ihr Gesichtsausdruck wirkte verzweifelt und gefährlich. Sichtlich zum Äußersten entschlossen, zitterte sie am ganzen Körper.

»Nehmen Sie Vernunft an«, sagte Racksole in aller Ruhe, »und hören Sie auf mit diesem Theater. Wenn Sie nicht auf der Stelle verschwinden, müssen wir Gewalt anwenden.«

Mit der Laterne in der Hand ging er gelassen auf sie zu. Ohne ein weiteres Wort stieß sie ihm das Messer in den Arm. Die Laterne fiel zu Boden und erlosch. Racksole schrie auf – es war weniger ein Schmerzensschrei als ein Laut der Überraschung und Wut – und wich ein paar Schritte zurück. In der Dunkelheit sahen sie Miss Spencers Augen glitzern. »Ich habe Ihnen doch gesagt, daß Sie nicht hereinkommen dürfen«, erklärte sie. »Jetzt gehen Sie!«

Racksole mußte lachen, auch wenn ihm das Lachen ein wenig sonderbar geriet. Daß diese Frau, die in seinem Hotel an der Rezeption gesessen hatte, ihm und Prinz Aribert mit einem Brotmesser den Weg versperren wollte, kitzelte seinen Sinn für Humor. Er riß ein Streichholz an, entzündete die Laterne wieder und wandte sich erneut Miss Spencer zu.

»Ich mache es noch einmal«, drohte sie.

»Das werden Sie schön bleiben lassen.« Racksole holte seinen Revolver heraus, spannte den Hahn und hob die Hand. »Werfen Sie Ihr Spielzeug weg«, befahl er.

»Nein!«

»Ich schieße.«

Miss Spencer preßte die Lippen zusammen.

»Ich schieße«, wiederholte er. »Eins ... zwei ... drei!«

Es gab einen Knall und noch einen. Er hatte zweimal abgedrückt und Miss Spencer zweimal absichtlich verfehlt. Die zuckte zu Racksoles Überraschung nicht mit der Wimper. Er hätte noch viel mehr gestaunt, hätte er ihr heutiges Verhalten mit ihrer zitternden Angst vom Vortag vergleichen können, als Nella sie bedroht hatte.

»Schneidig sind Sie, das muß ich Ihnen lassen«, sagte er, »aber das hilft Ihnen alles nichts. Warum wollen Sie uns nicht durchlassen?«

In Wahrheit konnte bei Miss Spencer von Schneid keine Rede sein, sie hatte nur die eine Angst einer anderen untergeordnet. Sosehr sie Racksoles Revolver fürchtete – eine andere Furcht überwog.

»Warum lassen Sie uns nicht durch?«

»Ich traue mich nicht«, stammelte sie kläglich. »Tom hat mir den Gefangenen anvertraut.« Tränen rannen über das arme Runzelgesicht.

»Da müßte ich eigentlich meinen Hut vor Ihnen ziehen. In Ermangelung einer Kopfbedeckung ziehe ich wenigstens meinen Mantel aus«, sagte Racksole fast scherzend und ließ den Worten die Tat folgen. Dann warf er mit einer schnellen Bewegung Miss Spencer den Mantel über den Kopf und packte ihre Arme, wobei Prinz Aribert ihm Hilfe leistete.

Ihre Gegenwehr erlosch. Sie war besiegt.

»Um so besser«, sagte Racksole. »Ich hätte mit dem Revolver nie Ernst machen können.«

Widerstandslos ließ sich Miss Spencer die Treppe zum Obergeschoß hinauftragen. Dort schlossen die beiden Männer sie in einem Schlafzimmer ein, wo sie reglos auf dem Bett liegenblieb.

»Jetzt zu meinem armen Eugen«, sagte Prinz Aribert.

»Sollten wir uns nicht erst einmal im Haus umsehen?« gab Racksole zu bedenken. »Mir ist wohler, wenn wir wissen, woran wir sind. Einen Überfall aus dem Hinterhalt können wir nicht gebrauchen.«

Der Prinz stimmte zu. Sie durchsuchten das Haus von oben bis unten, fanden aber niemanden. Danach stiegen sie, nachdem sie die Haustür und die Flügeltür des Wohnzimmers verriegelt hatten, wieder in den Keller hinunter.

Hier trafen sie auf ein neues Hindernis. Die Kellertür war abgeschlossen, ein Schlüssel war nicht in Sicht, und die Tür war dick und schwer. Sie waren genötigt, sich noch einmal in das Zimmer zu begeben, in dem Miss Spencer gefangen war, um ihr den Kellerschlüssel abzufordern. Sie lag noch immer regungslos auf dem Bett.

»Tom hat ihn an sich genommen, ich schwöre es«, beantwortete sie mit matter Stimme ihre Frage. »Sicherheitshalber, hat er gesagt.«

»Und wie verpflegen Sie Ihren Gefangenen?«

»Durch das Gitter.«

Die beiden Männer schauderten. Sie hatten den Eindruck, daß Miss Spencer die Wahrheit sagte. Zum drittenmal standen sie dann vor der Kellertür. Als Racksole sich dagegenwarf, vibrierte sie nur leicht.

»Versuchen wir es gemeinsam«, sagte Prinz Aribert. »Jetzt!« Es knackte. »Noch einmal!« Wieder hörten sie ein Knacken, und das obere Scharnier gab nach. Der Rest war ein Kinderspiel. Über die zerbrochene Tür hinweg betraten sie Fürst Eugens Gefängnis.

Der Gefangene saß noch immer auf seinem Stuhl. Der Lärm und Tumult, mit dem seine Befreier die Tür aufgebrochen hatten, schien ihn nicht aus seiner Lethargie geweckt zu haben, aber als Prinz Aribert ihn auf deutsch ansprach, sah er seinen Onkel an.

»Willst du nicht mitkommen, Eugen?« fragte Prinz Aribert. »Du brauchst jetzt nicht mehr hierzubleiben.«

»Laß mich in Ruhe«, lautete die eigenartige Antwort. »Laß mich in Ruhe. Was willst du von mir?«

»Wir sind hier, um dir aus der Klemme zu helfen«, sagte Aribert freundlich. Racksole war beiseite getreten.

»Wer ist der Mann?« fragte Eugen scharf.

»Mein Freund Mr. Racksole, ein Engländer – oder vielmehr Amerikaner –, dem wir sehr viel verdanken. Komm zum Abendessen, Eugen.«

»Nein«, sagte Eugen verstockt. »Ich warte hier auf sie. Du meinst doch nicht, daß man mich gegen meinen Willen hier festhält? Ich warte. Sie hat gesagt, daß sie kommt.«

»Und wer ist diese Sie?« fragte Aribert nachgiebig.

»Aber du weißt doch ... ach nein, das weißt du ja nicht. Du darfst nicht fragen. Misch dich nicht ein, Onkel Aribert. Sie hatte einen roten Hut auf.«

»Ich bringe dich zu ihr, mein Lieber.« Der Prinz legte dem jungen Mann die Hände auf die Schultern, der aber schüttelte sie heftig ab und stand auf, um sich gleich darauf wieder zu setzen.

Aribert sah Racksole an, und beide musterten den Großherzog. Sein Gesicht war gerötet, die linke Pupille stärker geweitet als die rechte. Eugen bebte und zuckte und murmelte bald grollend, bald winselnd unverständliche Satzfetzen vor sich hin.

»Sein Geist ist verwirrt«, flüsterte Racksole.

»Pst! Er versteht Englisch«, mahnte Prinz Aribert, aber der Großherzog hatte offenbar den kurzen Wortwechsel gar nicht zur Kenntnis genommen.

»Wir müssen ihn nach oben bringen«, sagte Racksole.

Aribert nickte. »Eugen, die Dame mit dem roten Hut, auf die du wartest, ist oben. Sie hat uns hergeschickt, du möchtest heraufkommen.«

»Himmel! Warum sagst du das nicht gleich?« stieß der Ärmste bei aller Schwäche mit einem Anflug von Ärger hervor. Er stand auf, ging stolpernd auf Aribert zu und fiel längelang hin. Er war ohnmächtig geworden. Die beiden Männer trugen ihn die Steintreppe hinauf und legten ihn behutsam auf ein Sofa. Dort blieb er mit geschlossenen Augen und schwer durch die Nase atmend liegen. Die Finger waren verspannt, hin und wieder schüttelte ein Krampf seinen Körper.

»Einer von uns muß einen Arzt holen«, sagte Prinz Aribert.

»Ich gehe«, erbot sich Racksole, doch da klopfte es rasch und energisch an die Glastür. Racksole und der Prinz drehten sich erschrocken um und sahen das Gesicht einer jungen Frau, das sich gegen die Scheibe drückte. Die Frau war Nella. Racksole entriegelte den Türflügel, und sie trat ein.

»Da seid ihr ja«, sagte sie munter. »Ihr hättet mir ruhig Bescheid sagen können. Ich konnte nicht schlafen, da habe ich die Leute im Hotel gefragt, ob ihr schon auf eure Zimmer gegangen seid, und als sie verneinten, habe ich mich weggeschlichen. Ich konnte mir denken, wo ich euch finden würde.« Racksole unterbrach sie mit der Frage, was sie sich bei dieser Eskapade gedacht habe, aber sie schnitt ihm mit einer lässigen Handbewegung das Wort ab. »Wer ist das?« Sie deutete auf die Gestalt auf dem Sofa.

»Mein Neffe, Großherzog Eugen«, sagte Aribert.

»Nicht verletzt, wie ich hoffe?« fragte sie kühl.

»Nein, aber krank«, sagte Racksole. «Er hat den Verstand verloren.«

Nella untersuchte den bewußtlosen Fürsten mit den geübten Bewegungen einer jungen Frau, die den besten Krankenpflegekurs absolviert hatte, der in New York zu haben war. »Es ist nur ein Nervenfieber«, sagte sie, »aber auch das ist schlimm genug. Gibt es in diesem seltsamen Haus irgendwo ein Bett?«

Kapitel 18

ZU NÄCHTLICHER STUNDE

»Er darf auf keinen Fall von der Stelle bewegt werden«, erklärte der kleine schwarzhaarige belgische Arzt, dessen Augen hinter den Brillengläsern spöttisch zu blitzen schienen, mit großer Bestimmtheit.

Damit erledigten sich zunächst alle weiteren Pläne. Nella fand sich zu ihrer großen Genugtuung in ihrem fachlichen Urteil bestätigt, denn diese Feststellung hatte sie bereits vor der Ankunft des Arztes getroffen. Es war zu einer lebhaften Debatte gekommen, ehe man nach dem Arzt geschickt hatte. Prinz Aribert war dafür, die ganze Geschichte als Geheimnis zu bewahren, das nur sie drei betraf. So weit stimmte Racksole ihm zu, darüber hinaus aber war er dafür, den Patienten, auch wenn damit ein beträchtliches Risiko verbunden war, unverzüglich nach England zu schaffen, denn er hatte das Gefühl, daß er in seinem eigenen Hotel besser aufgehoben und leichter in der Lage war, mit kommenden kritischen Situationen fertigzuwerden. Doch davon wollte Nella nichts wissen. Aufgrund ihrer Kenntnisse in der Krankenpflege versicherte sie den Männern, Großherzog Eugen sei ernster erkrankt, als sie meinten, und drängte sie, das Haus unumschränkt so lange in Besitz zu nehmen, bis der Fürst auf dem Wege der Besserung war.

»Und was machen wir mit dieser Spencer?« fragte Racksole.

»Die kann bleiben, wo sie ist. Als unsere Gefangene. Und das Haus muß gegen alle Angreifer gehalten werden. Sollte Jules wieder auftauchen, laßt ihn um keinen Preis herein. Ihr seid zu zweit, deshalb könnt ihr die früheren Bewohner im Auge behalten, falls sie zurückkommen, und Miss Spencer ebenfalls. Ich kümmere mich inzwischen um den Patienten. Vor allem aber muß ein Arzt her.«

»Ein Arzt?« wiederholte Prinz Aribert erschrocken. »Wird man einem Arzt nicht gewisse peinliche Erklärungen geben müssen?«

»Nein, warum denn?« fragte Nella zurück. »In einer Stadt wie Ostende sind die Ärzte viel zu diskret, um Fragen zu stellen, sie bekommen so viel zu sehen, daß ihnen die Neugier schnell abhanden kommt. Und wollen Sie denn, daß Ihr Neffe stirbt?«

Die beiden Männer, einigermaßen betäubt von so viel Tatkraft, fügten sich gehorsam ihren Anweisungen. Als sie ihren Vater nach einem Arzt schickte, machte er sich prompt auf den Weg, und auch die Aufträge, die sie Prinz Aribert gab, wurden von diesem widerspruchslos ausgeführt.

Bis zum Abend des folgenden Tages hatte sich alles eingespielt. Der Arzt kam mehrmals, schickte Medikamente und sah den Krankheitsverlauf recht optimistisch. Eine alte Frau fand sich, die das Kochen und Putzen übernahm. Miss Spencer blieb bis zu einer Entscheidung über ihr weiteres Schicksal in der Dachkammer eingesperrt. Draußen stellte niemand neugierige Fragen. Die Anwohner waren offenbar von ihren Nachbarn einiges an sonderbarem Benehmen gewohnt – Kommen und Gehen, flüchtige Besuche und jähe Aufbrüche –, so daß es nicht verwunderlich gewesen wäre, wenn man dieses tatkräftige Trio, bestehend aus Racksole, Nella und Prinz Aribert, für die rechtmäßigen Mieter gehalten hätte.

Am Nachmittag des dritten Tages ging es Fürst Eugen merklich schlechter. Nella hatte in der vergangenen Nacht bei ihm gewacht und saß auch jetzt noch bei ihm. Ihr Vater war vormittags in seinem Hotel gewesen, während Prinz Aribert im Haus die Stellung gehalten hatte. Die beiden Männer verließen nie zu gleicher Zeit das Haus, und auch nachts hatte immer einer Wachdienst. An diesem Nachmittag nun hielten sich Prinz Aribert und Nella zusammen im Zimmer des Patienten auf. Sie saßen am Fenster, das auf den Garten hinausging. Der Arzt war gerade gegangen. Theodore Racksole las unten im Salon den »New York Herald«. Daß ein erlauchter europäischer Fürst wie Großherzog Eugen von Posen mit einer so schäbigen kleinen Kammer vorliebnehmen mußte, war schon eine seltsame Sache, fand Nella. Sie und ihr Vater waren zwar überzeugte Demokraten, dennoch beeindruckten sie Ausstrahlung und Hoheit des kranken Fürsten in einer Weise, wie es bei Prinz Aribert nie der Fall gewesen war. Der Mann, der sich in ihrer Obhut befand, gehörte einem Menschenschlag an, mit dem sie bisher noch nie zu tun gehabt hatten. Selbst im Delirium hatten seine Gesten und seine Stimme etwas Herrisch-Herablassendes, eine beeindrukkende Mischung aus Liebenswürdigkeit und Arroganz. Besonders imponiert hatte Nella das schöne »E« über einer Krone auf den Hemdsärmeln und der Siegelring an der bleichen, hageren Hand. Derlei banale Äußerlichkeiten können mindestens so wirkungsvoll sein wie tiefergehende, aber weniger offenkundige Merkmale. Auch war den Racksoles nicht entgangen, daß sich Prinz Aribert seinem Neffen gegenüber väterlich, zugleich aber auch ehrerbietig verhielt, woraus hervorging, daß Prinz Aribert trotz allem, was geschehen war, Eugen nach wie vor als seinen Souverän betrachtete und damit als ein Wesen, das von Natur aus Anspruch auf Pomp und Huldigungen hat. Diese Einstellung kam den Amerikanern zunächst unaufrichtig und wirklichkeitsfremd, ja fast geheuchelt vor, allmählich aber begriffen sie, daß sie das falsch sahen, daß der »monarchische Aberglaube«, den Amerika vielleicht weitgehend über Bord geworfen hatte, in anderen Teilen der Welt noch sehr lebendig war.

»Sie und Mr. Racksole haben mir große Freundlichkeit erwiesen«, sagte Prinz Aribert leise zu Nella, nachdem sie eine Weile schweigend beieinandergesessen hatten.

»Aber nein«, erwiderte sie vergnügt. »Wir haben schließlich auch ein Interesse an dieser Geschichte. Sie dürfen nicht vergessen, daß sie in unserem Hotel ihren Anfang nahm.«

»Ich habe nichts vergessen«, erwiderte er. »Aber unseretwegen sind Sie beide jetzt in eine sehr unerfreuliche Affäre verwickelt. Warum verstecken Sie und Mr. Racksole, die Sie eigentlich in Europa Urlaub machen wollten, sich hier in einem fremden Haus in einem fremden Land, setzen sich allen möglichen Unannehmlichkeiten und Gefahren aus, nur weil mir so viel daran liegt, einen Skandal oder auch nur die Entstehung von Gerüchten im Zusammenhang mit meinem irregeleiteten Neffen zu verhindern? Was bedeutet es Ihnen, wenn der Großherzog von Posen öffentlichem Hohn und Spott ausgesetzt ist? Was kümmert es Sie, wenn ganz Europa über den Thron von Posen lacht?«

»Das weiß ich nicht, Prinz.« Nella lächelte schelmisch. »Aber wir Amerikaner sind bekannt dafür, daß wir eine Sache, die wir einmal angefangen haben, auch zu Ende führen.«

»Nur ist noch völlig offen, wie diese Sache zu Ende geht. All unsere Mühe, unsere Sorgen, unsere Wachsamkeit sind womöglich umsonst. Wenn ich Eugen dort liegen sehe und daran denke, daß ich seine Geschichte erst erfahren werde, wenn er genesen ist, könnte ich wahnsinnig werden. Wir könnten Vorkehrungen treffen, planen, Wege für die Zukunft ebnen, wenn wir nur wüßten, was er uns zu sagen hat. Sollte Ihnen etwas geschehen, Miss Racksole – ich würde mich umbringen.«

»Aber warum denn? Immer angenommen, mir könnte etwas geschehen, was aber nicht der Fall sein wird.«

»Weil ich Sie in diese Sache hineingezogen habe.« Der Prinz sah sie voll an. »Aber Ihnen bedeutet das alles ja nichts, Sie tun das nur aus Freundlichkeit.«

»Warum sagen Sie, daß es mir nichts bedeutet?« fragte sie rasch.

In diesem Moment machte der Kranke eine krampfartige Bewegung, und Nella eilte hin, um ihn wieder zur Ruhe zu bringen. Vom Kopfende des Bettes aus sah sie Prinz Aribert an, und er erwiderte ihren strahlenden, erregten Blick. Sie trug ihr Reisekleid, über das sie eine große weiße belgische Schürze gebunden hatte. Unter den Augen lagen dunkle Schatten, die von Schlafmangel zeugten, und dem Prinzen schien es, als sei ihr Gesicht schmaler geworden. Das Haar bauschte sich über den Schläfen und verdeckte halb die Ohren. Aribert antwortete nicht, sondern fuhr fort, sie schwermütig und verlangend anzusehen.

»Ich lege mich ein wenig hin«, sagte sie schließlich. »Sie wissen ja Bescheid mit seinen Arzneien.«

»Schlafen Sie wohl.« Er öffnete ihr leise die Tür. Dann war er mit Eugen allein. Er hatte heute die Nachtwache, denn sie mußten nach wie vor mit einem plötzlichen Überfall oder einer anderen Attacke von Jules rechnen. Racksole schlief im Salon im Erdgeschoß, Nella im ersten Stock, in dem Zimmer nach vorn hinaus, Miss Spencer in der Bodenkammer. Erstaunlich ruhig und ohne jedes Anzeichen von Neugier nahm sie ihr Essen von Nella entgegen. Die Zugehfrau ging abends in ihre eigene Wohnung im Hafendistrikt. Stunde um Stunde saß Aribert schweigend am Bett seines Neffen, machte die nötigen Handreichungen und musterte immer wieder forschend das zerquälte Gesicht des jungen Mannes, als könnte er damit die Geheimnisse herauslokken, die sich hinter dieser Maske verbargen. Die Überlegung ließ ihm keine Ruhe, daß sich alles klären und richtigstellen ließe, könnte er nur eine halbe, ja nur eine Viertelstunde vernünftig mit dem Großherzog sprechen. Daß eine verständige Unterhaltung mit Eugen völlig unmöglich war, bis das Fieber sich gelegt hatte, marterte ihn geradezu. Je näher die Mitternacht rückte, desto stärker wurde er, überreizt durch die gespannte, gleichsam elektrisch aufgeladene Atmosphäre, die einen Schwerkranken umgibt, von unbestimmten, schrecklichen Vorahnungen gequält. In immer verzweifelterer Sorge malte er sich die fatalsten Möglichkeiten aus. Was würde geschehen, falls Eugen in diesem Bett starb? Wie würde er den Vorfall in Posen und dem Kaiser gegenüber erklären, wie sich rechtfertigen? Er sah sich schon wegen Mordes vor Gericht stehen, verurteilt – er, ein

Prinz von Geblüt! –, zum Schafott geführt ... ein Vorgang, der seit hundert Jahren in Europa ohne Beispiel war ... Dann sah er wieder den Kranken an und meinte in dem verfallenen Gesicht den Tod lauern zu sehen. Er hätte laut schreien mögen. In seinen Ohren dröhnte es. Er zuckte zusammen. Es war nur die Rathausuhr, die zwölf schlug. Aber nein, da war noch ein Geräusch, ein rätselhaftes Schleifen an der Tür. Er horchte, sprang auf – aber jetzt war es wieder still. Dennoch zog es ihn zur Tür, und nach einer kleinen Ewigkeit faßte er sich ein Herz und öffnete sie. Nella lag zusammengesunken auf dem Türvorleger. Sie war vollständig bekleidet, offenbar aber ohne Bewußtsein. Er hob die schlanke Gestalt auf und setzte sie behutsam in den Sessel am Kamin. Eugen war vergessen. »Was ist, mein Engel?« flüsterte er, und dann küßte er sie. Einmal und noch einmal. Er konnte sie nur ansehen, er wußte nicht, wie er ihr helfen sollte.

Endlich schlug sie seufzend die Augen auf. »Wo bin ich?« fragte sie benommen und mit schwankender Stimme. Dann erkannte sie Aribert. »Ach, Sie sind es. Habe ich etwas Dummes angestellt? Bin ich etwa ohnmächtig geworden?«

»Was ist geschehen? War Ihnen nicht wohl?« fragte er besorgt. Er kniete zu ihren Füßen und hielt ihre Hand ganz fest.

»Ich sah Jules an meinem Bett stehen«, sagte sie halblaut. »Ich bin ganz sicher, daß er es war. Er lachte mich aus. Ich hatte mich nicht ausgezogen. Erschrocken sprang ich auf, aber da war er schon fort, und ich lief nach unten, zu Ihnen.«

»Sie haben geträumt«, sagte er beschwichtigend.

»Bestimmt?«

»Es ist gar nicht anders möglich. Ich habe nichts gehört. Ins Haus konnte niemand kommen. Aber wenn Sie wollen, wecke ich Mr. Racksole.«

»Vielleicht habe ich wirklich geträumt«, räumte sie ein. »Wie dumm von mir.«

»Sie sind überanstrengt.« Ohne es zu merken, hielt er noch immer ihre Hand. Sie sahen sich an, und Nella lächelte.

»Sie haben mich geküßt«, sagte sie plötzlich. Er wurde rot und stand auf. »Warum haben Sie mich geküßt?«

»Verzeihen Sie mir, Miss Racksole«, stammelte er. »Verzeihen Sie mir, auch wenn es unverzeihlich ist. Meine Gefühle haben mich übermannt. Ich wußte nicht, was ich tat.«

»Warum haben Sie mich geküßt?« wiederholte sie.

»Weil ... Ich liebe Sie, Nella. Aber ich habe kein Recht, so etwas zu sagen.«

»Warum nicht?«

»Wenn Eugen stirbt, bin ich Posen gegenüber in der Pflicht. Ich muß den Thron besteigen.«

»Ja, aber Papa ist vierzig Millionen schwer«, sagte sie mit bewundernswerter Selbstsicherheit. »Könnten Sie nicht abdanken?«

Er stöhnte leise auf. »Warum zwingen Sie mich, diese Dinge auszusprechen? Ich kann mich meiner Pflicht Posen gegenüber nicht entziehen, und der regierende Fürst von Posen kann nur eine Prinzessin heiraten.«

»Aber Fürst Eugen wird am Leben bleiben«, sagte sie energisch, »und wenn er am Leben bleibt ...«

»... bin ich frei. Ich würde auf alle meine Rechte verzichten, um Sie zu der Meinen zu machen, wenn ... wenn ...«

»Was, Prinz?«

»Wenn Sie mir die Ehre erweisen würden, meinen Antrag anzunehmen.«

»Reich genug bin ich Ihnen also?«

»Nella!« Er beugte sich zu ihr herunter.

In diesem Moment hörte man Glas splittern. Aribert ging zum Fenster und öffnete es. In der Dunkelheit, in die nur die Sterne ein wenig Licht brachten, sah er eine Leiter an der Hinterfront stehen, meinte Schritte am Ende des Gartens zu hören. »Jules!« stieß er hervor und eilte hinauf in die Dachkammer. Sie war leer. Miss Spencer war auf rätselhafte Weise verschwunden.

Kapitel 19

GEKRÖNTE HÄUPTER IM HOTEL »GRAND BABYLON«

Die Fürstensuite des »Grand Babylon« sucht in der Welt der Hotels und auch anderswo ihresgleichen. Es mag in Deutschland Schlösser geben – insonderheit die von Ludwig II., dem verrückten Bayernkönig –, deren Räume und Salons sie in puncto luxuriöser Üppigkeit und märchengleicher Verschwendung in den Schatten stellen, doch gibt es nirgends auf der Welt, nicht einmal auf der Eighth Avenue in New York, etwas, was man mit Fug und Recht mustergültiger, perfekter, ansprechender und – was nicht weniger wichtig ist – komfortabler nennen könnte. Die Suite umfaßt fünf Räume – das Vorzimmer, den Audienzraum, das Speisezimmer, den Gelben Salon (in dem die gekrönten Häupter gute Freunde empfangen), die Bibliothek und das Schlafzimmer, das wir bereits kennen. Das bedeutendste und eindrucksvollste dieser Gemächer ist natürlich der Audienzraum, der fünfzig Fuß lang und vierzig Fuß breit ist und einen vortrefflichen Ausblick auf die Themse, den Schrotturm und die höher gelegenen Signale der South-Western-Railway bietet. Möbliert ist er im wesentlichen nach deutschem Geschmack, da von sechs dort logierenden Gästen von Geblüt vier teutonischer Abstammung sind, das Prunkstück des Raumes aber ist das Deckengemälde, ein Meisterwerk von Fragonard, das komplett aus einem berühmten Loireschloß kam. An einer der eichengetäfelten Wände hängt ein acht Fuß großer, nach einmaligen kontinentaleuropäischen Vorlagen kopierter Gobelin. Den in einem Stück gewebten Teppich, eine schöne alte türkische

Arbeit, hatte Félix Babylon günstig von einem mittellosen rumänischen Prinzen erwerben können. Der jetzt elektrifizierte silberne Kronleuchter kam vom Rhein. Jedes einzelne Stück hat seine eigene Geschichte. Bei dem königlichen Sessel – es gehört nicht zum guten Ton, von einem Thron zu sprechen, obwohl es praktisch einer ist – handelt es sich um eine Kriegsbeute Napoleons aus einer Stadt in Österreich, Félix Babylon hatte ihn auf der Auktion eines französischen Sammlers entdeckt. Die vier Ecken schmücken grotesk-riesige Vasen aus deutscher Fayence, die aus dem 16. Jahrhundert stammen und die Félix Babylon von Wilhelm I. zum Geschenk gemacht wurden, als dieser im Zusammenhang mit der französischen Krise von 1875[10] in London weilte. Als einziges Bild befindet sich im Audienzraum das Porträt des glücklosen, aber hochherzigen Dom Pedro, Kaiser von Brasilien, das Félix Babylon von diesem selbst erhielt. Einsam und erhaben hängt es dort und erinnert Könige und Fürsten an die Vergänglichkeit der Größe und den Zerfall des Ruhms. Einer der hohen Herren, der während des Goldenen Thronjubiläums von 1887[11] im »Grand Babylon« logierte, als das Haus sieben Personen von königlichem Geblüt beherbergte, ließ Félix kurz und knapp ausrichten, das Porträt müsse abgehängt werden. Félix lehnte dieses Ansinnen ebenso ehrerbietig wie entschlossen ab, und der Fürst zog in ein anderes Hotel, wo ihm Schmuck im Wert von zweitausend Pfund gestohlen wurde. Der Audienzraum der Fürstensuite im »Grand Babylon« ist recht eigentlich eine der Sehenswürdigkeiten Londons, der Öffentlichkeit aber ist er nicht zugänglich, und wenn man das Hotelpersonal nach ihm befragt, werden einem nur dürre Fakten mitgeteilt, etwa daß die Reinigung des türkischen Teppichs fünfzig Pfund kostet und daß eine der großen Vasen einen Sprung im Sockel hat, seit eines Abends vier junge Prinzessinnen, ein Balkankönig und seine Adjutanten sich im Audienzraum mit einem ausgelassenen Blindekuhspiel vergnügten.

An einem Nachmittag Ende Juli stand in einer der Fensternischen dieses prunkvollen Gemachs Prinz Aribert von Posen, angetan mit dem für die englische Zivilisation unverzichtbaren Cut, die vorgeschriebene Gardenie im Knopfloch und die unvermeidliche Bügelfalte im Beinkleid. Er schien recht guter Laune zu sein und erwartete offenbar jemanden, denn immer wieder warf er einen raschen Blick über die Schulter in Richtung der Tür hinter dem königlichen Sessel. Endlich erschien dort ein kleiner, gebeugter, runzliger Alter mit unverkennbar deutschen Zügen und legte auf einem Tischchen neben dem Sessel ein Bündel Papiere ab.

»Hans, alter Freund!« Aribert ging auf den Alten zu. »Ich möchte das eine oder andere mit dir besprechen. Welchen Eindruck macht dir Seine Königliche Hoheit?«

Der Alte salutierte. »Er will mir nicht recht gefallen, Hoheit. Ich bin seit der Volljährigkeit des Großherzogs sein Kammerdiener und war vorher der Kammerdiener seines Vaters, Gott hab ihn selig, aber nie sah ich ...« Er unterbrach sich und hob mißbilligend die verrunzelten Hände.

»Nun? Was denn?« Aribert schenkte dem Alten ein herzliches Lächeln. Diese beiden auf so unterschiedlichen Rangstufen stehenden Männer tauschten wohl nicht zum erstenmal vertrauliche Mitteilungen aus.

»Ist Ihnen bekannt, mein Prinz«, fragte der Alte, »daß wir den Finanzier Sampson Levi – so heißt er doch? – im Audienzraum empfangen sollen? Darf ich mir ergebenst die Bemerkung erlauben, daß für einen Geldmann vielleicht die Bibliothek gut genug gewesen wäre?«

»Das sollte man meinen«, bestätigte der Prinz, »aber dein Herr mag seine Gründe haben.« Dann fragte er, rasch das Thema wechselnd: »Wie kam es, daß du meinen Neffen in Ostende verlassen hast und nach Posen zurückgekehrt bist?«

»Es geschah auf seine Weisung hin.« Der alte Hans, der seine Erfahrungen mit fürstlichen Kapricen hatte und in ein Gutteil aller Geheimnisse europäischer Fürstenhöfe eingeweiht war, warf Aribert einen vieldeutigen Blick zu. »Er schickte mich mit ... mit einem Auftrag zurück, Hoheit.«

»Und bestellte dich nach Erledigung dieses Auftrages hierher?«

»Ganz recht, mein Prinz. Und an diese Weisung habe ich mich gehalten, auch wenn ich, ehrlich gesagt, schon fürchtete, meinen Herrn nie wiederzusehen.«

»Der Großherzog war in Ostende sehr krank, Hans.«

»Ja, das ist mir inzwischen zu Ohren gekommen«, erwiderte Hans sachlich und rieb nachdenklich die Hände aneinander. »Und ganz ist Seine Königliche Hoheit auch jetzt noch nicht wiederhergestellt.«

»Das ist wahr. Wir hatten ihn schon fast aufgegeben, Hans, aber dank seiner guten Konstitution hat er alles überstanden.«

»Wir müssen gut auf ihn achtgeben, mein Prinz.«

»In der Tat«, sagte Aribert ernst. »Sein Leben ist für Posen sehr kostbar.«

In diesem Augenblick betrat Eugen, Großherzog von Posen, den Audienzraum. Er wirkte blaß und matt, und die Uniform schien ihn zu drücken. Sein Haar war ein wenig wirr, und in den schönen Augen stand ein unruhiger, ja fast furchtsamer Ausdruck. Es schien, als wage er nicht, sich umzublicken, aus Angst, er könne dort etwas sehen, was von Rechts wegen nicht da sein dürfte. Dennoch stand hier zweifellos ein Regent. Ein frappanterer Gegensatz als der zwischen dem kranken jungen Mann in dem heruntergekommenen Haus in Ostende und Großherzog Eugen in der Fürstensuite des Hotels »Grand Babylon«, umgeben von all dem Pomp und Luxus, den die zivilisierte Moderne hochgeborenen Personen zu bieten hat, war kaum vorstellbar. Die böse Geschichte in Ostende war versteckt und verdrängt, als habe es sie nie gegeben, nur noch in den Herzen derer, die sie miterlebt hatten, wohnte sie als heimliche Scham. Fürst Eugen war genesen oder befand sich zumindest auf dem Weg der Besserung und war nach London gebracht worden, wo er sein fürstliches Leben wiederaufgenommen hatte. Die Dame mit dem roten Hut, die grimme, unbestechliche Miss Spencer, der geniale, skrupellose Jules, der dunkle, feuchte Keller, die erbärmliche kleine Schlafkammer – all das war abgetan. Dank Prinz Aribert und dank der Racksoles hatte Eugen alles unbeschadet überstanden und konnte seine öffentlichen und offiziellen Funktionen wieder wahrnehmen. Dem Kaiser war mitgeteilt worden, daß der Großherzog nach einem unumgänglichen Aufenthalt in Ostende wohlbehalten in London eingetroffen war, sein Name erschien wieder in den Hofberichten, kurz – alles war vertuscht worden. Nur: Jules, Rocco und Miss Spencer befanden sich noch auf freiem Fuß, Reginald Dimmock war im Mausoleum des Schlosses zu Posen zur letzten Ruhe gebettet worden, und das Gespräch mit Mr. Sampson Levi stand Fürst Eugen noch bevor.

Daß Fürst Eugen vielerlei schwer auf der Seele lag, war nicht zu übersehen. Es schien, als habe er sich in sich selbst zurückgezogen. Trotz der ungewöhnlichen Erlebnisse, die er gerade erst hinter sich gebracht hatte und die nach Erklärung und einer Aussprache zwischen Neffe und Onkel förmlich schrien, hüllte er sich Prinz Aribert gegenüber fast gänzlich in Schweigen. Jede – auch die unverhüllteste – Anspielung auf Ostende wurde mehr oder weniger geschickt von ihm ignoriert, und Prinz Aribert war einer Lösung der Rätsel um Jules' Komplott nicht näher als an dem Abend, als er und Racksole das Spielkasino von Ostende aufgesucht hatten. Fürst Eugen wußte sehr wohl, daß bei seiner Entführung die Dame mit dem roten Hut ihre Hand im Spiel gehabt hatte, doch konnte er sich – zweifellos aus Scham darüber, daß er sich von ihr hatte übertölpeln lassen – nicht dazu durchringen, zur Klärung der Angelegenheit beizutragen.

»Du empfängst in diesem Raum, Eugen?« fragte Aribert.

»Ja«, lautete die verdrießliche Antwort. »Weshalb nicht? Auch wenn ich hier keine angemessene Dienerschaft habe, ist nicht einzusehen, warum ich eine Audienz nicht so abhalten sollte, wie es sich gehört. Hans, du kannst gehen.« Der alte Diener entfernte sich sogleich. Als der Großherzog mit dem Prinzen allein war, fuhr er fort: »Du denkst, ich hätte den Verstand verloren, Aribert.«

»Sei nicht albern, mein Lieber«, sagte Prinz Aribert erschrokken.

»Doch. Du glaubst, das Nervenfieber hätte bleibende Spuren bei mir hinterlassen. Mag sein, daß ich wirklich verrückt bin. Was ich in letzter Zeit durchgemacht habe, kann einen Menschen weiß Gott in den Wahnsinn treiben.«

Aribert antwortete nicht. Ehrlicherweise mußte er sich gestehen, daß er in letzter Zeit tatsächlich hin und wieder den Eindruck gewonnen hatte, Eugen habe in seinem Tun und Denken noch nicht wieder zur Normalität zurückgefunden. Nach dem aber, was sein Neffe eben gesagt hatte, schien es ihm doch eher so, als sei der junge Mann bei klarem Verstand und als könne sich alles zum Guten wenden, wenn es nur gelänge, das alte brüderliche Vertrauensverhältnis wiederherzustellen, das seit ihrer Kinderzeit bestanden hatte. Im Augenblick allerdings deutete nichts darauf hin, daß Großherzog Eugen bereit war, irgend jemandem sein Vertrauen zu schenken. Aus dem dunklen Reich des Todes glücklich zurückgekehrt, haftete noch etwas von dessen Schatten an ihm, was er offenbar nicht abschütteln konnte.

»Ach, übrigens ... ich muß mich wohl den Racksoles gegenüber erkenntlich zeigen«, sagte Eugen unvermittelt. »Ich bin ihnen wirklich dankbar. Wenn ich dem Mädchen ein Armband und dem Vater tausend Guineen schenkte – wäre das angemessen?«

»Tausend Guineen?« wiederholte Aribert geradezu entsetzt. »Mein lieber Eugen, weißt du nicht, daß Theodore Racksole ganz Posen aufkaufen könnte, ohne sich damit an den Bettelstab zu bringen? Tausend Guineen! Genausogut könntest du ihm Sixpence anbieten.«

»Also was dann?«

»Gar nichts, nur deinen Dank. Alles andere wäre eine Beleidigung. Es handelt sich nicht um gewöhnliche Hotelbetreiber.«

»Und ich darf der Kleinen wirklich kein Armband schenken?« Fürst Eugen lachte anzüglich.

Aribert sah ihn voll an. »Nein.«

»Warum hast du sie an dem Abend geküßt?« fragte Fürst Eugen wie nebenher.

»Geküßt? Wen?« fragte Aribert errötend, wobei er nach Kräften bemüht war, sich trotz seiner Verärgerung ruhig und unbeteiligt zu geben.

»Die kleine Racksole.«

»Wann soll das denn gewesen sein?«

»An dem Abend in Ostende, als ich so krank war. Ihr habt gedacht, ich wäre im Delirium, das war ich vielleicht auch, aber daran erinnere ich mich trotzdem überraschend deutlich. Ich weiß noch, daß ich ganz kurz den Kopf hob, und genau in dieser Sekunde hast du sie geküßt. Schau an, Onkel Aribert ...«

»Jetzt höre mir einmal zu, Eugen: Ich liebe Nella Racksole. Ich werde sie heiraten.«

»Du?«

Es gab eine lange Pause. Dann lachte Eugen auf. »Jaja, so reden sie alle zuerst, so habe ich auch geredet, mein lieber Onkel. Es klingt hübsch und hat nichts zu bedeuten.«

»In meinem Fall bedeutet es alles, Eugen«, erwiderte Aribert ruhig.

Bei diesem entschlossenen Ton verging Eugen der Spott.

»Du kannst sie nicht heiraten. Der Kaiser wird dir eine morganatische Ehe nicht gestatten.«

»Der Kaiser hat mir in dieser Sache nichts zu sagen. Ich werde auf meine Rechte verzichten und ein einfacher Bürger werden.«

»Womit du auch jeden Anspruch auf ein nennenswertes Vermögen verlierst.«

»Meine künftige Frau besitzt Vermögen. In Kenntnis der Opfer, die ich bringe, um sie zu heiraten, wird sie nicht zögern, mir dieses Vermögen zu gemeinschaftlicher Nutzung anzuvertrauen«, erklärte Aribert steif.

»Ja, dann wärst du entschieden ein reicher Mann«, räumte Eugen ein. »Aber hast du auch bedacht« – und in den sanften Augen glühte wieder etwas wie Wahn – »hast du auch bedacht, daß ich unverheiratet bin und jeden Augenblick sterben könnte und daß dann der Thron an dich geht, Aribert?«

»Der Thron wird niemals an mich gehen, Eugen«, sagte Aribert beschwichtigend, »denn du wirst leben. Du bist praktisch genesen, du hast nichts zu fürchten.«

»Ich fürchte die nächsten sieben Tage.«

»Die nächsten sieben Tage? Warum das?«

»Ich weiß es nicht, aber ich fürchte sie. Wenn ich die überlebe ...«

»Mr. Sampson Levi, Königliche Hoheit«, meldete Hans mit lauter Stimme.

Kapitel 20

MR. SAMPSON LEVI WÜNSCHT FÜRST EUGEN EINEN GUTEN MORGEN

Der Großherzog fuhr zusammen. »Ich lasse bitten«, sagte er und bedeutete Hans mit einer Handbewegung, Mr. Sampson Levi möge sogleich eintreten.

»Einen Moment noch ... « Aribert legte seinem Neffen behutsam eine Hand auf den Arm und warf dem alten Hans einen Blick zu, der diesen tadellos gezogenen Diener veranlaßte, sich schleunigst zu entfernen.

»Was soll das?« fragte der Fürst verärgert. »Weshalb plötzlich dieses ernsthafte Gehabe? Darf ich dich daran erinnern, daß ich einen Termin mit Mr. Sampson Levi habe und ihn nicht warten lassen möchte. Wie heißt es so schön? Pünktlichkeit ist die Höflichkeit der Könige.«

»Ich wünschte mir auch von dir ein wenig mehr Ernsthaftigkeit, Eugen«, sagte Aribert. »Warum können wir nicht offen miteinander reden? Ich will dir helfen, so wie ich dir in der Vergangenheit geholfen habe. Du bist nominell mein Landesherr, gleichzeitig aber habe ich die Ehre, dein Onkel zu sein, bin genau so alt wie du und dein Gefährte von Jugend an. Schenke mir dein Vertrauen. Ich glaubte es vor Jahren zu besitzen, neuerdings aber stelle ich fest, daß du schon damals Geheimnisse vor mir hattest. Und seit deiner Krankheit bist du noch verschlossener geworden.«

»Wie meinst du das, Aribert?« fragte Eugen, und es war nicht zu erkennen, ob ihn in diesem Augenblick freundschaftliche oder eher feindselige Gefühle bewegten. »Was willst du mir eröffnen?«

»Zunächst dies: Du wirst bei dem schätzenswerten Mr. Sampson Levi dein Ziel nicht erreichen.«

»Was du nicht sagst! Woher willst du wissen, was ich mit ihm zu bereden habe?«

»Ich weiß es, das muß dir zunächst genügen. Du wirst ihm die Million nicht entlocken.«

Fürst Eugen schnappte nach Luft, versuchte aber sofort, seine Erregung zu unterdrücken. »Wer hat da geplaudert? Was für eine Million?« Unruhig ging sein Blick durch den Raum, dann zwang er sich zu einem Lachen. »Verstehe ... Ich habe im Fieber geschwatzt. Das darfst du nicht für bare Münze nehmen, Aribert. Bei Fiebernden gehen die Gedanken bizarre und phantastische Wege.«

»Du hast nicht im Fieber gesprochen«, erwiderte Aribert, »Zumindest nicht über deine Angelegenheiten. Ich wußte schon vor unserem Wiedersehen in Ostende von dem erhofften Darlehen.«

»Von wem hast du das?« fragte Eugen ungestüm.

»Du gibst also zu, daß du versuchst, ein Darlehen zu bekommen?«

»Ich gebe überhaupt nichts zu. Von wem hast du deine Weisheit?«

»Von Theodore Racksole, dem Millionär. Diese reichen Leute haben keine Geheimnisse voreinander. Sie sind ein Zirkel für sich, weit exklusiver und in sich geschlossener als unsere Adelskreise, Eugen, und viel, viel mächtiger. Mit ihren Absprachen regieren diese Millionäre die Welt, sie sind ihre eigentlichen Herrscher.«

»Der Henker soll sie holen«, stieß Eugen hervor.

»Mag sein. Aber zurück zu deinem Fall. Stell dir meine Beschämung, meine Entrüstung vor, als ich begriff, daß Racksole mir mehr über deine Angelegenheiten sagen konnte, als ich selbst wußte. Zum Glück ist er ein guter Kerl, man kann ihm vertrauen, ich hätte mich sonst womöglich zu einer Verzweiflungstat hinreißen lassen, als ich begriff, wie gut er über dein Privatleben informiert war. Zur Sache, Eugen: Wozu brauchst du diese Million? Hast du dich tatsächlich so hoch verschuldet? Ich mache dir keine Vorwürfe, ich frage nur.«

»Und was wäre dabei, wenn ich tatsächlich eine Million Schulden hätte?« fragte Fürst Eugen fast aufsässig.

»Nichts, mein lieber Eugen, gar nichts. Nur ist es eine nicht unbeachtliche Leistung, diese Summe in zehn Jahren zu vertun, nicht wahr? Wie hast du das fertiggebracht?«

»Frag nicht, Aribert. Ich habe mich sehr töricht benommen. Aber die Frau, die du ›die Dame mit dem roten Hut‹ nennst, war meine letzte Torheit, ich schwöre es. Ich werde heiraten und ein achtbarer Landesfürst werden.«

»Dann ist das Verlöbnis mit Prinzessin Anna vollendete Tatsache?«

»Ja. Sobald ich mit Levi einig bin, sind alle Wege geebnet. Nicht für einen Kaiserthron würde ich auf Anna verzichten wollen, Aribert. Sie ist eine gute, reine Frau, und ich liebe sie wie einen Engel.«

»Und doch warst du bereit, sie über deine Schulden zu täuschen, Eugen?«

»Nicht sie, sondern ihre albernen Eltern und vielleicht den Kaiser. Sie haben Gerüchte gehört, die ich zum Schweigen bringen muß, indem ich mich ihnen mit weißer Weste präsentiere.«

»Ich freue mich, daß du so offen zu mir warst, Eugen«, sagte Prinz Aribert, »aber auch ich will jetzt kein Blatt vor den Mund nehmen. Prinzessin Anna wird nie deine Frau werden.«

»Und warum nicht?« fragte Eugen sehr von oben herab.

»Weil ihre Eltern es nicht zulassen werden. Weil du dich nicht mit weißer Weste wirst präsentieren können. Weil dieser Sampson Levi dir die Million nicht leihen wird.«

»Erkläre dich!«

»Ich bin schon dabei. Du wurdest in Ostende entführt – ein häßliches Wort, aber nicht zu vermeiden ...«

»Wie wahr!«

»Weißt du, warum?«

»Ich nehme an, weil diese abscheuliche Person mit dem roten Hut und ihre Komplizen Geld aus mir herausholen wollten. Zum Glück und dank deiner Bemühungen ist ihnen das nicht gelungen.«

»Das war nicht der Grund«, versetzte Aribert. »Es war ihnen nicht um Geld zu tun, denn sie wußten sehr genau, daß du keins hattest. Sie wußten, daß du das schwarze Schaf unter den europäischen Fürsten bist, ein Mann ohne Verantwortungs- und Pflichtgefühl seinem Reich gegenüber. Soll ich dir sagen, warum man dich entführt hat?«

»Ich bitte darum, lieber Onkel. Sobald du mit deinen Schmähungen fertig bist.«

»Man hat dich nur gekidnappt, um dich ein paar Tage aus England fernzuhalten und damit zu verhindern, daß du dein Gespräch mit Sampson Levi führen konntest. Was offenbar gelungen ist. Nehmen wir einmal an, Levi gibt dir das Geld nicht. Wüßtest du in ganz Europa einen anderen Finanzier, von dem du es bekommen könntest – angesichts der zweifelhaften Sicherheit, die du zu bieten hast?«

»Vielleicht nicht«, erwiderte Fürst Eugen gelassen. »Aber du wirst sehen – ich bekomme es von Levi. Er hat es mir versprochen, und wie ich von anderer Seite weiß, steht er zu seinem Wort. Das Geld, so hat er es mir gesagt, stünde mir vorbehaltlich gewisser Formalitäten zur Verfügung, und zwar bis ...«

»Bis?«

»Bis Ende Juni.«

»Und jetzt haben wir Ende Juli.«

»Was ist schon ein Monat? Er leiht mir das Geld nur zu gern, denn er hat sehr gute Zinsen zu erwarten. Wie kommst du nur auf diese unsinnige Idee, mein armer alter Junge, daß ein Komplott gegen mich geschmiedet wurde? Die Vorstellung ist geradezu grotesk. Ein Komplott gegen mich? Weshalb um alles in der Welt?«

»Hast du schon einmal an Bosnien gedacht?« fragte Aribert ganz ruhig.

»An Bosnien?«

»Ich brauche dir nicht zu sagen, daß der König von Bosnien Österreich gegenüber, dem er seine Krone verdankt, gewisse Verpflichtungen hat. Österreich liegt sehr viel daran, daß er eine gute, politisch einflußreiche Partie macht.«

»Soll er doch.«

»Er wird Prinzessin Anna heiraten.«

»Nur über meine Leiche. Er hat dort vor einem Jahr angeklopft und wurde abgewiesen.«

»Ja, aber er wird wieder anklopfen, und diesmal wird man ihn nicht abweisen. Begreife doch, Eugen: Dieses Komplott wurde von Personen angezettelt, die alles über deine Affären wissen und die darauf aus sind, deine Heirat mit Prinzessin Anna zu verhindern. Es gibt nur einen Menschen in Europa, der ein Motiv dafür hat, deine Heirat mit Prinzessin Anna zu hintertreiben, nämlich den Mann, der sie selbst ehelichen will.«

Eugen wurde sehr blaß. »Soll das heißen, daß ich meine Haft in Ostende den Handlangern des Königs von Bosnien verdanke?«

»So ist es.«

»Die meine Verhandlungen mit Sampson Levi hintertreiben und damit die Heirat mit Anna unmöglich machen wollten?«

Aribert nickte.

»Du bist ein guter Freund, Aribert, du hast die besten Absichten. Aber du irrst und sorgst dich um nichts und wieder nichts.«

»Hast du vergessen, was Reginald Dimmock zugestoßen ist?«

»Wenn ich mich recht erinnere, hast du mir erzählt, daß er gestorben ist.«

»Keineswegs. Ich sagte, daß er ermordet wurde. All das gehörte zum Plan, mein armer Eugen.«

»Das glaube ich nicht«, versetzte Eugen. »Und was Sampson Levi betrifft, wette ich um tausend Mark mit dir, daß er und ich heute vormittag handelseinig werden und ich die Million noch vor meiner Abreise aus London in Händen habe.«

Aribert schüttelte den Kopf. »Du glaubst offenbar Mr. Levis Charakter sehr gut zu kennen. Hattest du schon viel mit ihm zu tun?«

Eugen stutzte kurz. »Nun ja, wie man's nimmt ... Welcher junge Mann in meiner Stellung hätte nicht früher oder später einmal mit Mr. Sampson Levi zu tun gehabt?«

»Ich nicht«, sagte Aribert.

»Ja, du bist eben ein Fossil.« Er griff nach einer silbernen Glocke. »Hans! Ich lasse Mr. Sampson Levi bitten.«

Aribert zog sich diskret zurück, und Fürst Eugen nahm auf dem breiten Samtsessel Platz und griff nach den Papieren, die Hans auf das Tischchen gelegt hatte.

»Guten Morgen, Königliche Hoheit«, sagte Sampson Levi mit einer tiefen Verbeugung. »Ich hoffe, Eure Königliche Hoheit befinden sich wohl.«

»Danke der Nachfrage. So einigermaßen«, erwiderte der Fürst.

Sampson Levi hatte es, obwohl vielleicht kein anderer europäischer Bürgerlicher so viel mit Menschen königlicher Abstammung zu tun hatte wie er, immer noch nicht gelernt, in den ersten Minuten eines Gesprächs mit diesen erhabenen Wesen unbefangen umzugehen. Seine Sicherheit kehrte zwar immer sehr schnell zurück, zunächst aber war er unweigerlich dunkelrot im Gesicht und von Nervosität und Hitzewallungen geplagt.

»Wir kommen am besten sofort zur Sache«, sagte Fürst Eugen. »Nehmen Sie doch Platz, Mr. Levi.«

»Ich danke Eurer Königlichen Hoheit.«

In bemüht beiläufigem Ton begann der Großherzog: »Was das Darlehen betrifft, das wir schon so gut wie abgemacht hatten – eine Million, wenn ich nicht irre ...«

»Eine Million«, bestätigte Levi und spielte mit seiner dicken Uhrkette.

»... so ist jetzt alles geregelt. Hier sind die Papiere. Ich wünsche die Angelegenheit unverzüglich zum Abschluß zu bringen.«

»Ganz recht, Hoheit, nur ...«

»Nur? Vor Monaten zeigten Sie sich hoch zufrieden mit der Sicherheit, auch wenn ich gern zugebe, daß sie etwas ungewöhnlich ist. Sie waren auch mit dem Zinssatz einverstanden. Nicht jeder, Mr. Levi, kann für eine Million fünfeinhalb Prozent Zins zahlen. Und in zehn Jahren bekommen Sie die ganze Summe zurück. Ich – äh – sagte Ihnen wohl schon, daß das Vermögen der Prinzessin Anna, die in Kürze meinen Antrag annehmen wird, sich letztlich auf fünfzig Millionen Mark, das heißt über zwei Millionen Pfund in Ihrer englischen Währung, belaufen wird.« Fürst Eugen verstummte. Es widerstrebte ihm, in diesem vertraulichen Ton mit einem Finanzmann zu sprechen, aber unter diesen Umständen ließ es sich wohl nicht vermeiden.

»Ja, sehen Sie, Königliche Hoheit, die Sache ist die«, versetzte Sampson Levi in seiner schlichten englischen Ausdrucksweise, »die Sache ist nämlich die: Ich habe gesagt, daß ich die Summe bis Ende Juni bereithalten könnte, und Sie wollten mich bis dahin hierherbestellen. Nachdem ich von Hoheit nichts gehört hatte und nicht wußte, wo Hoheit sich aufhielten, obwohl meine deutschen Agenten sich überall nach Ihnen erkundigt hatten, habe ich mir gesagt, daß Sie wohl, wo doch in den letzten Monaten Kredite so billig waren, andere Vorkehrungen getroffen haben.«

»Ich wurde leider in Ostende aufgehalten«, sagte Fürst Eugen in seinem hochfahrendsten Ton. »In ... in wichtigen Geschäften. Ich habe keine anderen Vorkehrungen getroffen, und ich brauche die Million. Wenn Sie so freundlich wären, sie an meine Londoner Bank zu überweisen ...«

»Ich bedaure unendlich«, sagte Mr. Sampson Levi in so geschliffen höflichem Ton, daß er selbst überrascht war, »ich bedaure unendlich, aber mein Konsortium hat das Geld jetzt anderweitig vergeben. Es ist in Südamerika. Ich darf Hoheit sagen, daß wir es der chilenischen Regierung geliehen haben.«

»Der Henker hole die chilenische Regierung, Mr. Levi!« Der Fürst war leichenblaß geworden. »Ich muß diese Million haben. So war es abgemacht.«

»So war es abgemacht, wohl wahr«, bestätigte Mr. Levi, »aber Hoheit haben die Abmachung nicht eingehalten.«

Es gab eine lange Pause.

»Wollen Sie damit sagen«, fragte der Großherzog, nur mühsam die Fassung bewahrend, »daß Sie mir die Million nicht zur Verfügung stellen können?«

»In zwei Jahren könnte ich für Hoheit wohl eine Million zusammenbringen.«

Der Großherzog machte eine ungehaltene Handbewegung. »Wenn Sie mir nicht morgen das Geld bringen, Mr. Levi, richten Sie eins der ältesten Fürstengeschlechter zugrunde und verändern dazu noch die Landkarte Europas. Sie haben Ihr Wort gebrochen, und ich hatte mich auf Sie verlassen.«

»Bitte um Verzeihung, Hoheit.« Der kleine Finanzmann erhob sich grollend. »Nicht ich habe mein Wort gebrochen. Ich erlaube mir zu wiederholen, daß mir das Geld nicht mehr zur Verfügung steht. Und somit wünsche ich Hoheit einen guten Morgen.«

Damit verließ Mr. Sampson Levi mit einer unbeholfenen Verbeugung tief gekränkt den Audienzraum.

Die Szene war durchaus kennzeichnend für das ausgehende neunzehnte Jahrhundert. Ein ordinärer, fettleibiger, kurzatmiger kleiner Mann, der in einer Doppelhaushälfte in Brixton zur Welt gekommen war und dessen größtes Vergnügen darin bestand, mit einem teuren elektrischen Boot über die Themse zu schippern, konfrontierte in einem Hotel, das einem amerikanischen Millionär gehörte, einen Vertreter jenes Schlags von Menschen, die seit Hunderten von Jahren an sämtlichen Seiten im Buch der europäischen Geschichte mitgeschrieben hatten und auf ihren Stammsitzen noch immer von allen äußeren Anzeichen von Macht und Gepränge umgeben waren, und besiegte ihn auf der ganzen Linie.

»Du hattest recht, Aribert«, sagte Fürst Eugen wenig später. »Alles ist aus. Mir bleibt nur ein Ausweg ...«

»Du wirst doch nicht ... « Aribert unterbrach sich entsetzt.

»Doch, ich werde. Ich kann es so einrichten, daß es wie ein Unfall aussieht.«

Kapitel 21

DIE RÜCKKEHR DES FÉLIX BABYLON

Am Abend des Tages, als Fürst Eugen sein entscheidendes Gespräch mit Mr. Sampson Levi geführt hatte, streifte Theodore Racksole unruhig und ohne rechtes Ziel durch die Lobby und die angrenzenden Korridore des »Grand Babylon«. Er war erst vor ein oder zwei Tagen aus Ostende zurückgekehrt und hatte sich redlich, aber ziemlich erfolglos bemüht, die Angelegenheit, die ihn dorthin geführt hatte, zu vergessen und gewissermaßen ad acta zu legen. Vergebens sagte er sich, daß es eben Dinge gab, an die man besser nicht rührte. Wenn er aus seinen Erfahrungen als großer Börsenboß und Erfinder gigantischer Projekte in New York etwas gelernt hatte, dann doch sicher dies. Trotzdem konnte er sich mit diesem Stand der Dinge nicht abfinden. Allein die Anwesenheit des Großherzogs nebst dessen Onkel in seinem Hotel weckte den Kampfgeist des Millionärs, der noch nie auf der Verliererseite gewesen war. Zusammen mit ihnen war er in die Schlacht gezogen, und wenn das Haus Posen nicht weiterkämpfen wollte, so war er, Theodore Racksole, bereit, in die Bresche zu springen. Ein Teilsieg war zwar bereits errungen, denn sie hatten Großherzog Eugen aus einer hochgefährlichen Lage retten und den Gegner – in Gestalt von Jules, Rocco, Miss Spencer und womöglich weiteren Beteiligten – in die Flucht schlagen können. Doch für Racksole stand fest, daß dies bei weitem nicht genügte. Daß die Verbrecher – denn das waren sie, soviel war klar! – noch immer auf freiem Fuß waren, betrachtete er als geradezu grotesk. Dazu kam noch etwas anderes: Die Polizei hatte er überall das, was sich in der letzten Zeit abgespielt hatte, völlig im dunkeln gelassen. Bei aller Geringschätzung für die braven Ordnungshüter war ihm klar, daß er, sollten sie ihm zufällig auf die Schliche kommen, in eine recht peinliche Lage geraten konnte, weil es in den Augen der Justiz nun einmal ein Vergehen war, derlei zu verheimlichen. Zum tausendstenmal fragte er sich, warum er sich der Polizei gegenüber zum Stillschweigen entschieden, warum er sich überhaupt für den Fall Posen engagiert hatte und warum ihm jetzt so viel daran lag, sich auch weiterhin mit ihm zu befassen. Die einigermaßen lahme Antwort auf die ersten beiden Fragen lautete, daß dies wohl Nellas Einfluß und auch einer gewissen angeborenen Abenteuerlust zuzuschreiben war, auf die dritte erwiderte er, daß er es gewohnt war, eine Sache zu Ende zu führen und auch diesmal – ein wenig wie ein trotziger kleiner Junge – darauf beharrte und auch fest davon überzeugt war, daß er sie zu einem guten Ende würde bringen können. Einen weiteren Grund gestand er sich – da er von Natur aus ein Gegner großer Worte war – kaum selbst ein, daß er nämlich ein stark entwickeltes Gerechtigkeitsgefühl besaß, jenen tief verwurzelten Instinkt des Angelsachsen, der gerechten Sache zum Sieg zu verhelfen, selbst wenn er sich dadurch beträchtlichen Gefahren aussetzt und keine entsprechenden Vorteile damit verbunden sind.

All das ging ihm durch den Kopf, als er an jenem Abend des letzten Julitages durch das große Hotel schlenderte. Die Gesellschaftsspalten behaupteten seit einer Woche, London sei leer, aber ihnen zum Trotz schien die Stadt so belebt wie eh und je. Gewiß, im »Grand Babylon« drängten sich die Menschen nicht so wie vor einem Monat, aber von einer schlechten Geschäftslage konnte keine Rede sein. Zum Ende der Saison pflegten die bunten Schmetterlinge der Hautevolee sich für ein, zwei Tage in den großen Hotels niederzulassen, ehe sie in Schlösser und Landsitze, auf Wiesen und Moore, zu Seen und Flüssen entschwebten. Zahlreiche Herren mittleren und fortgeschrittenen Alters hatten die bequemen Korbsessel in der Vorhalle belegt und erfreuten sich an Likören, Zigarren und dem Anblick des Vollmonds, der so friedlich über der Themse seine Bahn zog. Hübsche Frauen ließen ihre Schleppen schleifen, wenn sie am Arm eines makellos gekleideten Kavaliers ihre Runden drehten. Kellner, livrierte Diener und goldbetreßte Portiers bewegten sich lautlos durch die Räume. In kurzen Abständen setzte der Chefportier seine Trillerpfeife an die Lippen, dann fuhr glöckchenklingelnd eine Droschke vor, um ein Schmetterlingspaar zu irgendeinem Ort der Lustbarkeit oder der Langeweile zu entführen. Hin und wieder erschien eine mit kostbaren und selbstbewußten Pferden bespannte private Kutsche, die allein schon durch ihren äußeren Prunk die Droschken in den Schatten stellte. Es war ein warmer Abend, so recht ein Abend für Sommerwälder, und wenn man von den Fahrzeugen absah, nahm man nirgendwo eine schnelle Bewegung wahr. Es war, als sei die Welt – will sagen die Welt des »Grand Babylon« – vollauf mit dem ernsthaften Vorgang des Verdauens und dem Betreiben leichter Konversation beschäftigt. Selbst die Gaslaternen, die rechts und links das Embankment säumten, sah man in der unbewegten, zärtlich-warmen Luft kaum flackern. Die Sterne blickten blinzelnd auf den imposanten Bau des »Grand Babylon« herab, und der Mond betrachtete das Hotel mit mild-gütigem Blick. Was Mond und Sterne von dem Hotel und seinen Insassen dachten, ist leider nicht überliefert. Immerhin kann berichtet werden, was Theodore Racksole über den Mond dachte: Der Millionär fand ihn schlicht und einfach störend, weil er ihn mit seinem stupiden Starren behexte und von seinen komplizierten Überlegungen ablenkte. Racksole betrachtete die gut gekleideten, zufriedenen Menschen um sich her, die seine Gäste waren und ihn komplett ignorierten. Vermutlich ahnte kaum einer unter ihnen, daß dieser hochgewachsene drahtige Mann mit dem eisengrauen Haar und dem schmalen, festen, entschlossenen Gesicht, der seinen amerikanisch geschnittenen Abendanzug mit so lässiger Eleganz trug, der alleinige Besitzer des »Grand Babylon« und möglicherweise der reichste Mann Europas war. Racksole war, wie schon gesagt, in England keine Berühmtheit. Die Gäste des »Grand Babylon« sahen nur einen nervösen Menschen, der mit seiner Unruhe ihre friedliche Stimmung zu stören drohte, dem Vorhaltungen zu machen aber, nach seiner Miene zu urteilen, nicht ratsam war. Theodore Racksole konnte deshalb seine Begehung ungehindert fortsetzen, wobei er sich immer wieder vorhielt: »Ich muß etwas tun!« Aber was? Beim besten Willen wollte ihm nichts einfallen.

Schließlich ging er quer durchs Hotel zum rückwärtigen Eingang und gelangte über eine bescheidene Nebenstraße in den reißenden Strom des schmalen Strand, auf dem sich die Menschen drängten. Er sprang auf einen Bus in Richtung Putney, zahlte seine Fivepence, merkte, daß die eher schlichten Fahrgäste ihn, einen Mann in Abendkleidung, aber ohne Staubmantel, mit offenem Mund anstarrten, und sprang schleunigst wieder ab, wobei ihm zum Glück entging, daß der Schaffner mit dem Daumen auf ihn zeigte und den Fahrgästen zuzwinkerte, als wollte er sagen: »Da geht er hin, der arme Irre!«

Racksole betrat ein Tabakgeschäft und verlangte eine Zigarre. Der Ladenbesitzer fragte milde, wieviel er anlegen wolle.

»Wieviel kostet Ihre beste Zigarre?« erkundigte sich Racksole.

»Fünf Shilling das Stück, Sir.«

»Dann möchte ich eine Zigarre zu einem Penny«, verlangte Theodore Racksole und verließ, die Pennyzigarre rauchend, den Laden. Es war eine neue Erfahrung für ihn.

Er atmete gerade die wohlriechenden Duftschwaden ein, die aus Eugène Rimmels Parfümerie drangen, als ein Passant, der langsam aus der Gegenrichtung kam, ihn mit einem freundlichen »Guten Abend, Mr. Racksole!« begrüßte.

Es dauerte einen Moment, bis der Millionär den kleinen Herrn erkannte, der einen Reisemantel trug und eine Tasche in der Hand hielt, dann aber lächelte er erfreut und streckte die Hand aus. »Mr. Babylon! Wie schön, Sie zu sehen! Ich wüßte niemanden, der mir in diesem Augenblick lieber wäre.«

»Sie schmeicheln mir«, gab der anglisierte kleine Schweizer zurück.

»Keineswegs. Ich halte vom Süßholzraspeln genausowenig wie Sie, aber die ganze Zeit habe ich mir schon gewünscht, wieder einmal ausgiebig mit Ihnen plaudern zu können, und da stehen Sie plötzlich vor mir. Wo kommen Sie so unvermutet her?«

»Aus Lausanne. Ich habe meine Geschäfte dort abgeschlossen, hatte sonst nichts zu tun und Sehnsucht nach London – und da bin ich, so wie Sie mich hier sehen.« Er hob die Tasche hoch. »Eine Zahnbürste, ein Rasiermesser, ein Paar Hausschuhe.« Er lachte. »Eben noch habe ich überlegt, wo ich absteigen soll. Félix Babylon in London – und ohne ein Dach über dem Kopf!«

»Ich würde Ihnen zum ›Grand Babylon‹ raten«, erwiderte Racksole, ebenfalls lachend. »Es ist ein anständiges Hotel, und ich kenne den Besitzer persönlich.«

»Aber doch wohl ziemlich teuer?«

»Für Sie, Sir, belaufen sich die wöchentlichen Kosten auf genau eine halbe Krone, alles inklusive. Wäre Ihnen das recht?«

»Mehr als recht«, bekräftigte Babylon. »Sehr freundlich von Ihnen, Mr. Racksole.«

Seite an Seite schlenderten sie, ohne viel von Belang zu bereden, aber in bestem geselligem Einvernehmen, zurück zum Hotel.

»Gut belegt?« fragte Félix Babylon.

»Sehr ordentlich«, erwiderte Racksole, nach Kräften bemüht, den professionellen Hotelbesitzer zu geben. »Wie man unter Krämersleuten zu sagen pflegt: Wenn überhaupt Geschäfte zu machen sind, dann machen wir sie. Heute abend sitzen sie alle auf der Terrasse, weil es so heiß ist. Der Verzehr an Speiseeis ist enorm, fast so hoch wie in New York.«

»Darf ich Ihnen vielleicht eine Zigarre anbieten?« fragte Babylon höflich.

»Ich habe diese hier noch nicht aufgeraucht.«

»Eben deshalb, mein Freund. Zigarren wie die Ihre müßten im ›Grand Babylon‹ verboten werden, zumal wenn sämtliche Gäste draußen zusammensitzen. Dieser Qualm könnte jedes Hotel in den Ruin treiben.«

Theodore Racksole zündete sich lachend die Rothschild Havanna an, die Babylon ihm überreichte, und sie betraten Arm in Arm das Haus. Kaum aber waren sie die Stufen hochgestiegen, wurde der kleine Félix Babylon von allen Seiten so freudig begrüßt, daß jedem klar sein mußte, wie beliebt er bei seinen Gästen gewesen war. Endlich waren sie im Zimmer des Hoteldirektors angekommen, wo Babylon mit einem Hühnchen gelabt wurde und Racksole ihm half, eine Flasche Heidsieck Monopole, Carte d'Or, zu leeren.

»Das Huhn ist fast perfekt gegrillt«, befand Babylon. »Es gereicht dem Haus zur Ehre. Aber weshalb um Himmels willen haben Sie sich mit Rocco zerstritten, mein lieber Racksole?«

»Sie haben also gehört ...?«

»Gehört! Die Presse auf dem Kontinent hat ausführlich darüber berichtet, mein lieber Freund. Einige Zeitungen prophezeiten, das ›Grand Babylon‹ werde im nächsten halben Jahr seine Pforten schließen müssen, nachdem Rocco ihm untreu geworden ist. Aber ich wußte es natürlich besser. Mir war klar, daß Sie gute Gründe hatten, Rocco gehen zu lassen, und daß Sie natürlich vorausschauend für Ersatz gesorgt hatten.«

»Um der Wahrheit die Ehre zu geben: Ich hatte keineswegs vorausschauend für Ersatz gesorgt«, gestand Theodore Racksole leicht zerknirscht, »aber erfreulicherweise entpuppte sich unser zweiter Sous-Chef als ein Künstler; der nur von Rocco selbst übertroffen wird. Doch das war ein reiner Glücksfall.«

»War es nicht leichtsinnig, in einer so ernsten Sache nur dem Glück zu vertrauen?«

»Ich habe nicht dem Glück, sondern Rocco vertraut, und der hat mein Vertrauen getäuscht.«

»Aber warum haben Sie sich mit ihm zerstritten?«

»Von Streit kann keine Rede sein. Ich habe ihn dabei ertappt, wie er eines Nachts im Schlafzimmer der Fürstensuite eine Leiche einbalsamierte ...«

»Was?« fragte Babylon fast kreischend.

»Ich habe ihn dabei ertappt, wie er im Schlafzimmer der Fürstensuite eine Leiche einbalsamierte«, wiederholte Racksole ungerührt.

Die beiden sahen sich einen Augenblick an, dann schenkte Racksole seinem Gast nach.

»Lassen Sie hören!« Babylon rückte sich in seinem Sessel zurecht und zündete sich eine Zigarre an.

Daraufhin erzählte ihm Racksole die ganze Posen-Saga mit allen ihren Einzelheiten. Es war ein langer, verwickelter Bericht, der etwa eine Stunde in Anspruch nahm. Félix sagte kein Wort und verzog kaum einmal die Miene, aber die kleinen Augen waren durch den bläulichen Zigarrendunst unverwandt auf den Millionär gerichtet. Die Kaminuhr verkündete mit feinem Geläut die Mitternacht.

»Zeit für Whisky und Soda.« Racksole stand auf, um zu klingeln, aber Babylon hielt ihn mit einer Handbewegung zurück. »Sie haben erzählt, daß dieser Sampson Levi heute eine Audienz bei Fürst Eugen hatte, nicht aber, was dabei herausgekommen ist«, sagte er.

»Weil ich es noch nicht weiß«, gab Racksole zurück, »aber ich denke, daß ich es morgen erfahren werde. Allerdings gehe ich mit einiger Sicherheit davon aus, daß Levi es abgelehnt hat, Fürst Eugen die gewünschte Million zu überlassen. Ich habe Grund zu der Annahme, daß das Geld anderweitig vergeben wurde.«

»Soso«, sagte Babylon nachdenklich. »Etwas anderes, lieber Freund: Die Vorkehrungen zum Ausspionieren der Fürstensuite durch ein Gästebadezimmer überraschen mich ganz und gar nicht.«

»Ach nein?«

»Es ist ein sehr einfacher Trick und kinderleicht zu bewerkstelligen. Ich habe mich stets bewußt von diesen Dingen ferngehalten. Ich wußte oder ahnte, daß es sie gab, habe mich aber auf den Standpunkt gestellt, daß sie mit meinem Wirkungskreis nichts zu tun hatten. Ich sah es als meine vornehmste Aufgabe an, Gäste, für die Geld keine Rolle spielte, mit Kost und Logis auf luxuriösester Ebene zu versorgen, und dieses Ziel habe ich nie aus den Augen gelassen. Wenn sich im Hotel insgeheim noch anderes abspielte, so war ich stets entschlossen, es zu ignorieren – es sei denn, man hätte es mir ausdrücklich zur Kenntnis gebracht, was nie der Fall war. Allerdings will ich gern zugeben, daß derlei Dinge auch mit einem gewissen nicht unangenehmen Kitzel verbunden sind, was Sie mir zweifellos bestätigen werden.«

»Das stimmt«, gab Racksole unumwunden zu. »Nur habe ich den Verdacht, daß Sie sich jetzt über mich lustig machen.«

»Keineswegs. Darf ich fragen, was Sie zu unternehmen gedenken?«

»Wenn ich das wüßte«, seufzte Theodore Racksole.

»Dann lassen Sie uns einmal überlegen«, sagte Babylon nach einer kleinen Pause. »Zunächst dürfte es Sie interessieren, daß ich heute Jules gesehen habe.«

»Was Sie nicht sagen! Wo denn?«

»In Paris, kurz vor meiner Abreise. Wir liefen uns ganz zufällig über den Weg, Jules war sichtlich überrascht. Er erkundigte sich ehrerbietig, wohin ich wolle, und ich sagte, ich wolle in die Schweiz, was in diesem Moment auch noch meine Absicht war. Ich war zu dem Schluß gekommen, daß ich mich dort vermutlich doch wohler fühlen würde, und erwog, London für immer den Rücken zu kehren. Dann aber änderte ich noch einmal meine Meinung und beschloß, nach London zurückzukehren – auf die Gefahr hin, dort ohne mein Hotel Trübsal blasen zu müssen. Ich fragte meinerseits Jules nach seinem Reiseziel, und er sagte, er wolle nach Konstantinopel, weil er sich für ein neues französisches Hotel dort interessiere. Ich wünschte ihm viel Glück, und wir trennten uns.«

»Konstantinopel«, wiederholte Racksole nachdenklich. »Da paßt er auch hin.«

»Ich habe ihn dann noch einmal wiedergesehen«, fuhr Félix Babylon fort.

»Wo?«

»Auf Charing Cross, wenige Minuten ehe ich das Vergnügen hatte, Sie zu treffen. Jules war offenbar doch nicht nach Konstantinopel gefahren. Er hat mich nicht gesehen, sonst hätte ich ihn darauf aufmerksam gemacht, daß die Route von Paris nach Konstantinopel üblicherweise nicht über London führt.«

»Dieser Bursche ist die personifizierte Unverfrorenheit«, erklärte Theodore Racksole. »Eine so ungeheure, so grandiose Unverfrorenheit ist mir mein Lebtag noch nicht vorgekommen.«

Kapitel 22

IN DEN WEINKELLERN DES »GRAND BABYLON«

»Wissen Sie etwas über die Vergangenheit dieses Jules?« fragte Theodore Racksole und griff nach seinem Whisky.

»Nicht das mindeste«, erwiderte Babylon. »Ich wußte nicht einmal, daß er eigentlich Thomas Jackson heißt, obgleich mir natürlich klar war, daß Jules nicht sein wahrer Name sein konnte. Daß Miss Spencer seine Frau ist, war mir nicht bekannt, allerdings vermutete ich seit langem, daß ihre Beziehung enger war, als es im Hinblick auf ihre jeweiligen Positionen im Haus unbedingt erforderlich gewesen wäre. Von Jules – für mich wird er immer Jules bleiben – weiß ich nur so viel, daß er sich dank seiner starken Persönlichkeit nach und nach eine führende Stellung im Hotel erkämpfte. Er war bei weitem der gescheiteste und intellektuellste Oberkellner, dem ich je begegnet bin, und seine besondere Stärke lag darin, daß er – kein leichtes Unterfangen! – seine Würde zu wahren wußte, ohne die seiner Mitmenschen zu verletzen. Allerdings fürchte ich, daß diese ziemlich vagen Auskünfte unser derzeitiges Problem nicht lösen.«

»Und das wäre?« fragte Racksole harmlos.

»Die Frage, was der Mann in London zu suchen hat.«

»Die ist leicht beantwortet«, sagte Racksole.

»Glauben Sie, daß er sich der Justiz stellen will oder daß ihn die Macht der Gewohnheit zu seinem Hotel zurückzog?«

»Weder noch«, sagte Racksole. »Jules wird einen neuen Anlauf machen.«

»Einen neuen Anlauf wozu?«

»Fürst Eugen das Leben oder die Freiheit zu nehmen. Höchstwahrscheinlich, ja mit ziemlicher Sicherheit diesmal ersteres. Er ahnt, daß uns durch unsere Bemühungen, Fürst Eugens Dilemma nicht nach außen dringen zu lassen, einigermaßen die Hände gebunden sind, und das macht er sich zunutze. Da er nach eigener Aussage bereits ein wohlhabender Mann ist, muß die Summe, die man ihm für die Erledigung dieses Auftrages geboten hat, schwindelerregend sein, und er ist fest entschlossen, sie zu kassieren. Seine Bedenkenlosigkeit hat er in letzter Zeit schon mehrfach unter Beweis gestellt, und wenn ich mich nicht sehr irre, wird er das in Kürze wieder tun.«

»Aber was kann er machen? Sie wollen doch nicht behaupten, er würde es wagen, Großherzog Eugen in diesem Hotel ans Leben zu gehen?«

»Warum nicht? Wenn Reginald Dimmock sterben mußte, nur weil die Verschwörer den Verdacht hegten, er könne ihnen in den Rücken fallen, warum nicht Fürst Eugen?«

»Aber das wäre ein ungeheuerliches Verbrechen und würde dem Hotel kaum wiedergutzumachenden Schaden zufügen.«

»Wie wahr.« Racksole lächelte.

Der kleine Félix Babylon hatte sichtlich Mühe, diese bestürzende Vorstellung zu akzeptieren. »Aber wie ließe sich so eine Tat ausführen?« fragte er schließlich.

»Dimmock wurde vergiftet.«

»Ja, aber damals war Rocco noch hier und mit von der Partie. Daß Rocco es geschafft hätte, ist gerade noch vorstellbar, aber ohne Rocco halte ich es für unmöglich, ja ich kann mir nicht denken, daß Jules es auch nur versuchen würde. Ihnen brauche ich wohl nicht zu sagen, daß in einem Hotel wie dem ›Grand Babylon‹ das Essen durch viele Hände geht, so daß es äußerst schwierig wäre, einen Menschen zu vergiften, ohne an die fünfzig weitere mitzunehmen. Überdies wird dem Großherzog, sofern er nicht inzwischen seine Gewohnheiten geändert hat, das Essen stets von seinem Kammerdiener, dem alten Hans, serviert, und deshalb wäre jeder Versuch, unmittelbar vor dem

Auftragen an einem fertigen Gericht herumzupfuschen, äußerst riskant.«

»Zugegeben«, sagte Racksole. »Mit dem Wein täte man sich eventuell leichter. Haben Sie daran schon gedacht?«

»Nein«, räumte Babylon ein. »Sie sind ein brillanter Theoretiker, aber ich weiß zufällig, daß Fürst Eugen sich den Wein – zweifellos von Hans – stets vor seinen Augen öffnen läßt. Deshalb ist die Weintheorie nicht haltbar, mein Freund.«

»Das sehe ich nicht so«, widersprach Racksole. »Ich bin kein Weinkenner und trinke nur selten welchen, aber ich denke doch, daß sich mit einer Weinflasche, solange sie noch im Keller liegt, etwas machen ließe, zumal mit Hilfe eines im Hotel befindlichen Komplizen.«

»Sie fürchten demnach, daß Sie noch nicht alle Verschwörer los sind?«

»Ich halte es für möglich, daß Jules noch einen Helfershelfer im ›Grand Babylon‹ hat.«

»Und daß jemand die Flasche Wein öffnen und wieder verkorken könnte, ohne Spuren zu hinterlassen?« fragte Babylon mit leisem Spott.

»Ich sehe keine Notwendigkeit, die Flasche zu öffnen, um den Wein zu vergiften«, sagte Racksole. »Ich habe noch nie versucht, jemanden vermittels einer Flasche Wein zu vergiften, und behaupte auch nicht, eine natürliche Begabung zum Giftmischen zu haben, aber ich könnte mir verschiedene Möglichkeiten vorstellen, um dieses Kunststück zuwege zu bringen. Natürlich kann es auch sein, daß ich mich in Jules' Absichten gründlich täusche.«

»Die Weinkeller des ›Grand Babylon‹ kann man getrost als eine Londoner Sehenswürdigkeit bezeichnen«, sagte Félix Babylon. »Sie sind sich hoffentlich darüber im klaren, Mr. Racksole, daß Sie mit dem Erwerb des ›Grand Babylon‹ so mit das beste Weinlager in England, ja in Europa erworben haben? Ich schätze seinen Wert auf etwa sechzigtausend Pfund, und ich darf für mich in Anspruch nehmen, daß ich immer für eine ausreichende Bewachung der Kellerräume Vorsorge getroffen habe. Selbst Jules hätte große Schwierigkeiten, dort ohne Mithilfe des Sommeliers einzudringen, und der ist – oder war – unbestechlich.«

»Zu meiner Schande muß ich gestehen, daß ich meine Weine bislang noch nicht inspiziert habe«, sagte Racksole lächelnd, »ich habe einfach nicht daran gedacht. Ein- oder zweimal schon habe ich einen Rundgang durch das Hotel gemacht, die Weinkeller dabei aber links liegenlassen.«

»Nicht zu fassen, mein Lieber!« sagte Babylon, belustigt über dieses ihm als großem Weinkenner und -liebhaber nahezu unverständliche Geständnis. »Das müssen Sie morgen unbedingt nachholen. Ich begleite Sie gern.«

»Warum nicht heute nacht?«

»Es ist sehr spät, Hubbard dürfte schon zu Bett gegangen sein.«

»Darf ich fragen, wer Hubbard ist? Ich kann mich an den Namen nur dunkel erinnern.«

»Hubbard ist der Sommelier des ›Grand Babylon‹«, erklärte Félix mit einigem Nachdruck. »Ein gesetzter Mann von vierzig Jahren. Er hat die Schlüssel zum Keller, kennt von jedem Faß jede Flasche, Jahrgang, Eigenschaften, Wert. Und er ist Abstinenzler. Ein Kuriosum, der Mann! Keine Flasche verläßt den Keller ohne sein Wissen. Zumindest war es zu meiner Zeit so.«

»Wir werden ihn wecken«, entschied Racksole.

»Nachts um eins?« protestierte Babylon.

»Spielt keine Rolle – vorausgesetzt, Sie sind bereit, mich zu begleiten. Im Keller kann man ohnehin Tag und Nacht nicht unterscheiden.«

Babylon zuckte die Schultern. »Ganz wie Sie wünschen.« Auch jetzt ließ ihn seine unerschütterliche Höflichkeit nicht im Stich.

»Zunächst müssen wir also diesen Mr. Hubbard mit seinem Schlüssel aufspüren«, sagte Racksole, während sie zusammen das Zimmer verließen. Trotz der späten Stunde herrschte noch Leben im Hotel. In den Aufenthaltsräumen befanden sich noch etliche Gäste, die von einigen erschöpften Kellnern betreut wurden. Einer dieser dienstbaren Geister wurde ausgesandt, um den singulären Mr. Hubbard zu suchen, der, wie sich herausstellte, glücklicherweise noch nicht im Bett lag, allerdings eben Anstalten machte, sich zur Ruhe zu begeben. Er brachte höchstpersönlich Mr. Racksole die Schlüssel und plauderte ein wenig mit seinem früheren Dienstherrn. Dann machten sich der jetzige und der frühere Besitzer des Hotels »Grand Babylon« auf den Weg zu den Weinkellern.

Die Kellerräume erstrecken sich über gut die Hälfte der Grundfläche des Hotels, und zwar auf der am Strand gelegenen Längsseite. Da der Boden vom Strand zum Fluß hin steil abfällt, liegt das »Grand Babylon« am Strand sozusagen tiefer als an der Themse. In Richtung Themse hat das Haus ein Souterrain, ein Sous-Souterrain und darunter die weiträumigen Weinkeller. Nachdem Racksole und Babylon über die vier Dienstbotentreppen nach unten gestiegen waren und den langen Gang durchquert hatten, der parallel zur Küche verläuft, kamen sie zu einer Tür, die den Zugang zu einer weiteren Treppe bildete. Unten angekommen, standen sie vor dem Haupteingang zum Weinkeller. Vor dem Eingang befanden sich der Weinaufzug zum Transport der kostbaren Tropfen in die oberen Gefilde und gegenüber Mr. Hubbards kleines Büro. Überall war elektrisches Licht gelegt. Babylon hielt, da er sich mit den Schlössern gut auskannte, das Schlüsselbund in der Hand und öffnete die schwere Tür. Dann standen sie in dem ersten von fünf hintereinanderliegenden Kellerräumen, die Racksole nicht nur der eisigen Temperaturen, sondern auch ihrer gewaltigen Dimensionen wegen in Erstaunen versetzten. Babylon hatte sich eine bereitliegende elektrische Handlampe an einer langen Schnur gegriffen, in deren Licht sich das ganze Ausmaß der Vorratsräume erschloß. Durch die unruhig zuckende Beleuchtung wirkten die unterirdischen Schatzkammern unheimlich und rätselvoll mit ihren langen Reihen numerierter Regale, die sich so weit nach hinten erstreckten, daß der Lichtschein nur noch hier und da die Wölbung einer Flasche aufblitzen ließ. Dann schaltete Babylon die elektrische Deckenbeleuchtung ein, und Racksole kam in den Genuß einer kundigen Führung durch die mit Abstand sehenswertesten Räumlichkeiten seiner eigenen Liegenschaft.

Félix Babylons unschuldige Begeisterung für seinen reichhaltigen Bestand an berauschenden Getränken mitzuerleben war eine helle Freude. Dem staunenden Racksole führte er – in der vorschriftsmäßigen Reihenfolge – die Weine aus drei, nein, aus vier Kontinenten vor, denn in dieser allumfassenden Sammlung kostbarer Gewächse durften die gehaltvollen Constantia-Weine aus der Kapkolonie natürlich nicht fehlen. Die Führung begann mit den unerreichten Erzeugnissen Burgunds, setzte sich fort mit den Rotweinen des Médoc, Bordeaux und Sauternes, den Champagnern aus Ay, Hautvilliers und Pierry, den weißen Rhein- und Moselweinen aus Deutschland und den genial dem Champagner nachempfundenen Schaumweinen von Main und Neckar und aus Naumburg, dem berühmten und bewunderungswürdigen Tokaier aus Ungarn und den Varianten französischer Weine aus Österreich, einschließlich Carlowitz und Somlau. Es folgten die trockenen Sherries aus Spanien, darunter auch ein herrlicher Manzanilla, Amontillado und Vino de Pasto, die süßen wie auch die trockenen Weine aus Malaga und die »spanischen Roten« aus Katalonien, darunter der häufig als Meßwein benutzte Vino Tinto sowie der berühmte Portwein aus Porto. Dann ging es in die italienische Abteilung, wo Babylon Loblieder auf den Barolo aus Piemont, den Chianti aus der Toskana, den Orvieto aus der Romagna, die »Lacrimae Christi« aus Neapel und den gewöhnlicheren Marsala aus Sizilien sang. Und so weiter und so fort – in einer Fülle und Detailgenauigkeit, die wir uns hier schenken müssen.

Am Ende der Flucht von Kellerräumen konnte man durch eine verglaste Tür in einen kleinen Raum sehen, der etwa fünfzehn oder sechzehn Fuß breit sein mochte.

»Gibt es hier etwas Besonderes?« fragte Racksole neugierig mit Blick auf die geschlossenen Flaschenreihen.

»In diesem Raum«, erklärte Babylon mit einem Laut, der fast ein genüßliches Schmatzen war, »liegen die größten Schätze des ›Grand Babylon‹.«

»Der beste Champagner wahrscheinlich«, vermutete Racksole.

»Ganz recht, der beste Champagner, ein Sillery, der seinesgleichen sucht. Aber ich merke schon, mein Freund, auch Sie sind in dem verbreiteten Irrglauben befangen, Champagner sei das Nonplusultra unter den Weinen. Weit gefehlt: Diese Ehre gebührt dem Burgunder. In diesem Kellerraum, Mr. Racksole, liegt alter Burgunder, der mich – ja, was meinen Sie wohl? – achtzig Pfund die Flasche gekostet hat. Vermutlich wird niemand ihn je trinken«, fügte er seufzend hinzu. »Er dürfte selbst Prinzen und Plutokraten zu teuer sein.«

»Keineswegs«, erwiderte Racksole rasch. »Sie und ich, wir werden uns gleich morgen eine Flasche zu Gemüte führen.«

Babylon fuhr fort, sein Steckenpferd zu reiten. »Außerdem liegt hier eine Flasche des Rheinweins Jahrgang 1706, der auf der Weltausstellung in Wien 1873 für so viel Wirbel gesorgt hat, sowie ein besonders köstlicher persischer Shiraz, den ich noch nirgends sonst gefunden habe. Dazu ein unerreichter Jahrgang des Romanée-Conti, des größten aller Burgunder aus unserer Zeit. Wenn ich mich recht erinnere, bestellt Fürst Eugen stets eine Flasche, wenn er hier logiert. Auf der Weinkarte des Hotels steht er natürlich nicht, und nur einige wenige Gäste kennen ihn. Im Speisesaal bieten wir ihn nicht feil.«

»Verständlich«, sagte Racksole. »Gehen wir hinein?«

Sie betraten das durch die Kostbarkeit seines Inhalts nahezu geheiligte Gelaß, in dem Racksole sich sehr eingehend umsah.

Am hinteren Ende des Raums befand sich ein Gitter, durch das mattes Licht fiel.

»Was ist das?« fragte der Millionär scharf.

»Nur ein Lüftungsschacht. Gute Lüftung ist ein absolutes Muß.«

»Das Gitter scheint beschädigt zu sein«, bemerkte Racksole. Dann legte er Babylon rasch eine Hand auf die Schulter. »Wir sind nicht allein. Hören Sie nicht, wie es atmet? Dort hinter dem Verschlag ...«

Einen Augenblick blieben die beiden stumm und reglos unter der elektrischen Deckenlampe stehen und lauschten. Der halbe Kellerraum lag in tiefem Dunkel. Schließlich ging Racksole entschlossen durch den Mittelgang und steuerte die rechte hintere Ecke an.

»Heraus mit dir, du Schuft«, zischte er böse und zerrte in der Annahme, einen Mann gepackt zu haben, eine geduckte Gestalt ans Licht.

Doch die Person, deren er sich so zornig-entschlossen bemächtigt hatte, entpuppte sich als seine Tochter Nella Racksole.

Kapitel 23

WIE ES IM KELLER WEITERGING

»Aber Papa«, begrüßte Nella ihren verblüfften Erzeuger, »du solltest doch ein wenig genauer hinschauen, ehe du mit Brachialgewalt über die Leute herfällst. Ich glaube fast, du hast mir die Schulter gebrochen.« Sie rieb sich in komischer Entrüstung die Schulter und richtete sich auf. Das dunkelgraue Kleid war eingerissen und verschmutzt, und die ganze adrette Nella sah aus, als sei sie durch eine Feuerwehrrutsche in den Keller gepurzelt. Mechanisch glättete sie ihren Rock und strich sich das Haar zurecht.

»Guten Abend, Miss Racksole.« Félix Babylons weltmännische Manieren bewährten sich auch in so einer Situation.

»Darf ich fragen, was du in meinem Weinkeller zu suchen hast, Nella Racksole?« fragte der Millionär etwas gezwungen, denn erstens verdroß es ihn ein wenig, daß er seine Tochter für einen Spitzbuben gehalten hatte, zweitens ließ er sich nicht gern überrumpeln, und drittens und letztens war es ihm nicht recht, daß ein Außenstehender sie in diesem derangierten Zustand zu Gesicht bekam.

»Du darfst, Papa«, erwiderte Nella. »Ich war noch lange wach und las, die Nacht war so schwül. Vom Big Ben schlug es halb eins, als ich mein Buch aus der Hand legte und auf den Balkon trat, um noch ein wenig frische Luft zu schnappen. Ich lehnte mich leise über die Brüstung – du weißt ja, daß ich jetzt im dritten Stock wohne – und sah hinunter in den kleinen Lichthof zwischen dem Hotel und der Salisbury Lane, wo ich zu meiner großen Überraschung eine Gestalt herumschleichen sah. Ich wußte, daß es von dort keinen Zugang zum Hotel gibt, außerdem liegt der Lichthof fünfzehn oder zwanzig Fuß unter dem Straßenniveau, deshalb sah ich mir die Geschichte zunächst nur ruhig an. Die Gestalt schob sich zunächst dicht an der Mauer entlang und entschwand aus meinem Blickfeld. Ich lehnte mich so weit wie möglich vor. Zu sehen war nichts – zu hören aber wohl.«

»Was konntest du hören?« fragte Racksole scharf.

»Ein Geräusch wie von einer Säge, das ziemlich lange andauerte, fast eine Viertelstunde. Ein Raspelgeräusch.«

»Weshalb um Himmels willen hast du nicht mich oder sonst jemanden im Hotel verständigt?« fragte Racksole.

»Ja, weißt du, Papa«, erwiderte Nella mit unschuldigem Augenaufschlag, »die Sache begann mich zu interessieren, und ich wollte ihr gern selbst auf den Grund gehen.« Sie richtete ihre weiteren Worte mit einem liebenswürdigen Lächeln an Mr. Babylon. »Das Geräusch dauerte, wie gesagt, eine ganze Weile an. Dann verstummte es, die Gestalt – ich hatte inzwischen erkannt, daß es sich um einen Mann handelte – überquerte den Lichthof, kletterte an der anderen Seite die Mauer hinauf und schwang sich über das Geländer auf die Salisbury Lane. Mir fiel ein Stein vom Herzen, denn es war ihm demnach nicht gelungen, ins Hotel einzudringen. Er ging langsam die Salisbury Lane entlang, wo ihm ein Polizist entgegenkam, dem er freundlich einen guten Abend wünschte und den er um ein Streichholz bat. Der Polizist gab ihm das Streichholz, der Mann zündete sich eine Zigarette an und ging weiter. Wenn man einen langen Hals macht, Mr. Babylon, kann man ein Stück vom Embankment und vom Fluß sehen. Ich sah, wie der Mann zum Embankment hinüberging und sich über die Uferbrüstung lehnte, wo er mit einer mir unsichtbaren Person zu sprechen schien. Dann ging er das Embankment hinunter Richtung Westminster und verschwand aus meinem Blickfeld. Ich wartete noch ein, zwei Minuten, und als er nicht zurückkam, beschloß ich, ein wenig das Terrain zu erkunden. Ich verließ das Hotel, überquerte den Hof zur Salisbury Lane hin und blickte über das Geländer. Auf der anderen Seite lehnte eine Leiter, auf der man – wenn man das Geländer überwunden hatte – in den Lichthof hinuntersteigen konnte. Hätte mich jemand bei meiner Kletterpartie erwischt, hätte das recht peinlich werden können, aber ich hatte Glück und trug nur einen Riß im Rock davon. Auf Zehenspitzen schlich ich über den Lichthof und sah, daß in die Mauer, nah am Boden und fast genau unter meinem Fenster, ein eisernes Gitter von etwa einem Fuß mal vierzehn Zoll eingelassen war. Es war das einzige Gitterwerk weit und breit, deshalb stand zu vermuten, daß es diese Eisenstäbe waren, an denen der geheimnisvolle Besucher aus nur ihm bekannten Gründen herumgesägt hatte. Ich rüttelte kräftig daran und war nicht sonderlich überrascht, als sich unter meinem Griff ein großes Stück löste und eine Lücke entstand, die gerade so viel Platz ließ, daß ein Mensch hindurchkriechen konnte, was ich prompt tat und ebenso prompt bereute. Ich weiß nicht, Mr. Babylon, ob Sie jemals versucht haben, sich im Rock durch ein kleines Loch zu zwängen ...«

»Ich hatte noch nicht das Vergnügen«, erwiderte Félix mit einer weiteren Verbeugung und nahm zerstreut eine Flasche in die Hand.

»Da können Sie sich gratulieren«, sagte die unerschütterliche Nella. »Gute drei Minuten steckte ich in diesem verwünschten Gitter fest und dachte, mein letztes Stündlein wäre gekommen. Endlich gelang es mir unter Qualen, mich durch die Lücke zu zwängen, und ich landete mehr tot als lebendig in diesem erstaunlichen Kellerraum. Was nun? Sollte ich auf die Rückkehr des geheimnisvollen Besuchers warten und ihn mit meiner Nagelschere anfallen? Oder sollte ich Alarm schlagen? Zunächst setzte ich das lose Gitter wieder ein, dann riß ich ein Streichholz an und stellte fest, daß ich mich in einem wahren Flaschendschungel befand. Das Streichholz erlosch, und ein zweites hatte ich nicht. Daraufhin setzte ich mich in eine Ecke und dachte nach. Ich hatte gerade beschlossen zu warten, ob der Besucher zurückkommen würde, als ich Schritte und dann Stimmen hörte. Ich war einigermaßen verblüfft, das muß ich schon sagen, besonders als ich erkannte, daß eine der Stimmen Mr. Babylon gehörte. Erschrecken wollte ich euch ja nicht. Wäre ich hinter den Flaschen hochgeschnellt und hätte ›Buh!‹ gerufen, hättet ihr ernstlichen Schaden davontragen können. Ich war gerade zu dem Schluß gekommen, daß es wohl das beste wäre, zunächst die weitere Entwicklung abzuwarten, da hast du zugegriffen, lieber Papa. Habe ich wirklich so hörbar geatmet?«

Nellas Vater nickte bestätigend, und dann blieb es eine ganze Weile still.

»Wir sind dir sehr dankbar für deine gymnastischen Übungen, Nella«, sagte Racksole schließlich, »aber du gehst jetzt besser zu Bett. Ich möchte meinen letzten Dollar darauf verwetten, daß es hier gleich gewaltigen Ärger gibt.«

»Aber ich würde so gern einen Einbruch miterleben, Papa«, bettelte Nella. »Ich war noch nie dabei, wenn ein Einbrecher auf frischer Tat ertappt wurde.«

»Es geht nicht um Einbruch, Kind, sondern um etwas viel Schlimmeres.«

»Was denn? Mord? Brandstiftung? Einen Sprengstoffanschlag? Wie aufregend!«

»Wie ich von Mr. Babylon erfuhr, befindet sich Jules in London«, sagte Racksole gemessen.

»Jules!« wiederholte sie leise und plötzlich sehr ernst. »Das Licht aus, schnell!« Sie eilte zum Schalter, und gleich darauf lag der Keller in tiefem Dunkel.

»Was soll das?« fragte ihr Vater.

»Das Licht würde ihn warnen, wenn er zurückkommt«, sagte Nella. »Und daran kann uns nicht gelegen sein.«

»Da haben Sie völlig recht, Miss Racksole«, bestätigte Babylon, und Racksole nahm die Bewunderung, die in seiner Stimme schwang, mit väterlichem Stolz zur Kenntnis.

»Hör zu, Nella.« Racksole zog in dem dunklen Keller seine Tochter an sich. »Wir nehmen an, daß Jules versuchen wird, eine bestimmte Flasche Wein zu manipulieren, eine Flasche, die möglicherweise für Fürst Eugen bestimmt ist. Glaubst du, der Mann, den du gesehen hast, könnte Jules gewesen sein?«

»Ich hatte mir bisher darüber noch keine Gedanken gemacht, aber du hattest kaum den Namen ausgesprochen, da war ich mir ganz sicher: Ja, es war Jules!«

»Dann sperr jetzt die Ohren auf, mein Kind. Wir haben keine Zeit zu verlieren. Wenn er überhaupt kommt, dürfte er sehr bald hier sein, und du kannst uns helfen.« Racksole erläuterte, wie er sich Jules' Vorgehen dachte, und schlug vor, bei seiner Rückkehr nicht einzugreifen, sondern den Mann von der anderen Seite der verglasten Tür aus zu beobachten.

»Sie wollen also gewissermaßen Mr. Jules auf frischer Tat ertappen?« Babylon schien ein wenig befremdet von dieser neuartigen Variante der Verbrecherjagd. »Wäre es nicht bedeutend einfacher, die Polizei von Ihrem Verdacht in Kenntnis zu setzen und alles Nötige ihr zu überlassen?«

»Wir haben uns ohne die Polizei schon so weit vorgewagt, mein Freund, daß es mir nicht ratsam erscheint, sie in diesem späten Stadium noch zuzuziehen. Im übrigen liegt mir sehr daran, den Halunken selbst dingfest zu machen. Da Nella es sich nicht nehmen lassen wird, alles mitzuerleben, würde ich Sie bitten, mit meiner Tochter hierzubleiben. Ich selbst werde dafür sorgen, daß Jules, wenn er erst einmal im Keller ist, nicht wieder herauskommt, jedenfalls nicht durch das Gitter. Sie postieren sich am besten vor der Glastür, von dort aus haben Sie alles im Blick. Ich mache mich sofort auf den Weg. Sie brauchen nur zu beobachten, was der Bursche anstellt. Falls er Komplizen im Hotel hat, wird sich das bei dieser Gelegenheit herausstellen.«

Racksole riß ein Streichholz an und geleitete die beiden, die Flamme mit den Händen abschirmend, aus dem kleinen Keller.

»Wenn Sie die Tür von außen abschließen, kann er auf diesem Weg nicht weg. Die Glasscheiben sind zu klein, und das Holz ist zu dick. Wenn er in die Falle geht, haben Sie das Vergnügen, ihn darin zappeln zu sehen, ohne selbst in Gefahr zu geraten, aber es ist vielleicht besser, wenn Sie sich nicht zeigen.«

Gleich darauf waren Félix Babylon und Nella in dem dunklen Keller allein und horchten Theodore Racksoles schwächer werdenden Schritten nach. Sie waren noch nicht verhallt, als sie ein neues Geräusch hörten: In dem kleinen Kellerraum wurde das lose Stück Gitterwerk entfernt.

»Hoffentlich kommt Ihr Vater noch rechtzeitig«, flüsterte Félix.

»Pst«, versetzte Nella. In gespannter Stille kauerten sie nebeneinander.

Ein Mann schlängelte sich vorsichtig, aber ungemein gewandt durch die Öffnung. Die beiden vor der Glastür konnten in der Dunkelheit seine Gestalt nur undeutlich erkennen. Unten angekommen, begab er sich unverzüglich zum Schalter und machte Licht. Kein Zweifel, es war Jules, und man merkte, daß er in diesem Raum wie zu Hause war. Babylon gab es unwillkürlich einen Ruck, als er sah, wie zielbewußt und entschlossen sich sein kühner und skrupelloser einstiger Oberkellner in der Schatzkammer seines einstigen Hotels bewegte. Jules ging geradewegs zu der Stellage mit der Nummer 17 und nahm die oberste Flasche herunter.

»Der Romanée-Conti! Fürst Eugens Wein«, wisperte Babylon.

Rasch und geschickt entfernte Jules das Siegel mit einem Instrument, das er offenbar eigens zu diesem Zweck mitgebracht hatte. Dann nahm er eine kleine flache Schachtel aus der Tasche, in der sich eine schwarze Paste befand. Er tauchte den Zeigefinger hinein und fuhr damit über den Flaschenrand. Gleich darauf hatte er geschickt das Siegel wieder angebracht und die Flasche an ihren Platz zurückgelegt. Dann schaltete er das Licht aus und ging auf das Schlupfloch zu, das in die Freiheit führte. Als er sich zur Hälfte durch die Lücke gezwängt hatte, stieß Nella aufgeregt hervor: »Jetzt entwischt er uns doch. Papa hat nicht genügend Zeit gehabt. Wir müssen ihm den Weg abschneiden.«

Doch Babylon, der Übervorsichtige, hielt die in seinen Augen leichtfertige und unbedachte junge Amerikanerin höflich, aber bestimmt zurück, und ehe sie sich hatte losmachen können, war Jules flink und geschmeidig auf und davon.

Kapitel 24

DIE WEINFLASCHE

Theodore Racksole, der verabredungsgemäß seinen Mann auf der Straße abfangen wollte, eilte vom Weinkeller ins Erdgeschoß, verließ über den Vorhof das Hotel und gelangte von dort zum oberen Ende der Salisbury Lane. Das entsprach angesichts der Größe des »Grand Babylon« einem Weg von fast einer Viertelmeile, der – da Racksole dabei mehrere Treppen, zwei Dutzend Biegungen und einige zu dieser Nachtzeit mehr oder weniger dunkle Gänge bewältigen mußte – nicht in weniger als fünf Minuten zu schaffen war. Er brauchte dann sogar sechs, weil er von einem konfusen, whiskytrunkenen Gast, der sich in den Korridoren verirrt hatte, mit Fragen aufgehalten wurde. Bekanntlich beschreibt die Salisbury Lane kurz vor ihrem oberen Ende eine scharfe Kurve, die Racksole in Rekordtempo nahm, wobei er unglücklicherweise eben jenem Polizisten in die Arme lief, der eben erst Jules so höflich mit einem Streichholz ausgeholfen hatte, jetzt aber weit weniger liebenswürdig gestimmt war. Ein Mensch, der sich in Abendkleidung, aber ohne Kopfbedeckung im Eiltempo durch die Gegend bewegte, war ihm offenbar automatisch verdächtig. »Hoppla!« sagte er.

»Wohin so eilig?« Dabei hielt er Theodore Racksole gewaltsam fest und sah ihm forschend ins Gesicht.

»Lassen Sie die Possen«, sagte Racksole ruhig, aber bestimmt. »Ich habe es eilig.«

»Bitte um Verzeihung, Sir«, versetzte der Polizist zögernd und nicht eben freundlich und ließ Racksole passieren. Der Millionär hatte sich vorgenommen, über die Leiter in den kleinen Lichthof hinabzusteigen und sich hinter einem Mauervorsprung zu verbergen, bis Tom Jackson im Keller angekommen und somit in die Falle gegangen war. Er kletterte deshalb behende über das Geländer seines eigenen Hotels und setzte gerade einen Fuß auf die Leiter, als eine harte Hand ihn am Kragen packte und mit einem heftigen Ruck hochzog. Theodore Racksole hatte seine Rechnung ohne den pflichtbewußten Gesetzeshüter gemacht. Der war dem Millionär, dessen Gebaren ihm nicht geheuer war, leise nachgegangen und hatte zugegriffen, als er ihn über das Geländer klettern sah. Alle Proteste, Erklärungen, Verwünschungen fruchteten nichts. Der Polizist bestand stur darauf, mit Racksole zum Hotel zurückzugehen, um diesen seine Identität beweisen zu lassen. Sollte sich herausstellen, daß es sich bei seinem Gefangenen tatsächlich um den Besitzer des Hotels »Grand Babylon« handelte, erklärte er, sei er gern bereit, sich zu entschuldigen. Der Millionär mußte sich wohl oder übel fügen. Es dauerte nur Minuten, bis feststand, daß Racksole tatsächlich der war, der er zu sein behauptete, und bis sich der Millionär verstimmt, aber entschlossen wieder auf den Weg zu seinem Geländer machen konnte, während der Polizist seinen Streifengang fortsetzte in der Hoffnung, unterwegs einen Kollegen zu treffen, mit dem er einen Schwatz halten konnte.

Was Freund Jules betraf, der weder etwas von dem Disput auf der Straße gemerkt hatte noch auch nur ahnte, in welcher Gefahr er schwebte, so war er schon im Keller angekommen, ehe Racksole zum erstenmal vor dem Geländer stand, und abermals war ihm das Glück hold, denn als er wieder herauskletterte, war dank des mißtrauischen Polizisten, der Racksole festhielt, die Bahn für ihn frei. Als Racksole zum zweitenmal die Straße herunterkam, sah er fünfzig Meter vor sich einen Mann in Richtung Embankment gehen. Er erriet sofort, daß es Jules war, und setzte sich in Trab. Jules, der die eiligen Schritte vernommen hatte, tat es ihm nach. Der einstige Oberkellner des »Grand Babylon« hatte flinke Füße. Zielstrebig hielt er auf eine bestimmte Stelle des Embankment zu, sprang zu Racksoles

Verblüffung mit einem Satz über die Brüstung und scheinbar geradewegs ins Wasser.

»Ist seine Lage so verzweifelt, daß er sich umbringen will?« fragte sich Racksole, während er weiterhastete, aber als er gleich darauf das Prusten und Schnauben einer Barkasse hörte, war ihm klar, daß Jules der Gedanke an Selbstmord fernlag. Als der Millionär am Embankment die Fahrbahn überquerte, kam gerade der Schornstein der Barkasse unter der Uferbefestigung zum Vorschein. Sie hielt auf die Flußmitte zu und fuhr in Richtung London Bridge davon. Über dem Fluß hing still der Nebel. Racksole blieb machtlos zurück.

Schon zum zweitenmal hatte Racksole im »Grand Babylon« im Kampf gegen schlaue Köpfe den kürzeren gezogen – einmal gegen Rocco und jetzt gegen Jules. Diesmal aber konnte er sich guten Gewissens von Schuld freisprechen, denn das Mißlingen seines Plans war schieres Pech und ausschließlich auf das Eingreifen des übereifrigen Gesetzeshüters zurückzuführen. Er ließ sich deshalb von seinem neuesten Abenteuer nicht die Nachtruhe rauben.

Am nächsten Tag suchte er Prinz Aribert auf, mit dem ihn inzwischen eine aufrichtige Freundschaft verband, berichtete, was sich im Lauf der Nacht zugetragen hatte, und schilderte insbesondere ganz genau, wie sich Jules an der Weinflasche zu schaffen gemacht hatte.

»Sie haben gestern mit Fürst Eugen zu Abend gegessen?«

»Ja. Und wie das Schicksal so spielt – wir tranken eine Flasche Romanée-Conti, einen wunderbaren Wein, dem Eugen sehr zugetan ist.«

»Und Sie werden heute wieder mit ihm zu Abend essen?«

»Ziemlich sicher. Leider ist dies unser letzter Tag hier. Eugen möchte in aller Frühe die Rückreise nach Posen antreten.«

»Haben Sie schon einmal überlegt, Prinz«, fragte Racksole, »daß Jules, wäre es ihm gelungen, Ihren Neffen zu vergiften, vermutlich Sie mit in den Tod gerissen hätte?«

Aribert lachte. »Nein, bisher noch nicht, aber es klingt plausibel. Wenn er nur sein spezielles Opfer zur Strecke bringt, kümmert es Jules offenbar nicht, wer dabei noch der Vernichtung anheimfällt. Doch diese Sorge sind wir ja jetzt los. Sie kennen die Flasche und können Sie beseitigen.«

»Das habe ich nicht vor«, entgegnete Racksole gelassen. »Wenn Fürst Eugen heute abend – was wahrscheinlich ist – auch wieder nach einem Romanée-Conti verlangt, soll ihm und Ihnen eben diese Flasche aufgetragen werden.«

»Sie nehmen es also in Kauf, uns zu vergiften?«

Racksole lächelte. »Das wohl kaum. Mein Ziel ist es, den Komplizen auf die Spur zu kommen, die Jules im ›Grand Babylon‹ hat. Über Hubbard, den Sommelier, habe ich schon Erkundigungen eingezogen. Finden Sie es nicht auch eigenartig, daß eben heute Mr. Hubbard krank zu Bett liegt? Wie ich höre, leidet er an einer Magenverstimmung, die sich im Lauf der Nacht bemerkbar machte. Woher sie kommt, kann er sich nicht erklären. Er wird sich im Weinkeller heute von seinem Gehilfen vertreten lassen, einem offenbar recht gewitzten jungen Menschen. Ich brauche Ihnen nicht zu versichern, daß wir ihn im Auge behalten werden.«

»Einen Augenblick«, unterbrach ihn Aribert. »Ich begreife nicht ganz, wie Ihrer Meinung nach der Fürst hätte vergiftet werden sollen.«

»Die Flasche wird derzeit von einem Fachmann untersucht, der Anweisung hat, so wenig wie möglich von der Substanz zu entfernen, mit der Jules den Flaschenrand versehen hat. Man wird die Flasche im Lauf des Tages unauffällig wieder an ihren Platz in der Stellage legen. Ich denke es mir so, daß allein schon durch das Ausschenken der Wein etwas von dem vermutlich sehr starken Gift aufnimmt und dadurch, einmal ins Glas gelangt, demjenigen, der ihn trinkt, den Tod bringt.«

»Aber der Bediente wird doch sicherlich die Flaschenöffnung abwischen?«

»Vielleicht nur flüchtig, und ganz würde er die Substanz damit wohl nicht entfernen können, etwas davon ist sehr geschickt an der Innenseite des Flaschenrands aufgebracht worden. Und wenn er nun ganz vergäße, die Flasche abzuwischen?«

»Fürst Eugen wird bei Tisch immer von Hans bedient, diese Ehre läßt sich der treue alte Diener nicht nehmen.«

»Aber angenommen, Hans ...« Racksole verstummte.

»Hans wäre ein Komplize? Mein lieber Racksole, das ist völlig undenkbar.«

Abends speiste Prinz Albert mit seinem erlauchten Neffen in dem prunkvollen Speisezimmer der Fürstensuite. Hans legte die Speisen vor, die von anderen Bedienten bis zur Tür gebracht wurden. Fürst Eugen war schweigsam und bedrückt. Als er am Vormittag nach dem ergebnislosen Gespräch mit Sampson Levi in seiner Verzweiflung mit Selbstmord gedroht und bemerkt hatte, er könne es so einrichten, daß es »wie ein Unfall« aussah, hatte Aribert ihm sein Ehrenwort abgenommen, nichts dergleichen zu unternehmen.

»Welchen Wein wünschen Eure Hoheit?« fragte der alte Hans in ehrerbietigen Ton, als die Suppe aufgetragen wurde.

»Sherry«, erwiderte Fürst Eugen knapp.

»Und hinterher Romanée-Conti?« fragte Hans weiter. Aribert sah rasch auf.

»Nein, heute abend will ich einmal den Sillery versuchen«, sagte Fürst Eugen. »Oder nein, ich nehme doch den Romanée-Conti, Hans, er bekommt mir besser als Champagner.«

Der unübertroffene Burgunder kam mit dem Braten auf den Tisch. Der alte Hans trug ihn geradezu liebevoll in seiner Korbhülle herein, setzte mathematisch präzise den Korkenzieher an, entkorkte die Flasche und streckte den Korken seinem Herrn zur Überprüfung hin. Eugen nickte und wies ihn an, den Korken hinzulegen. Aribert beobachtete den Vorgang mit angehaltenem Atem. Nicht eine Sekunde lang zweifelte er daran, daß Hans die Treue in Person war, dennoch hatten Racksoles Worte in ihm eine gewisse Unruhe geweckt. In diesem Moment sagte der ihm gegenübersitzende Eugen halblaut: »Ich widerrufe mein Versprechen, Aribert. Hast du mich verstanden? Ich widerrufe es.«

Aribert schüttelte nachdrücklich den Kopf, ohne Hans aus den Augen zu lassen. Der weißhaarige Diener fuhr flüchtig mit der Serviette über den Flaschenhals des Romanée-Conti und schenkte ein Glas ein. Aribert zitterte plötzlich am ganzen Körper.

Eugen nahm das Glas und hielt es ans Licht.

»Trink nicht«, sagte Aribert leise. »Der Wein ist vergiftet.«

»Vergiftet?« wiederholte Fürst Eugen.

»Vergiftet, Hoheit?« stieß der alte Hans fassungslos hervor und griff nach dem Glas. »Unmöglich! Ich habe die Flasche eigenhändig geöffnet, niemand sonst hat sie berührt, der Korken war einwandfrei.«

»Er ist vergiftet, sage ich euch«, wiederholte Aribert.

»Hoheit werden einem alten Mann verzeihen«, sagte Hans, »aber zu behaupten, dieser Wein sei vergiftet, heißt zu behaupten, ich sei ein Mörder. Ich werde Ihnen beweisen, daß er nicht vergiftet ist, indem ich ihn trinke.«

Er hob das Glas an die zitternden Lippen, und damit stand für Aribert fest, daß zumindest der alte Hans mit Jules nicht unter einer Decke steckte. Er sprang auf und schlug dem treuen Bedienten das Glas aus der Hand, das mit leisem Klirren teils auf dem Tisch, teils auf dem Fußboden in Scherben ging. Prinz Aribert und der Diener sahen sich in bedrücktem Schweigen an. Als Aribert ein leises Geräusch vernahm, blickte er zur Seite. Eugen hing schlaff über der linken Lehne seines Sessels, die Arme steif und leblos, die Augen geschlossen. Er war ohne Bewußtsein.

»Hans!« sagte Aribert leise. »Hans! Was ist das?«

Kapitel 25

DIE BARKASSE

Gegen Tom Jacksons Plan, auf einer Dampfbarkasse das Weite zu suchen, war an sich nichts einzuwenden, dennoch fand Theodore Racksole, daß er nicht gründlich genug durchdacht war. Nicht ohne Schadenfreude sagte er sich, daß er jetzt einen konkreten Anhaltspunkt hatte, anhand dessen er dem einstigen Oberkellner des Hotels »Grand Babylon« auf die Spur kommen konnte. Zwar kannte er die Verhältnisse im Londoner Hafen nicht, wußte aber dafür um so besser, wie es in dem sehr viel unübersichtlicheren, wenn auch etwas kleineren Hafen von New York zuging, und sagte sich deshalb, daß es nicht allzu schwer sein dürfte, Jules' Dampfbarkasse ausfindig zu machen. Wer mit der Themse und ihren Docks von London Bridge bis Gravesend nicht vertraut ist, hält dieses Gebiet für einen riesigen, nirgends kartographierten Schiffsdschungel, in dem man selbst einen Dreimaster erfolgreich verstecken könnte. In Wirklichkeit aber leben zwischen der St. Katherine's Wharf und Blackwall buchstäblich Hunderte von Menschen, die sich auf dem Fluß so gut zurechtfinden wie ein Hausvater in seinem Vorortgärtchen, die auf eine Entfernung von einer halben Meile Tausende von Schiffen identifizieren und benennen können, die über sämtliche Schiffsbewegungen auf dem großen Strom orientiert sind, alle Kapitäne, Maschinisten, Kahnschiffer, Lotsen, konzessionierten Schiffsführer und unkonzessionierten Halunken vom Tower bis Gravesend und weit darüber hinaus kennen. Auch das kleinste von der Regel abweichende Vorkommnis auf dem Wasser wird von diesen Themsekundigen zur Kenntnis genommen und ausführlich erörtert. Kein Kahn kann den Besitzer wechseln, ohne daß sie tiefschürfende Betrachtungen über den Kaufpreis und die Absichten des Käufers anstellen. Mit dem größten Interesse verfolgen sie alles, was auf dem Fluß vorgeht, und tratschen darüber wie Hausfrauen abends vor der Haustür. Wenn der Erste Steuermann eines Schiffes der Union Castle Line den Laufpaß bekommt, kann man von ihnen erfahren, was er zum Captain und was der Captain zu ihm gesagt hat und wie die Sache beim Vorstand verhandelt wurde, und wenn dieses Thema erledigt ist, wenden sie sich munter der Frage zu, ob Bill Stevens seinen Kahn vor dem West Indian Dock Nummer 2 aus Versehen oder absichtlich versenkt hat.

Theodore Racksole hatte die Barkasse, die mit Tom Jackson davongedampft war, nicht mit letzter Sicherheit identifizieren können. Kurz nach Mitternacht hatte sich der Himmel bezogen, und in dem leichten Nebel, der nun über dem Fluß lag, hatte er nur so viel erkannt, daß es ein flachgängiges Boot war, etwa sechzig Fuß lang und vermutlich schwarz gestrichen. Die ganze Nacht hatte er höchstpersönlich die stromaufwärts fahrenden Schiffe beobachtet und sich am nächsten Morgen von einem Mann ablösen lassen, der ihm Bescheid geben sollte, sobald eine Barkasse auf Westminster zuhielt. Mittags, nach seinem Gespräch mit Prinz Aribert, mietete er sich ein Ruderboot, fuhr damit bis Custom House, dem Londoner Zollamt, und sah sich wieder – und wiederum vergeblich – nach besagtem Boot um, so daß er mehr und mehr zu der Überzeugung kam, daß die geheimnisvolle Barkasse unterhalb des Zollamts liegen mußte. Beim Zollamt ging er an Land und ließ sich einem hohen, nur noch dem Zollkommissar selbst unterstellten Beamten melden, der einmal in New York sein Gast gewesen war und mit dem er hier in London schon geschäftlich bei Lloyd's gesprochen hatte. In dem großen, aber schmuddeligen Büro dieses bedeutenden Mannes kam es zu einer langen Unterredung, bei der Racksole seine nicht unbeträchtliche Überredungskunst ins

Spiel zu bringen genötigt war und die damit endete, daß der hohe Beamte die Hand nach der Klingel ausstreckte.

»Mr. Hazell von Zimmer 332 möge zu mir kommen«, sagte er, als der Botenjunge sich einstellte, nach dem er geläutet hatte. Dann wandte er sich an Racksole. »Wie gesagt, mein lieber Racksole, die ganze Geschichte ist strikt inoffiziell.«

»Versteht sich«, versicherte Racksole.

Mr. Hazell kam herein. Er war ein Mann um die Dreißig in einem blauen Sergeanzug mit blassem Gesicht, aufgeweckten Zügen, einem braunen Schnurr- und einem stattlichen braunen Backenbart.

»Mr. Hazell«, sagte der hohe Beamte, »ich möchte Sie Mr. Theodore Racksole vorstellen. Der Name ist Ihnen sicher geläufig. Mr. Hazell ist einer unserer Außendienstbeamten«, erläuterte er, an Racksole gewandt, »ein sogenannter Durchsuchungsbeauftragter. Zur Zeit hat er die Nachtschicht. Er kreuzt mit einem Boot und zwei Mann auf dem Fluß und ist berechtigt, jedes beliebige Schiff zu betreten und zu untersuchen. Was Mr. Hazell und seine Mannschaft über die Themse zwischen hier und Gravesend nicht wissen, ist es nicht wert, Wissen genannt zu werden.«

»Sehr erfreut«, sagte Racksole schlicht, und die beiden Männer schüttelten sich die Hand. Racksole stellte zufrieden fest, daß Mr. Hazell sich völlig ungezwungen gab.

»Mr. Racksole«, fuhr der hohe Beamte fort, »braucht Ihre Hilfe bei einer kleinen privaten Expedition, die er heute auf der Themse unternehmen will, Hazell. Sie sind für die heutige Schicht beurlaubt. Ich habe zum einen nach Ihnen geschickt, weil ich meine, die Sache könnte Ihnen Spaß machen, und zum anderen, weil ich glaube, mich darauf verlassen zu können, daß Sie die Angelegenheit streng vertraulich behandeln. Sie werden Ihre Hilfe für Mr. Racksole sicher nicht bereuen.«

»Ich denke, damit wäre alles klar.« Hazell lächelte leicht.

»Und noch eins«, fügte der hohe Beamte hinzu. »Trotz der

Vertraulichkeit des Unternehmens wäre es vielleicht nicht verkehrt, wenn Sie Ihren Dienstmantel anziehen würden.«

»Gewiß«, sagte Hazell. »Das hatte ich ohnehin vor.«

»Wollen Sie mir die Freude machen, mit mir zu lunchen, Mr. Hazell?« fragte Racksole. »Wenn es Ihnen recht ist, gehen wir dahin, wo Sie gewöhnlich essen.«

So kam es, daß Theodore Racksole und George Hazell, Zollbeamter im Außendienst, sich im »Speisehaus Thomas« in der Londoner City zusammensetzten und mit Hammelkoteletts und Kaffee stärkten. Der Millionär merkte schnell, daß er einen Mann mit Durchblick und scharfem Verstand vor sich hatte.

Als sie sich ihre Zigaretten angezündet hatten, fragte Hazell: »Stimmt das eigentlich, was diese Zeitungsleute so schreiben?«

»Wie meinen Sie das?« fragte Racksole verdutzt zurück.

»Das will ich Ihnen sagen. Sie sind Millionär. Einer von den ganz Großen, wenn ich nicht irre. In der Zeitung stehen immer wieder Artikel über Millionäre und Interviews mit ihnen, und in denen ist dann auch von ihren eigenen Salonwagen die Rede, von Dampfjachten auf dem Hudson, Marmorstallungen und so weiter. Besitzen Sie denn auch so was?«

»Ich habe einen Salonwagen, der zur Zeit auf New York Central für mich bereitsteht, und eine Zweitausend-Tonnen-Jacht, allerdings nicht auf dem Hudson, sondern auf dem Bast River. Und ich will gern zugeben, daß beim Bau der Stallungen für meine New Yorker Stadtvilla auch Marmor verwendet wurde.« Racksole lachte.

»Jetzt weiß ich also, daß ich tatsächlich mit einem Millionär bei Tisch sitze. Erstaunlich, wie derlei an sich unbedeutende Einzelheiten der Vorstellungskraft auf die Sprünge helfen. Daß Sie ein echter Millionär sind, kommt mir jetzt durchaus plausibel vor. Nachdem Sie mir Einblick in Ihr Privatleben gewährt haben, will ich mich revanchieren. Ich verdiene dreihundert Pfund im Jahr und bekomme jährlich etwa sechzig Pfund zusätzlich für Überstunden. Ich wohne allein in zwei Zimmern in Muscovy Court, habe an Geld das, was ich brauche, und mache außerhalb der Dienstzeit nur das, was mir Spaß macht. Im Dienst strenge ich mich so wenig wie möglich an. Es ist ein ständiger Kampf zwischen uns, den kleinen Beamten, und unseren Vorgesetzten. Sie versuchen, uns ans Leder zu gehen, wir versuchen, ihnen ans Leder zu gehen, mal gewinnen wir und mal sie. Meist geht es unentschieden aus. Im Krieg sind alle Mittel recht, und in einer Behörde gibt es keine Zehn Gebote.«

Racksole lachte. »Können sie sich heute nachmittag freimachen?« fragte er.

»Aber ja. Ich sage einem Kollegen, daß er für mich einspringen soll, dann stehe ich Ihnen zur Verfügung.«

»Ausgezeichnet«, bemerkte Racksole. »Dann kommen Sie doch bitte mit mir ins ›Grand Babylon‹, wo wir meine kleine Angelegenheit in aller Ruhe besprechen können. Und könnte ich wohl Ihr Boot sehen? Ich würde gern Ihre Crew kennenlernen.«

»Das läßt sich machen«, gab Hazell zurück. »Meine beiden Männer sind die faulsten, abgebrühtesten Burschen, die man sich vorstellen kann. Sie essen zu viel und haben ständig Bierdurst, aber sie kennen den Fluß, und sie kennen ihr Geschäft und sind zu so ziemlich allen Schandtaten bereit, vorausgesetzt, es lohnt sich für sie und man hetzt sie nicht.«

Am gleichen Abend machte sich Theodore Racksole kurz nach Anbruch der Dunkelheit mit seinem neuen Freund George Hazell und zwei Mann Besatzung in einem schwarz gestrichenen Zollboot auf den Weg. Die beiden Männer waren »Freemen of the River« – eine Ehre, die mit bestimmten Privilegien einhergeht, von denen Landratten nichts wissen. Es war ein wolkenverhangener, schwüler Abend. Nicht ein einziger Stern leuchtete über der langsam fallenden Flut. Die großmächtigen vor Anker liegenden Dampfschiffe – die meisten der »General Steam Navigation« und der »Aberdeen Line« zugehörig – ragten, träge an ihren Muringsbojen zerrend, hoch aus dem Wasser. Rechts und links reckten sich gleich grauen Klippen nackte Lagerhauswände aus den Fluten, aus denen Dampfkräne ragten, die wunderlichen Armen glichen. Nach Westen hin überspannte den Flußlauf der gewaltige Bogen der Tower Bridge mit ihrem Fußweg, der hundertfünfzig Fuß über dem Wasser verläuft. Blickte man nach Osten und in Richtung des Pool of London, zeichnete sich verschwommen ein Wald von Schornsteinen und Masten vor dem bedrohlich düsteren Himmel ab. Schwere Frachtkähne mit jeweils nur einem Mann an einem gewaltigen Riemenpaar bewegten sich schwankend flußabwärts. Hin und wieder kam geschäftig schnaufend ein Schlepper mit rot und grün blinkenden Positionslichtern vorbei, der einen schwerfälligen Schweif von Lastkähnen hinter sich herzog. Dann drehte ein Passagierdampfer aus Margate, aus dessen Fenstern elektrisches Licht strahlte, zum Ankern bei und löschte seine Fracht von zweitausend erschöpften Ausflüglern. Über allem hing ein Hauch des Geheimnisvollen, ein Geist und Gefühl des Fremden, der Ferne, des Unbegreiflichen. Während das breite, aber flache Zollboot sich im Schatten riesiger Schiffsrümpfe, unter gespannten Trossen hinweg und vorbei an grünschleimigen Bojen seinen Weg suchte, kam es Racksole fast vor wie ein Traum, daß er sich im Herzen von London, der nüchternsten Stadt dieser Erde, befand. Ihm war ganz seltsam zumute, als könnte in dieser scheinbaren Wasserwüste zu dieser Geisterstunde so gut wie alles geschehen. Kaum vorstellbar, daß nur ein, zwei Meilen von ihnen entfernt Menschen im Theater saßen und einen Schwank beklatschten, daß in der nahe gelegenen Cannon Street Station Menschen einen Zug bestiegen, um in die reputierlichen Vororte zu fahren, deren Namen ihm allmählich vertraut wurden. Er hatte das erhebende Gefühl, in eine andere Welt versetzt zu sein. Die Alltagsgeräusche – laute Rufe, das Schurren einer Kette, die durch einen Schlitz läuft, ferner Sirenenklang – wandelten sich in seinen Ohren zu gespenstischen Lauten mit schicksalsträchtiger

Bedeutung. Er blickte über den Bootsrand in die braunen Fluten und überlegte, welch gräßliche Geheimnisse ihre Tiefen wohl bergen mochten. Dann steckte er die Hand in die Hüfttasche und tastete nach dem Schaft des Colts. Der vertraute Gegenstand beruhigte ihn.

Die Ruderer hatten Anweisung, sich langsam in Richtung Pool zu bewegen, wie man die Verbreiterung des Flußlaufes unterhalb des Towers nennt. Man hatte sie vorher nicht über das genaue Ziel der Expedition in Kenntnis gesetzt, jetzt aber hielt Hazell es für ratsam, sie zumindest teilweise einzuweihen. »Wir suchen nach einer verdächtigen Dampfbarkasse«, sagte er. »Meinem Freund ist sehr daran gelegen, sie aufzuspüren. Erst dann können wir über das weitere Vorgehen entscheiden.«

»Wie sieht der Kahn denn aus?« fragte der Schlagmann, ein pausbäckiger Mensch, dem man echte Anstrengungen nicht zutrauen mochte.

»Genaues kann ich dazu nicht sagen«, erwiderte Racksole, »aber soweit ich das beurteilen kann, ist er an die sechzig Fuß lang und schwarz gestrichen. Ich denke, daß ich ihn erkennen würde, wenn ich ihn zu Gesicht bekäme.«

»Sehr viel läßt sich damit nicht anfangen«, bemerkte der Ruderer. Er und sein Kumpan hatten von Theodore Racksole als Anzahlung einen englischen Goldsovereign erhalten, und so eine Münze ist durchaus dazu angetan, die Themseschiffern angeborene Neigung zu Sarkasmus und freimütigen Bemerkungen im Zaum zu halten.

»Eins ist mir aufgefallen«, sagte Racksole plötzlich, »ich hatte ganz vergessen, Ihnen davon zu erzählen, Mr. Hazell: Mir schien, daß die Schiffsschraube sich merkwürdig unregelmäßig und rumpelnd drehte.«

Die beiden Ruderer fingen an zu lachen.

»Jetzt weiß ich, welche Barkasse Sie meinen, Sir. Das ist die von Jack Everett, die sie alle nur die ›Lahme Ente‹ nennen. Sie hat eine Vierblattschraube, und ein Flügel ist abgebrochen.«

»Genau«, bestätigte der Mann im Bug. »Also wenn Sie hinter der her sind, die hab' ich heut' früh am Cherry Gardens Pier liegen sehn.«

»Dann also auf zum Cherry Gardens Pier«, sagte Racksole, und das Boot schoß quer über den Fluß und schob sich dann behutsam am rechten Ufer entlang, vorbei an Piers, auf denen auch um diese Zeit noch Kräne in Betrieb waren, die leer in Schiffsbäuche tauchten und gefüllt wieder hochkamen. Während die beiden Ruderer das Boot geschickt durch die ablaufende Flut manövrierten, erläuterte Hazell, daß die »Lahme Ente« auf der ganzen Themse berühmt und berüchtigt war. Wann immer jemand einen ruchlosen oder hinterhältigen Plan auszuführen hatte, bei dem ein Boot vonnöten war, stand gegen angemessene Vergütung Everetts Barkasse zur Verfügung. Schon tausendmal war die »Lahme Ente« in die Klemme geraten und hatte sich aus ihrer mißlichen Lage noch immer unversehrt, wenn auch nicht immer ehrenhaft, befreien können. Obwohl die Wasserpolizei ein wachsames Auge auf sie hatte, war ihr Eigner, der alte Everett, noch nie bei irgendwelchen ungesetzlichen Machenschaften ertappt worden. Kein einziges Mal hatten die Gesetzeshüter dem Besitzer der »Lahmen Ente« etwas nachweisen können, während etliche ihrer früheren Charterer derzeit in Haftanstalten Ihrer Majestät in Kost und Logis waren. In letzter Zeit allerdings war die Barkasse wegen der beschädigten Schraube, die sich Everett standhaft weigerte reparieren zu lassen, sogar bei den Spitzbuben in Verruf geraten, und diese Herren griffen jetzt lieber auf Boote zurück, die nicht so leicht zu erkennen waren.

»Daß Ihr Freund Jackson sich ausgerechnet für die ›Lahme Ente‹ entschieden hat, war ein rechter Mißgriff«, sagte Hazell. »Ein so erfahrener und hochkarätiger Schurke hätte es besser wissen müssen. Jetzt erwischen Sie ihn bestimmt.«

Sie näherten sich dem Cherry Gardens Pier, doch war ein dünner nächtlicher Nebel aufgezogen, so daß jenseits von dreißig Metern die Sicht schlecht war. Während das Zollboot am Pier entlangfuhr, hielten alle Insassen ebenso aufmerksam wie vergeblich Ausschau nach der mysteriösen Barkasse. Träge trieb der Kahn flußabwärts. Die Männer ließen die Ruder ruhen. Um ein Haar hätten sie einen großen norwegischen Segler gerammt, der mit dem Vorsteven flußabwärts gerichtet vor Anker lag. Sie fuhren an der Backbordseite an dem Schiff vorbei, und als gerade der Bugspriet hinter ihnen lag, rief der Dicke aufgeregt: »Da ist sie ja!« Er drehte bei und ruderte gegen den Strom zurück. Tatsächlich, die »Lahme Ente« lag steuerbord achteraus von dem Norweger vor Anker, gut versteckt zwischen Segler und Flußufer. Mit leisem Ruderschlag näherten sie sich der Barkasse, bis sie längsseits lagen.

Kapitel 26

NÄCHTLICHE JAGD UND EIN DRECKSPATZ

»Ich gehe erst einmal an Bord«, flüsterte Hazell, »und sage, ich hätte den Verdacht, daß sie zollpflichtige Ware an Bord haben. Daraufhin kann ich mich dann genauer umsehen.«

In Uniformmantel und Schirmmütze betrat er recht sorglos, wie Racksole fand, das niedrige Deck der Barkasse. Man hörte, wie er rief: »Jemand an Bord?« und wie eine Frauenstimme antwortete. »Ich bin vom Zoll und muß die Barkasse durchsuchen«, erklärte Hazell und stieg in die mittschiffs gelegene kleine Kajüte hinunter, wo sich seine Stimme verlor. Racksole kam es vor, als sei Hazell stundenlang weggewesen, aber schließlich tauchte er wieder auf.

»Nichts zu finden«, sagte er, als er ins Zollboot sprang, und fügte, zu Racksole gewandt, leise hinzu: »An Bord ist eine Frau, die nach Ihrer Beschreibung Miss Spencer sein könnte. Das Boot steht unter Dampf, aber ein Maschinist ist nicht zu sehen. Ich habe gefragt, wo der steckt, und sie wollte wissen, was mich das angeht. Ich solle sehen, daß ich mein Geschäft erledige, und dann verschwinden. Scheint eine ziemlich smarte Lady zu sein. Ich habe überall herumgeschnüffelt, aber niemanden sonst gesehen. Am besten ist es jetzt, wenn wir ein Stück weiter rudern und abwarten, ob sich etwas Ungewöhnliches tut.«

»Sind Sie ganz sicher, daß er nicht an Bord ist?« vergewisserte sich Racksole.

»Hundertprozentig. Ich verstehe mich auf Schiffsdurchsuchungen.« Er reichte Racksole einen etwa zwei Fuß langen Metallspieß mit Holzgriff. »Damit haben wir schon so manchen Fund getan.«

»Würde es etwas nützen, die Lady mitzunehmen?« fragte Racksole unschlüssig.

Auch Hazell schien da seine Zweifel zu haben. »Tja, was das angeht ...«

»He, wo will denn der hin?« fuhr der Mann im Bug dazwischen. Hazell und Racksole blickten in die Richtung, in die er deutete, und sahen ein Dingi vom Steven des Norwegers ablegen, das flußabwärts im Nebel verschwand.

»Jules, so wahr ich lebe!« stieß Racksole hervor. »Ihm nach, Männer. Zehn Pfund für jeden, wenn wir ihn überholen.«

»Los, Jungs, legt euch ins Zeug«, sagte Hazell, und das Zollboot nahm die Verfolgung auf.

»Das wird ein Spaß!« freute sich Racksole.

»Ansichtssache«, meinte Hazell. »Im Nebel auf der Flußmitte dahinzujagen ist nicht sehr spaßig. Bei all den Frachtkähnen, die hier herumgondeln, sind Sie im Jenseits, ehe Sie sich's versehen. Der Bursche hatte sich offenbar in dem Dingi versteckt, als er uns kommen sah, und die Leine gelöst, sobald ich von Bord war.«

Ihr Boot bewegte sich rasch mit der Flut. Das Steuern war eher eine Sache von Glück und Gefühl. Immer wieder mußte Hazell den Bug scharf herumreißen, um einem Frachtkahn oder einem vor Anker liegenden Schiff auszuweichen. Racksole hatte den Eindruck, daß der Fluß von ankernden Booten nur so wimmelte. Besorgt ließ er seine Blicke schweifen, aber lange Zeit sah er nur Nebel und vage Umrisse. Dann sagte er plötzlich leise: »Wir sind auf der richtigen Fährte. Ich sehe ihn vor uns. Wir holen auf.« Eine Minute später war das Dingi knapp zwanzig Meter vor ihnen deutlich zu sehen, und der sich hektisch abmühende Ruderer darin war unverkennbar Jules in einem hellen Tweedanzug und Melone.

»Sie hatten schon recht, das ist ein Mordsspaß«, sagte Hazell. »Und allemal aufregender, als im Orchester die Posaune zu spielen. Soll ich ihn rammen? Dann können wir ihn aus dem Wasser fischen.«

Racksole nickte. In diesem Moment aber tauchte ein Frachter mit roten Segeln aus dem Nebel vor dem Bug des Zollbootes auf, das mit knapper Not einer Katastrophe entging. Als sie wieder auf Kurs waren und den üblichen Austausch munterer Verwünschungen hinter sich hatten, konnten sie das Dingi im Nebel kaum noch erkennen, und der Dicke schnaufte so laut, daß man ihn fast am Ufer hätte hören können. Racksole hatte das dringende Bedürfnis, sich irgendwie zu betätigen, aber es gab nichts zu tun. Er war dazu verdammt, untätig neben Hazell im Heck zu sitzen. Nach und nach holten sie wieder auf, dem Mann im Dingi schwanden offenbar die Kräfte. Als sie Zug um Zug näher herankamen, schwenkte das Dingi zur Seite und schoß zwischen zwei vor Anker liegenden Erzfrachtern hindurch, die schwarz und verlassen etwa fünfzig Meter vom Surrey-Ufer entfernt lagen. »Nach Steuerbord«, rief Racksole.

»Da kommen wir nicht durch«, widersetzte sich Hazell. »Er taucht bestimmt weiter unten wieder auf, es ist nur eine Finte. Geradeaus, Männer!«

Weiter ging die Jagd. Der Dicke legte sich mächtig in die Ruder, und noch in der Dunkelheit sah man sein Gesicht glänzen. Als das Dingi hinter den beiden Kähnen hervorkam, war es leer und trieb kreiselnd in Richtung Greenwich.

Der Dicke sagte keuchend etwas zu seinem Kameraden, und das Zollboot stoppte.

»Keine Bange«, sagte der Mann im Bug, »der Kerl ist auf einem der Boote, da brauchen Sie ihn nur runterzuholen.«

»Genau. Das ist doch ganz einfach«, ließ sich eine Stimme aus den Tiefen des nächstgelegenen Kahns vernehmen, die Racksole unschwer als die von Jules alias Tom Jackson erkannte.

»Da hören Sie's!« Der Dicke grinste. »Aber wenn ich Sie wär', Mr. Hazell, oder Sie, Sir, hätte ich's nicht besonders eilig, da raufzugehen.«

Sie setzten bis unter das Heck des nächstgelegenen Frachtkahns zurück und blickten nach oben.

»Ich habe einen Revolver«, sagte Racksole zu Hazell. »Wie kommt man da hinauf?«

»Ihr Revolver nützt uns gar nichts«, erwiderte Hazell scharf. »Ein Schuß, und wir haben die Wasserpolizei am Hals. Dann kann ich einpacken. Wenn es zu einer Untersuchung kommt, darf natürlich niemand erfahren, daß mein Vorgesetzter mich zu der Sache angestiftet hat, und ich müßte den Dienst quittieren.«

»Fürchten Sie nichts, ich übernehme die Verantwortung«, sagte Racksole beschwichtigend.

»Mit Ihrer Verantwortung ist mir nicht geholfen. In den Dienst käme ich nicht mehr zurück, und damit wäre meine Laufbahn zu Ende.«

»Es gibt noch andere Berufe«, sagte Racksole, der allzugern seinen früheren Oberkellner mit einer gut gezielten Kugel lahmgelegt hätte.

»Aber nicht für mich«, gab Hazell zurück. »Mir gefällt's nun mal beim Zoll. Also bitte keine Schießerei. Wir warten erst mal ab, entkommen kann er uns nicht. Nehmen Sie meinen Spieß, und machen Sie damit, was Sie wollen, nur saubere Arbeit bitte ich mir aus und keinen Lärm.«

Kurze Zeit verharrten die vier Männer tatenlos im Boot, um sie herum ziehender Nebel, unter ihnen schwarzes Wasser, über ihnen ein halb beladener Frachtkahn mit einem zum Äußersten entschlossenen und einfallsreichen Verbrecher an Bord. Plötzlich riß der Nebel auf und wehte wie vor dem Atem eines Ungeheuers in Fetzen davon. Am klaren Himmel stand ein hell leuchtender Mond. Diese jähen Wetterumschläge findet man besonders oft auf großen Flüssen.

»Na, das lass' ich mir gefallen«, sagte der Dicke. In diesem Moment erschien ein Kopf über dem Rand des Frachtkahns. Jules' Gesicht grinste bedrohlich zu ihnen herunter.

»Ist Mr. Racksole bei Ihnen im Boot?« fragte er gelassen. »Er möge an Bord kommen. Er hat mich gefangen und kann mich umsonst haben. Hier bin ich.« Er richtete sich auf. Groß und dunkel stand er vor dem Nachthimmel, und alle Insassen des Zollbootes sahen, daß er in der rechten Hand einen kurzen Dolch hatte. »Sie sind nun schon eine ganze Weile hinter mir her, Mr. Racksole«, fuhr er fort. »Jetzt können Sie mich holen. Wenn Sie nicht genug Mut haben, schicken Sie einen Ihrer Leute. Allen verspreche ich die gleiche faire Behandlung.« Und Jules lachte leise und durchdringend.

Noch während er lachte, taumelte er plötzlich nach vorn.

»Was machst du hier auf meinem Boot? Runter mit dir«, ertönte eine schrille Kinderstimme. Ein zerlumpter Bengel war lautlos hinter Jules aufgetaucht, und zwei kleine Arme beförderten ihn mit einem heftigen Stoß ins Wasser. Gurgelnd und klatschend traf er unten auf. Es zeigte sich sogleich, daß Schwimmen nicht zu Jules' Fertigkeiten gehörte. Wild um sich schlagend, ging er unter. Als er wieder hochkam, zerrten sie ihn ins Zollboot, und Minuten später lag er schmählich gebunden am Boden des Bootes. Mit Hilfe eines kleinen Dreckspatzen, der von rechts wegen auf dem Kahn sicher ebensowenig zu suchen hatte wie Jules, hatte Racksole das Spiel gewonnen. Zum erstenmal seit Wochen empfand er tiefe Zufriedenheit. Hazells Spieß in der Hand, beugte er sich über Jules.

»Was werden Sie jetzt mit ihm machen?« fragte Hazell.

»Wir bringen ihn zur Anlegestelle vor dem ›Grand Babylon‹, und ich kann ihm eine angemessene Unterkunft in meinem Hotel versprechen.«

Jules sagte kein Wort.

Ehe sich Racksole in dieser Nacht von dem Zollbeamten trennte, hatte man Jules ohne weitere Zwischenfälle ins Hotel »Grand Babylon« geschafft, und die beiden Kahnschiffer hatten ihre zehn Pfund erhalten.

»Wollen Sie nicht hier übernachten?« sagte der Millionär zu George Hazell. »Es ist spät geworden.«

»Mit Vergnügen«, gab dieser zurück. Am nächsten Morgen

erwartete ihn ein üppiges Frühstück, und in seiner Serviette lag eine Banknote über hundert Pfund. Doch vor Mr. Hazells üppigem Frühstück war noch vielerlei geschehen, was dieser erst wesentlich später erfuhr.

Kapitel 27

TOM JACKSONS GESTÄNDNIS

Das kleine Zimmer, das Jules als Oberkellner des »Grand Babylon« bewohnt hatte, stand seit seiner überraschenden Entlassung durch Theodore Racksole leer. Ein neuer Oberkellner war offiziell nicht ernannt worden, und das Fehlen eines einzigen Menschen – und sei er auch noch so unvergleichlich wie Jules – fiel bei der großen Zahl von Angestellten im Hotel »Grand Babylon« kaum auf, zumal die Hotelleitung bei ihren Oberkellnern – und das gilt auch für dieses berühmte Hotel am Embankment – gewöhnlich weniger Wert auf praktischen Nutzen als auf dekorative, spektakuläre und moralisch nachhaltige Wirkung legt. Racksole war deshalb auf die ausgezeichnete Idee verfallen, seinen Gefangenen unter größtmöglicher Geheimhaltung in jenes leerstehende Zimmer zu schaffen, was sich ohne Schwierigkeiten bewerkstelligen ließ, denn Jules hatte sich ohne Gegenwehr der Übermacht gefügt. Der Millionär trat mit dem an den Händen gefesselten Jules ein und wies den Portier an, vor der Tür zu warten. In Jules' Zimmer gab es nichts Besonderes zu sehen, allerdings war es um einiges besser als die Unterkünfte, die in den Karawansereien des West End für Dienstboten üblicherweise vorgesehen sind. Der Raum war etwa vierzehn mal zwölf Fuß groß und mit einem Bett, einem kleinen Schrank, einem kleinen Waschtisch, Kommode und zwei Stühlen ausgestattet. Hinter der Tür waren zwei Haken angebracht, vor dem Bett lag ein schmaler Läufer, und auf dem eisernen Kaminsims standen ein paar billige Nippes. Das Zimmer, in der achten und damit obersten Etage gelegen, besaß elektrisches Licht. Das Fenster – klein, quadratisch und hoch oben in die Wand eingelassen – ging auf den Innenhof hinaus. Zwanzig Fuß unter dem Fenster verlief ein Sims, der etwa einen Fuß breit war. Drei Fuß über dem Fenster ragte ein breiterer Sims vor, darüber erhob sich das Steildach des Hotels, das man vom Fenster aus nicht sehen konnte. Auf diesem Wege, sagte sich Racksole, während er Fenster und Ausblick betrachtete, konnte Jules jedenfalls nicht entkommen. Er warf einen Blick zum Schornstein hinauf, aber durch die Esse hätte ein Erwachsener sich nie zwängen können.

Er wies Jules an, sich aufs Bett zu legen, und rief den Portier hinein. Mit vereinten Kräften fesselten sie Jules ans Bettgestell. Der Gefangene ließ es wortlos und geringschätzig lächelnd geschehen. Schließlich entfernte Racksole die Nippes, den Läufer, die Stühle und die Haken und riß den Schalter für das elektrische Licht von der Wand. Dann ging er mit dem Portier hinaus, schloß von außen ab und steckte den Schlüssel ein. »Sie halten hier die Nacht über Wache«, sagte er zu dem Portier. »Nehmen Sie sich den Stuhl da, aber schlafen Sie nicht ein. Sofern Sie auch nur das leiseste Geräusch aus dem Zimmer hören, greifen Sie zu Ihrer Trillerpfeife, dann komme ich sofort. Wenn alles ruhig bleibt, brauchen Sie nichts zu unternehmen. Es ist mir wichtig, daß nicht darüber gesprochen wird. Ich verlasse mich auf Sie, und Sie können sich auf mich verlassen.«

»Aber das Personal wird mich sehen, wenn es morgen früh hier vorbeikommt«, wandte der Portier leise lächelnd ein, »und man wird mich bestimmt fragen, was ich hier oben zu suchen habe. Was soll ich dann sagen?«

»Sie waren Soldat, nicht wahr?« fragte Racksole.

»Ich habe drei Feldzüge mitgemacht, Sir«, war die Antwort, und der Graubart wies mit verzeihlichem Stolz auf die Orden, die seine Brust schmückten.

»Angenommen, Sie wären auf Wache, und ein neugieriger Mensch im Lager wollte von Ihnen wissen, was Sie da tun – was würden Sie antworten?«

»Mach dich fort, sonst kannst du was erleben!«

»Das sollten Sie dann morgen früh notfalls auch sagen«, entschied Racksole und ging.

Inzwischen war es eins geworden. Der Millionär legte sich in einem Bett im siebten Stock zum Schlaf nieder, aber er schlief nicht lange. Kurz nach Tagesanbruch war er wieder hellwach. Seine Gedanken kreisten unablässig um Jules. Er war begierig, Jules' Geschichte zu erfahren, und fest entschlossen, sie ihm durch gutes Zureden oder auch auf anderem Wege zu entlokken. Ein Mann mit Theodore Racksoles Veranlagung wartet nicht gern, und als um sechs die helle Morgensonne freundlich durchs Fenster schien, kleidete er sich an und stieg wieder zum achten Stock hinauf. Der Portier saß brav auf seinem Stuhl, und als er seinen Arbeitgeber sah, sprang er auf und salutierte.

»Irgendwelche Vorkommnisse?« fragte Racksole.

»Nichts, Sir.«

»Haben die Zimmermädchen etwas gesagt?«

»Nur zehn oder zwölf sind schon auf, Sir, eine hat wissen wollen, was ich hier treibe, und der hab' ich gesagt, daß ich mich um eine Bullterrierhündin und ihre Welpen kümmere, an denen Ihnen sehr viel gelegen ist.«

»Recht so«, lobte Racksole. Dann schloß er auf und betrat das Zimmer. Alles war so, wie er es verlassen hatte, nur hatte Jules sich vom Rücken auf den Bauch gedreht. Stumm und finster sah er den Millionär an. Racksole begrüßte ihn, nahm ostentativ seinen Revolver aus der Hüfttasche, schwang sich auf die Kommode, legte den Revolver neben sich und ließ die Beine baumeln.

»Ich möchte mit Ihnen sprechen, Jackson«, begann er.

»Tun Sie sich keinen Zwang an«, sagte Jules.

»Ich möchte, daß Sie mir einige Fragen beantworten.«

»Das ist was anderes. Solange ich gefesselt bin, bekommen Sie von mir nichts zu hören.«

»Wenn Sie vernünftig sind, soll es Ihr Schaden nicht sein.«

»Solange ich gefesselt bin, beantworte ich keine einzige Frage.«

»Ich mache Ihre Beine los, wenn sie wollen«, erbot sich Racksole höflich. »Dann können Sie sich aufrichten. Sie brauchen nicht so zu tun, als hätten Sie es unbequem, ich weiß, daß dem nicht so ist. Man hat Sie durchaus anständig behandelt, mein Freund. So, hier wären wir.« Er löste die Fesseln um die unteren Gliedmaßen seines Gefangenen. »Ich wiederhole: Es ist am besten, wenn Sie vernünftig sind. Geben Sie zu, daß Sie das Spiel verloren haben, und verhalten Sie sich entsprechend! Ich war entschlossen, Sie ohne die Polizei zu schlagen, und das ist mir gelungen.«

»Es ist Ihnen gelungen, sich in eine äußerst peinliche Lage zu bringen«, erwiderte Jules. »Jeder vernünftige Mensch hätte, statt sich einzumischen, alles der Polizei überlassen, die hätte ein, zwei Jahre herumgepfuscht und dann die Ermittlungen einschlafen lassen. Wer soll es jetzt unseren geschätzten Ordnungskräften beibringen? Sie etwa? Wollen Sie hingehen und sagen: ›Seht, den habe ich euch gefangen!‹? Dann wird man Sie um Erklärungen ersuchen, und Sie werden recht dumm dastehen. Ein Verbrechen entschuldigt noch nicht das andere, das ist eine alte Weisheit.«

Jules hatte mit scharfem Blick Racksoles Dilemma erkannt. Dieser wußte wohl, daß es hier nichts zu beschönigen gab, daß er sich früher oder später diesem Problem würde stellen müssen, aber Jules gegenüber ließ er sich seine Gedanken nicht anmerken.

»Jetzt sind Sie erst einmal hier und sind mein Gefangener«, sagte er gelassen. »Sie haben so einiges auf dem Kerbholz, unter anderem einen Mord. Darauf steht der Galgen. Das wissen Sie. Es ist überhaupt nicht einzusehen, warum ich die Polizei einschalten sollte. Ich kann Sie ohne weiteres allein erledigen, so wie Sie es verdient haben. Damit wäre der Gerechtigkeit Genüge getan, und ich hätte nur den Henker um seinen Lohn gebracht. So wie ich Sie ins Hotel geschafft habe, kann ich Sie auch wieder hinausschaffen. Vor ein paar Tagen haben Sie in Ostende eine Jacht geliehen oder gestohlen. Was Sie damit gemacht haben, weiß ich nicht und will es auch nicht wissen, aber ich vermute, daß meine Tochter auf dieser Jacht nur knapp mit dem Leben davongekommen ist. Auch ich besitze eine Jacht und könnte sie so nutzen, wie Sie die Ihre genutzt haben. Ich könnte Sie an Bord schmuggeln, in See stechen und Sie in der Nacht ersuchen, ins Meer umzusteigen. Es wäre nicht das erstemal, daß so etwas passiert, und dürfte nicht das letztemal sein, und die Gesellschaft hätte damit einen Halunken weniger.«

»Nur werden Sie das nicht tun«, sagte Jules halblaut.

»Nein«, bestätigte Racksole ruhig, »das werde ich nicht tun, sofern Sie sich heute vormittag vernünftig benehmen. Andernfalls werde ich nicht ruhen, bis Sie – Polizei hin, Polizei her – tot sind, so wahr ich hier stehe. Sie kennen Theodore Racksole nicht.«

»Ich glaube, das meinen Sie wirklich ernst«, bemerkte Jules überrascht und fasziniert zugleich, als hätte er soeben eine bedeutende Entdeckung gemacht.

»Allerdings«, bekräftigte Racksole. »Jetzt hören Sie gut zu. Im besten Falle werden Sie an die Polizei ausgeliefert. Im schlimmsten Falle kümmere ich mich selbst um Sie. Bei der Polizei haben Sie die Chance, mit zwanzig Jahren Zuchthaus davonzukommen, denn obgleich feststeht, daß Sie Reginald Dimmock ermordet haben, wäre es schwierig, Ihnen das zu beweisen. Bei mir aber hätten Sie nicht die mindeste Chance. Ich habe ein paar Fragen an Sie, und von Ihrer Antwort hängt es ab, ob ich Sie der Polizei übergebe oder Selbstjustiz übe, was für mich sehr viel einfacher wäre. Dagegen spricht nur, daß ich Sie für einen gewitzten, ja einen außergewöhnlichen Menschen halte, für dessen abscheulichen Einfallsreichtum ich fast so etwas wie Bewunderung empfinde.«

»Sie halten mich also für gewitzt?« sagte Jules.

»Damit haben Sie recht. Hätte ich nicht Pech gehabt, hätten Sie den kürzeren gezogen. Sie verdanken Ihren Sieg nicht dem eigenen Vermögen, sondern dem Glück.«

»Das sagen alle Besiegten. In Waterloo haben die Engländer zweifellos Glück gehabt, aber es bleibt doch Waterloo.«

Jules gähnte genüßlich. »Was wollen Sie wissen?« fragte er höflich.

»Zunächst einmal die Namen Ihrer Komplizen hier im Hotel.«

»Ich habe keine mehr. Rocco war der letzte.«

»Fangen Sie nicht schon mit Lügengeschichten an. Wie konnten Sie es ohne Komplizen so einrichten, daß Seiner Hoheit Fürst Eugen eben diese Flasche Romanée-Conti serviert wurde?«

»Die haben Sie also noch rechtzeitig entdeckt? Jaja, ich hatte es befürchtet. Dazu brauchte es keine Komplizen. Die Flasche war die oberste im Regal, deshalb lag es nah, daß man sie nehmen würde. Außerdem hatte ich sie ein Stück vorstehen lassen.«

»Mit Hubbards Magenverstimmung hatten Sie nichts zu tun?«

»Daß der schätzenswerte Hubbard sich nicht seiner gewohnten Gesundheit erfreute, war mir gänzlich unbekannt«, erwiderte Jules.

»Wer oder was veranlaßte Sie dazu, Fürst Eugen nach dem Leben zu trachten?«

»Ich habe – zumindest anfangs – Fürst Eugen nicht nach dem Leben getrachtet. Ich hatte mich lediglich gegen ein gewisses Entgelt verpflichtet, ein Gespräch des Fürsten mit einem gewissen Mr. Sampson Levi in London bis zu einem bestimmten Zeitpunkt zu verhindern. Der Auftrag bot in meinen Augen keine besonderen Schwierigkeiten, ich hatte es schon mit weit komplizierteren Unternehmungen zu tun und war sicher, daß diese mit Hilfe von Rocco und Em ... äh ... Miss Spencer reibungslos vonstatten gehen würde.«

»Ist diese Person Ihre Ehefrau?«

»Sie wäre es gern«, versetzte er höhnisch. »Bitte unterbrechen Sie mich nicht. Alle Vorbereitungen waren getroffen, als Sie die Rücksichtslosigkeit besaßen, das ›Grand Babylon‹ zu kaufen. Ich gebe gern zu, daß ich Sie von jener Nacht an, als Sie mich auf dem Gang ertappten, insgeheim fürchtete, auch wenn ich das seinerzeit kaum mir selbst eingestehen mochte. Ich hielt es für sicherer, unsere Aktivitäten nach Ostende zu verlagern. Eigentlich hatte ich mich des Großherzogs hier im Hotel ... äh ... annehmen wollen, beschloß aber nun, ihn auf dem Kontinent abzufangen, und schickte Miss Spencer mit bestimmten Anweisungen los. Ein Unglück kommt bekanntlich selten allein, und just in diesem Moment machte dieser Tölpel Dimmock, der bisher mit uns an einem Strick gezogen hatte, Schwierigkeiten, so daß ich genötigt war, ihn ... von der Bildfläche verschwinden zu lassen. Er hatte, plötzlich von Gewissensbissen geplagt, einen Rückzieher machen wollen, und ich mußte extreme Maßnahmen ergreifen. Sein unzeitiges Ableben bedaure ich, doch hat er sich dieses Schicksal selbst zuzuschreiben. Danach ging alles glatt, bis Sie und Ihre großartige Tochter, offenbar entschlossen, sich einzumischen, in Ostende auftauchten. Da waren es allerdings nur noch vierundzwanzig Stunden bis zu dem von meinen Auftraggebern genannten Zeitpunkt. Bis dahin hielt ich den armen kleinen Eugen fest, dann bekamen Sie ihn zu fassen. Ein Punkt für Sie – aber ich hatte den Eindruck, daß Sie zu spät gekommen waren. Der festgesetzte Termin war verstrichen, und jetzt konnte es eigentlich keine Rolle mehr spielen, sagte ich mir, ob Fürst Eugen doch noch mit Mr. Sampson Levi zusammenkam oder nicht. Aber meine Auftraggeber waren nach wie vor beunruhigt. Auch nachdem der gute Eugen mehrere Wochen in Ostende krank darniedergelegen hatte, fürchteten sie wohl, daß ein Gespräch zwischen Fürst Eugen und Mr. Sampson Levi ihnen schaden könnte. Deshalb wandten sie sich erneut an mich. Diesmal wünschten sie, daß Fürst Eugen – äh – endgültig beseitigt werde. Sie boten eine hohe Summe.«

»Wie hoch?«

»Ich hatte für den ersten Auftrag fünfzigtausend Pfund erhalten, von denen die Hälfte an Rocco ging. Rocco war für den Fall, daß alles nach Wunsch verlief, auch die Mitgliedschaft in einem berühmten europäischen Orden in Aussicht gestellt worden, was diesen eitlen Burschen mehr lockte als das Geld. Für den zweiten Auftrag bot man mir hunderttausend Pfund, einen recht netten Betrag. Ich bedaure, daß ich ihn mir nicht habe verdienen können.«

»Soll ich das so verstehen«, vergewisserte sich Racksole, trotz allem, was er bereits wußte, erschüttert von diesem kaltherzigen Geständnis, »daß man Ihnen hunderttausend Pfund dafür geboten hat, Großherzog Eugen zu vergiften?«

»Sehr unfein formuliert«, tadelte Jules. »Ich möchte es lieber so sagen: Man bot mir hunderttausend Pfund, wenn Fürst Eugen innerhalb einer angemessenen Zeit zu Tode käme.«

»Und wer waren Ihre verwerflichen Auftraggeber?«

»Ich weiß es nicht, und das ist die Wahrheit.«

»Aber Sie wissen doch vermutlich, wer Ihnen die ersten fünfzigtausend Pfund zahlte und Ihnen die hunderttausend zusagte.«

»Ich weiß soviel, daß der Mann über Wien aus – äh – Bosnien kam. Mein Eindruck war, daß die Sache direkt oder indirekt mit der geplanten Heirat des Königs von Bosnien in Verbindung stand. Er ist ein junger Mensch, politisch kaum aus den Kinderschuhen heraus, weshalb seine Minister es für angeraten hielten, sich nach einer Frau für ihn umzusehen. Im letzten Jahr hatten sie sich erfolglos bemüht, weil die Prinzessin, die sie im Sinn hatten, ihre schönen Augen auf einen anderen Fürsten geworfen hatte, der, wie das Schicksal so spielt, ausgerechnet Großherzog Eugen von Posen war. Die Minister des Königs von Bosnien waren über Fürst Eugens Vermögensverhältnisse genau im Bilde. Sie wußten, daß er nicht heiraten konnte, ohne seine Schulden zu tilgen, und sie wußten, daß er seine

Schulden nur mit Hilfe des Juden Sampson Levi tilgen konnte. Es war mein Pech, daß sie Fürst Eugen nun ein für allemal aus dem Weg haben wollten. Sie fürchteten, er könne schließlich die Heirat doch ohne die Hilfe von Mr. Sampson Levi zustande bringen, und deshalb ... nun ja, den Rest kennen Sie. Zu schade, daß der harmlose kleine König von Bosnien nicht die Prinzessin bekommt, die seine Minister ihm ausgesucht hatten.«

»Sie glauben also, der König selbst ist an diesem abscheulichen Verbrechen nicht beteiligt?«

»Ganz sicher nicht.«

»Das freut mich«, sagte Racksole schlicht. »Und jetzt heraus mit dem Namen Ihres Auftraggebers.«

»Er war nur ein Vermittler, der sich Sleszak nannte – S-l-e-s-z-a-k. Aber das dürfte nicht sein richtiger Name gewesen sein. Ein alter Herr, man sah ihn oft im Hotel ›Ritz‹ in Paris.«

»Ich werde ein Wörtchen mit Mr. Sleszak zu reden haben.«

»Nicht in dieser Welt«, sagte Jules rasch. »Er ist tot. Ich habe es erst gestern abend erfahren, kurz vor unserer kleinen – äh – Handgreiflichkeit.«

Es gab eine Pause.

»Nun gut«, sagte Racksole schließlich. »Fürst Eugen lebt – trotz aller Ränke. Die Gerechtigkeit hat gesiegt.«

»Mr. Racksole ist hier, aber er ist für niemanden zu sprechen, Miss«, hörte man die Stimme des Portiers vor der Tür. Racksole fuhr zusammen.

»Unsinn«, erwiderte eine energische Frauenstimme. »Platz da!«

Die Tür flog auf, und Nella kam herein. Sie hatte Tränen in den Augen. »Ich habe gerade erst erfahren, daß du im Hotel bist, Papa«, stieß sie hervor. »Wir haben überall nach dir gesucht. Du mußt sofort kommen. Fürst Eugen liegt im Sterben ...« Dann sah sie den Mann, der auf dem Bett saß, und verstummte.

»Nun sind die hunderttausend Pfund für mich am Ende doch nicht verloren«, bemerkte Jules, als er wieder allein war.

Kapitel 28

NOCH EINMAL: DIE FÜRSTENSUITE

Als Prinz Aribert und der treue Diener Hans Fürst Eugen bewußtlos in seinem Sessel liegen sahen, glaubten sie zunächst, Eugen habe schon von dem vergifteten Wein getrunken, doch erkannten sie nach kurzem Nachdenken, daß dies unmöglich war. Wenn der Großherzog von Posen im Sterben lag oder bereits tot war, konnte das nicht an dem Romanée-Conti liegen. Aribert beugte sich über ihn. Der starke Geruch, der von den Lippen des Bewußtlosen aufstieg, ließ ihn Schreckliches ahnen: Laudanum! Fürst Eugen hatte, den Augenblick nutzend, in dem Aribert kurz abgelenkt war, einer jähen Anwandlung von Verzweiflung nachgegeben und sich vergiftet. Offenbar hatte er das Laudanum bereits in der Tasche gehabt, demnach hatte der Unglückliche trotz seines Ehrenwortes weiterhin mit dem Gedanken an Selbstmord gespielt. Voller Schmerz erinnerte sich Aribert jetzt der Worte seines Neffen: »Ich widerrufe mein Versprechen ...« Unmittelbar danach hatte Eugen offenbar versucht, aus dem Leben zu scheiden.

»Es ist Laudanum, Hans«, erklärte Aribert hilflos.

»Seine Hoheit hat doch nicht etwa versucht, Gift zu nehmen?« fragte Hans. »Das kann nicht sein.«

»Leider doch. Was sollen wir tun? Schnell, Mann!«

»Seine Hoheit muß wieder ins Bewußtsein zurückgeholt werden, Prinz, ein Brechmittel muß her. Wir bringen ihn am besten ins Schlafzimmer.«

Sie legten ihn auf das breite Bett, dann mischte Aribert ein Brechmittel aus Senf und Wasser und flößte es dem Fürsten ein, aber es wirkte nicht. Der Leidende lag schlaff da, die Haut war eiskalt, unter den nur halb geschlossenen Lidern waren die stark verengten Pupillen zu sehen.

»Laß nach einem Arzt schicken, Hans. Sage, Prinz Aribert sei plötzlich erkrankt, aber es sei nichts Ernstes. Die Wahrheit darf nicht ans Licht kommen.«

»Man muß ihn zurückholen, Prinz«, sagte Hans noch einmal und hastete davon.

Aribert hob den Neffen hoch, schüttelte ihn, zwickte und zwackte ihn rücksichtslos, schrie ihn an, zerrte ihn herum, aber nichts half. Schließlich war er selbst so ermattet, daß er wohl oder übel den Fürsten wieder aufs Bett legen mußte. Jede Minute, die verstrich, kam ihm vor wie eine Stunde. Allein mit dem Bewußtlosen in der Stille des großen prunkvollen Raumes, unter dem kalten gelben Licht der elektrischen Beleuchtung, erfaßte Aribert tiefe Verzweiflung. Er bedachte das tragische Schicksal seines Neffen und begriff, daß ein früher, schmachvoller Tod für diesen gutmütigen, schwachen, unglücklichen Sproß eines weit in die Geschichte zurückgehenden Fürstengeschlechts von jeher fast unvermeidlich gewesen war. Mit ein wenig Glück hätte der prekär zwischen Recht und Unrecht schwankende junge Mensch den rechten Weg finden und eine angemessene Rolle auf der europäischen Bühne spielen können. Doch nun war, wie es schien, alles vorbei, der letzte Vorhang gefallen. Und diese Katastrophe machte auch Ariberts Hoffnungen zunichte. Denn er würde den Platz des Neffen einnehmen müssen, obwohl er spürte, daß er von Natur aus nicht für den Thron geschaffen war. Alles in ihm bäumte sich gegen die Monarchie auf. Der Begriff der Monarchie umfaßte so vieles, wofür er, wie er wohl wußte, nicht geeignet war, unter anderem auch eine politische Ehe und damit eine Verbindung, die nicht den eigenen Neigungen entsprach. Was sollte dann aus Nella werden? Nella ...

Hans war wieder da. »Ich habe nach dem nächsten Arzt geschickt und auch nach einem Spezialisten.«

»Gut«, sagte Aribert. »Ich kann nur hoffen, daß sie sich beeilen.« Dann setzte er sich hin und schrieb ein paar Zeilen. »Bring das persönlich zu Miss Racksole. Wenn sie nicht im Hotel ist, erkundige dich, wo sie sich aufhält, und geh ihr nach. Es ist sehr wichtig.«

Hans verbeugte sich und verließ abermals die Fürstensuite. Wieder war Aribert allein. Er sah Eugen forschend an und machte noch einen ebenso verzweifelten wie vergeblichen Versuch, den Bewußtlosen wiederzubeleben. Dann trat er an das geöffnete Fenster und horchte auf das Klingeln der über das Embankment rollenden Droschken, die Pfiffe der Türsteher, das Tuten von Schleppern auf dem Fluß. Alles ging seinen gewohnten Gang. Absurde Welt! Er hatte keinen sehnlicheren Wunsch, als seinen fürstlichen Titel abzulegen und als einfacher Bürger, als Ehemann der wunderbarsten Frau der Welt zu leben. Und jetzt ... Aber wie konnte er so egoistisch sein, an sich selbst zu denken, während Eugen im Sterben lag! Und dennoch ... Nella!

Die Tür ging auf. Es war der Arzt – endlich! Nach ein paar knappen Fragen war er im Bilde. »Haben Sie die Güte zu läuten, Prinz. Ich brauche heißes Wasser, einen kräftigen Mann und eine Pflegerin.«

»Wer braucht eine Pflegerin?« Nella war leise hereingekommen. »Ich bin als Krankenschwester ausgebildet«, erklärte sie dem Arzt, »und stehe zu Ihrer Verfügung.«

Die nächsten beiden Stunden waren ein Kampf auf Leben und Tod. Der erste Arzt sowie ein Spezialist, der diesem auf dem Fuß gefolgt war, Nella, Prinz Aribert und der alte Hans verbündeten sich miteinander, um den Sterbenden zu retten. Niemand sonst im Hotel wußte, wie schlimm es stand. Wenn ein Fürst erkrankt – noch dazu durch eigenes Zutun –, wird das nicht in die Welt hinausposaunt. Nach offizieller Lesart sind gekrönte Häupter nie ernstlich krank, bis sie tot sind. So will es die Staatsraison.

Besonders bedenklich war im Fall des Fürsten Eugen, daß Brechmittel sich als wirkungslos erwiesen, was sich die beiden Ärzte nicht erklären konnten. Die Verbündeten wußten sich nicht mehr zu helfen. Schließlich erklärte der große Spezialist vom Manchester Square, Fürst Eugen habe nur dann noch eine Chance, wenn er sich dank seiner kräftigen Konstitution auch ohne Hilfe der Medizin von dem Gift befreien konnte – so wie sich ein Betrunkener von seinem Rausch befreit, indem er ihn ausschläft. Man hatte alles versucht, sogar künstliche Beatmung und die Verabreichung von heißem Kaffee. Der große Spezialist vom Manchester Square verließ, nachdem er seine Erklärung abgegeben hatte, gemessenen Schrittes das Hotel. Es war einer dieser eigentümlichen Zufälle, die uns zuweilen durch ihre unterschwellige Bedeutung frösteln lassen, daß der Spezialist Theodore Racksole begegnete, als dieser gerade mit seinem Gefangenen das Hotel betrat. Beide ahnten sie nicht, was die andere Seite ins »Grand Babylon« geführt hatte.

In der Fürstensuite wachten die Getreuen am Bett. Quälend langsam verrannen die Minuten, verging eine weitere Stunde. Dann zuckte der Mann auf dem Bett, regte sich, öffnete die Lippen.

»Es gibt Hoffnung«, sagte der Arzt und verabreichte ein Tonikum, das Nella ihm gab.

Eine Viertelstunde später hatte der Patient das Bewußtsein wiedererlangt. Zum zehntausendstenmal in der Geschichte der Medizin hatte eine kräftige Konstitution ein Wunder gewirkt, das ein in Jahrhunderten zusammengetragenes ärztliches Wissen nicht hätte vollbringen können.

Der Arzt verabschiedete sich mit der Bemerkung, Fürst Eugen sei auf dem besten Wege zu baldiger Genesung, und versprach, in einigen Stunden wiederzukommen. Inzwischen war der neue Tag angebrochen. Nella zog die schweren Vorhänge zurück und ließ das Sonnenlicht ins Zimmer strömen. Hans döste, von Müdigkeit übermannt, in einem Sessel. Die

Aufregung war zu viel für ihn gewesen. Nella und Prinz Aribert sahen sich an.

Beide wußten, was der andere dachte. In stummem Einverständnis nahmen sie sich bei der Hand. Ihre junge Liebe hatte bislang keiner Worte bedurft, und auch jetzt sprachen sie nicht. Der Schatten, der über ihnen gehangen hatte, war vorbeigezogen, aber Erleichterung und Freude drückten sich nur in ihren Blicken aus.

»Aribert«, klang es schwach vom Bett her. Aribert trat zu dem Großherzog, während Nella am Fenster stehenblieb.

»Was gibt es, Eugen?« fragte er. »Es geht dir jetzt besser.«

»Glaubst du?« sagte der junge Mann leise. »Bitte verzeih mir, Aribert, ich habe dir sicher große Umstände gemacht. Ich habe mich so ungeschickt angestellt, und das verdrießt mich. Laudanum war gewiß nicht das geeignetste Mittel, aber etwas anderes fiel mir nicht ein, und ich konnte ja niemanden um Rat fragen. Ich mußte das Zeug selbst kaufen. Es war alles sehr unerquicklich, aber zum Glück nicht umsonst.«

»Was soll das heißen, Eugen? Es geht dir besser. In ein, zwei Tagen bist du völlig wiederhergestellt.«

»Ich werde sterben«, sagte Eugen leise. »Täusche dich nicht. Ich werde sterben, weil ich sterben will. Ich spüre es tief in mir. Nur noch ein paar Stunden – dann ist alles vorbei. Der Thron von Posen gehört dann dir, Aribert. Du bist seiner würdiger als ich. Mein Volk darf nicht wissen, daß ich mich vergiftet habe. Verpflichte Hans und die Ärzte zur Verschwiegenheit, und laß auch du kein Wort darüber verlauten. Ich war ein Narr, aber daß ich auch ein Feigling war, soll niemand erfahren. Vielleicht ist es aber nicht feige, sondern mutig, den Knoten durchzuhauen. Die Schande einer Enthüllung, die mit Sicherheit früher oder später zu erwarten war, hätte ich nicht überlebt, Aribert. Ja, ich habe mich zum Narren gemacht, aber ich bin bereit, dafür zu zahlen. Wir von Posen zahlen immer – nur nicht unsere Schulden. Ach, diese Schulden ... Ohne sie hätte ich vor diejenige treten können, die meine Frau hatte werden, meinen Thron hatte teilen sollen. Mit ihrer Hilfe hätte ich meine Vergangenheit verschwinden lassen, noch einmal von vorn anfangen können. Aber das Schicksal war mir schon immer feind. Sag, Aribert, wie war das mit dem Komplott gegen mich? Ich ... habe es vergessen ...«

Seine Augen schlossen sich. Man hörte ein dumpfes Geräusch: Der alte Hans war vom Sessel geglitten. Er rappelte sich benommen hoch und schlich beschämt aus dem Zimmer.

Aribert nahm die Hand seines Neffen. »Unsinn, Eugen. Du träumst. Bald geht es dir wieder gut. Jetzt nimm dich zusammen.«

»Alles wegen einer Million«, stöhnte der Kranke. »Einer kläglichen Million englischer Pfund. Ganz Posen ist mit fünfzig Millionen verschuldet, und ich, der Landesfürst, konnte nicht einmal eine aufbringen. Hätte ich sie bekommen, hätte ich den Kopf wieder hoch tragen können. Lebe wohl, Aribert ... Wer ist dieses Mädchen?«

Aribert erhob sich. Nella stand schweigend am Fußende des Bettes. Sie hatte feuchte Augen. Jetzt trat sie an den Bettrand und legte die Hand auf das Herz des Patienten, dessen Schlag sie kaum mehr spürte, und Aribert sah jähe Verzweiflung in ihrem Blick.

In diesem Moment kam Hans herein und winkte ihr.

»Ich habe gehört, daß Herr Racksole wieder im Hotel ist«, flüsterte er, »und daß er diesen Jules gefaßt hat, der so ein Schurke sein soll.«

Mehrmals im Laufe der Nacht hatte Nella nach ihrem Vater gefragt, aber nicht in Erfahrung bringen können, wo er sich aufhielt. Jetzt, morgens um halb sieben, geisterte das, was sich in der Nacht zugetragen hatte, schon als Gerücht beim Hotelpersonal herum. Wie es dorthin gelangt war, wußte niemand.

»Wo ist mein Vater?« fragte Nella.

Hans zuckte die Schultern und deutete nach oben. »In einer der oberen Etagen, heißt es.«

Nella verließ im Laufschritt das Zimmer. Wie sie in das Gespräch zwischen Jules und Theodore Racksole hineinplatzte, wissen wir bereits. Während sie mit ihrem Vater nach unten ging, wiederholte sie: »Fürst Eugen liegt im Sterben, aber ich denke, du kannst ihn retten.«

»Ich?« wiederholte Theodore Racksole verblüfft.

»Ja. Du brauchst nur zu tun, was ich dir sage.«

Kapitel 29

THEODORE, DER RETTER

Nella eilte mit ihrem Vater die Treppe hinunter – die Aufzüge fuhren noch nicht –, zog ihn in ihr Zimmer und schloß die Tür.

»Was soll denn das?« fragte er leicht verwirrt, ja verstört von dem tiefen Ernst, der auf ihren Zügen lag.

»Papa, du bist sehr reich, nicht?« fragte Nella.

»Sehr, sehr reich?« Ihr Lächeln war besorgt und schüchtern, er konnte sich nicht erinnern, diesen Ausdruck je zuvor bei ihr gesehen zu haben. Eine scherzhafte Antwort, die ihm auf der Zunge lag, konnte er noch rechtzeitig herunterschlucken.

»Ja«, erwiderte er. »Das müßte dir eigentlich inzwischen bekannt sein.«

»Wie bald könntest du eine Million Pfund auftreiben?«

»Eine Million – was?« wiederholte er. Selbst er war entgeistert über die Gelassenheit, mit der sie diese gigantische Summe nannte. »Was um Himmels willen soll diese Frage?«

»Eine Million Pfund oder fünf Millionen Dollar. Wie bald könntest du soviel flüssig machen?«

»In etwa einem Monat, wenn ich es geschickt anstelle. Ja, so etwa in einem Monat, ohne daß die an der Wall Street oder anderswo es mit der Angst zu tun bekommen.«

»Das nützt nichts. Ginge es im Notfall nicht auch schneller?«

»Notfalls vielleicht in einer Woche, aber es würde ziemlich viel Staub aufwirbeln, und ich würde an dem Geschäft verlieren.«

»Könntest du nicht heute früh losgehen und irgendwie eine Million auftreiben, wenn es eine Frage von Leben oder Tod wäre?«

Er zögerte. »Jetzt hör einmal zu, Nella: Was führst du im Schilde?«

»Sei lieb und beantworte einfach meine Frage, Papa. Keine Sorge, ich bin nicht übergeschnappt.«

»Vermutlich könnte ich selbst hier in London heute vormittag eine Million bekommen, aber es würde mich teuer zu stehen kommen, gut und gern fünfzigtausend Pfund, und in New York kämen meine Aktien ins Rutschen.«

»Warum muß denn New York etwas davon erfahren?«

»Wenn jemand sich eine Million englische Pfund leiht, mein Kind, erfährt es die ganze Welt. Was meinst du, wie ich mein Anliegen dem Vorstand der Bank of England beibringen soll? ›Seien Sie so nett und leihen Sie Theodore Racksole mal eben für ein paar Wochen eine Million, dafür bekommen Sie von ihm einen Schuldschein und eine Deckungszusage für Effekten ...‹?«

»Aber auftreiben könntest du das Geld?« wiederholte sie.

»Ich denke schon, sofern in London soviel Geld herumliegt.«

»Ja dann, Papa« – Nella legte ihm die Arme um den Hals –, »dann mußt du einfach losgehen und es deichseln. Für mich. Ich habe dich noch nie um eine wirklich große Sache gebeten. Und ich wünsche es mir so sehr.«

Er sah sie betroffen an. »Also das ist der Gipfel der Unverfrorenheit! Jetzt heraus mit der Sprache. Was soll der Hokuspokus?«

»Ich brauche das Geld für Fürst Eugen«, begann sie ein wenig stockend. »Er ist ruiniert, wenn er nicht eine Million bekommt, um seine Schulden zahlen zu können. Er ist ganz schrecklich in eine Prinzessin verliebt, die er sonst nicht heiraten kann, ihre Eltern erlauben es nicht. Eigentlich sollte er das Geld von Sampson Levi bekommen, aber er kam zu spät, und das hat Jules zu verantworten.«

»Das weiß ich alles, vielleicht besser als du. Aber was hat das mit dir oder mit mir zu schaffen?«

»Die Sache ist die, Papa: Er hat versucht, sich das Leben zu nehmen, weil er so traurig ist. Mit Laudanum. Es hat ihn nicht sofort umgebracht, ein wenig hat er sich schon erholt, aber er ist sehr schwach. Er will sterben, und ich fürchte, er wird auch sterben. Mit der Million könntest du ihm das Leben retten.«

Was Racksole da von Nella zu hören bekam, war für ihn eine erhebliche und ziemlich unliebsame Überraschung, aber er versuchte, sich nichts anmerken zu lassen.

»Ich habe aber nicht die Absicht, ihm das Leben zu retten, Nell. Meine Achtung für deinen Fürsten hält sich in Grenzen. Ich habe für ihn getan, was ich konnte, aber nur, weil ich für Fairplay und gegen Verschwörungen und heimtückische Mordanschläge bin. Wenn er sich unbedingt umbringen will – bitte sehr, das ist seine Sache. Daß er mit einer Million in der Kreide steht, hat er sich selbst und seinem liederlichen Lebenswandel zuzuschreiben. Wenn er tatsächlich ins Gras beißt, dürfte der Thron von Posen an Prinz Aribert gehen, der zwanzigmal mehr wert ist als sein Neffe.«

Nella sah ihre Chance. »Das ist es ja eben, Papa«, sagte sie eifrig. »Ich möchte den Fürsten retten, weil Aribert – Prinz Aribert meine ich – keinen Wert auf den Thron legt. Er möchte viel lieber nicht Großherzog werden.«

»Möchte viel lieber nicht Großherzog werden? Unsinn, Kind! Wenn er mit sich zu Rate geht, wird er ehrlicherweise zugeben müssen, daß so ein Thron eine gute Sache ist. Fürstenthrone liegen diesen Leuten sozusagen im Blut.«

»Du irrst, Vater. Würde Prinz Aribert den Thron von Posen besteigen, müßte er eine Prinzessin heiraten.«

»Na und? Das ist nun mal der Lauf der Welt.«

»Aber das möchte er nicht. Er will seine königlichen Privilegien aufgeben und als einfacher Mann leben. Und eine Frau heiraten, die keine Prinzessin ist.«

»Ist sie reich?«

»Sie nicht, aber ihr Vater. Kannst du es nicht erraten, Papa?

Er ... er liebt mich.« Sie legte den Kopf an Theodores Schulter und fing an zu weinen.

Der Millionär stieß einen leisen Pfiff aus. »Und du, Nell?« fragte er schließlich. »Magst du ihn?«

»Du bist ein ganz dummer Papa! Meinst du, ich würde mich sonst so plagen?« Sie lächelte unter Tränen. Am Tonfall ihres Vaters erkannte sie, daß sie gesiegt hatte.

»Das ist eine verteufelt verquere Geschichte«, meinte Theodore. »Aber wenn du wirklich meinst, daß es was hilft, gehst du am besten jetzt gleich zu deinem Fürsten und sagst ihm, die Million ließe sich beschaffen, wenn er sie wirklich braucht. Eine angemessene Sicherheit wird er wohl stellen können, sonst hätte Sampson Levi sich auf die Sache gar nicht eingelassen.«

»Danke, Papa. Du brauchst nicht mitzukommen, allein schaffe ich das vielleicht sogar leichter.«

Sie machte einen feierlichen kleinen Knicks und verschwand. Racksole, der das für Millionäre so wichtige Talent besaß, mehrere Dinge – Kleines wie Großes – gleichzeitig erledigen zu können, gab Anweisungen für die Beköstigung und Entlohnung von George Hazell, der ihm in der vergangenen Nacht zur Seite gestanden war, und ließ bei Félix Babylon anfragen, ob dieser ihm die Freude machen würde, mit ihm zu frühstücken. Nachdem er ihm die Geschichte von Jules' Ergreifung erzählt und ausführlich verschiedene Punkte erörtert hatte, bei denen es um die Führung eines Hotels und insbesondere die Sicherung von Weinkellern ging, setzte er seinen Hut auf, ging vor zum Strand, winkte eine Droschke heran und ließ sich in die City fahren, wo er Vorkehrungen traf, die so komplexer Natur waren, daß hier nicht näher darauf eingegangen werden kann.

Als Nella in die Fürstensuite zurückkam, waren sowohl der Arzt als auch der berühmte Spezialist wieder eingetroffen. Sie entfernten sich vom Bett, als sie eintrat, und berieten sich leise in der Fensternische.

»Ein merkwürdiger Fall«, bemerkte der Spezialist.

»Gewiß. Die eigentliche Ursache dürfte, wie Sie ganz richtig sagen, eine neurotische Veranlagung sein. Wenn so eine Veranlagung und eine kräftige Konstitution aufeinanderprallen, muß man merkwürdige Ergebnisse erwarten. Besteht denn Ihrer Meinung nach noch Hoffnung, Sir Charles?«

»Wenn ich ihn gesehen hätte, als er das Bewußtsein wiedererlangte, hätte ich in dem Moment die Frage wohl bejaht. Als ich in der vergangenen Nacht oder besser gesagt in den frühen Morgenstunden diese Räume verließ, rechnete ich offen gestanden nicht damit, den Fürsten noch einmal lebend wiederzusehen – geschweige denn bei Bewußtsein und in der Lage, sich zu äußern. Normalerweise hätte er den organischen Schock ohne weiteres überstehen müssen, aber ich glaube trotzdem, daß er nicht durchkommt. Ich habe den Eindruck, daß er es gar nicht will, ja daß er nach wie vor Selbstmordgedanken hegt. Bekäme er ein Rasiermesser in die Hand, würde er sich die Kehle durchschneiden. Sie müssen ihn kräftigen, soweit es geht, notfalls mit Injektionen. Heute nachmittag komme ich wieder vorbei, jetzt erwartet man mich im St. James Palace.« Noch eine tiefe Verbeugung, ein paar höflich beruhigende Worte an die Adresse von Prinz Aribert – dann war der berühmte Mediziner verschwunden.

Als er fort war, nahm Prinz Aribert den zweiten Arzt beiseite. »Vergessen Sie alles andere, und sagen Sie mir die Wahrheit – von Mann zu Mann. Werden Sie Seine Hoheit retten können?«

»Was ist Wahrheit?« erwiderte der Arzt. »Die Zukunft liegt nicht in unserer Hand.«

»Aber haben Sie Hoffnung? Ja oder nein.«

Der Arzt sah Prinz Aribert an. »Nein«, sagte er kurz und bündig. »Die Hoffnung ist dahin, wenn der Patient nicht auf der Seite des Arztes ist.«

»Sie meinen ...?«

»Ich meine, daß Seine Hoheit keinen Lebenswillen mehr hat,

was Sie im übrigen mittlerweile auch selbst schon gemerkt haben.«

»Leider ja.«

»Und Sie kennen den Grund?«

Aribert nickte.

»Und dagegen kann man nichts machen?«

»Nein«, erwiderte Aribert. Da merkte er, daß ihn jemand am Ärmel zupfte. Es war Nella. Sie winkte ihn ins Vorzimmer. »Wenn Sie wollen«, sagte sie, als sie allein waren, »kann Fürst Eugen gerettet werden. Ich habe alles in die Wege geleitet.«

»In die Wege geleitet?« Fast erschrocken beugte er sich über sie.

»Sagen Sie ihm, daß die Million, die er für sein Glück braucht, unterwegs ist, daß er sie noch heute bekommen wird, wenn ihn das beruhigt.«

»Um Himmels willen, wie meinen Sie das, Nella?«

Sie griff nach seiner Hand. »Genau so, wie ich es sage, Aribert. Wenn eine Million Pfund Fürst Eugen das Leben retten kann, steht sie ihm zur Verfügung.«

»Aber wie ... wie haben Sie dieses Wunder vollbracht?«

»Mein Vater erfüllt mir jede Bitte«, sagte sie leise. »Verlieren wir keine Zeit. Sagen Sie Eugen, daß alles geregelt ist, daß alles gut wird. Gehen Sie jetzt.«

»Aber ein so unglaublich großes Entgegenkommen können wir nicht annehmen, das ist ausgeschlossen.«

»Sie sind nicht in Posen und halten keinen Empfang bei Hofe«, sagte sie rasch. »Sie sind in England und sprechen mit einer Amerikanerin, die es gewohnt ist, ihren Kopf durchzusetzen.«

Der Prinz hob resignierend die Hände und ging zurück ins Schlafzimmer. Der Arzt saß am Tisch und schrieb ein Rezept. Mit heftig klopfendem Herzen näherte sich Aribert dem Bett. Eugen begrüßte ihn mit einem matten Lächeln.

»Hör zu, ich habe Neuigkeiten«, flüsterte Aribert. »Mit der Hilfe von Freunden ist es mir gelungen, die Million zu beschaffen.

Alles ist geregelt, du kannst dich darauf verlassen. Aber du mußt gesund werden, hörst du?«

Eugen fuhr hoch. »Sag mir, daß ich nicht deliriere!«

»Natürlich nicht. Aber du darfst dich nicht aufsetzen, du mußt auf dich achtgeben.«

»Wer leiht uns das Geld?« fragte Eugen mit schwacher, aber froher Stimme.

»Das braucht dich jetzt nicht zu kümmern, später sollst du alles erfahren. Jetzt konzentriere dich auf deine Genesung.«

Die Züge des Patienten veränderten sich auf erstaunliche Weise, und auch in seinem Gemüt schien sich eine grundlegende Wandlung zu vollziehen. Verblüfft hörte der Arzt, wie er leise um etwas zu essen bat. Aribert sank, überwältigt von seinen Gefühlen, in einen Sessel. Er begriff, daß er bis zu diesem Augenblick den Wert und die wunderbare Macht des Geldes nie gewürdigt hatte, dieses schnöden Mammons, den die Philosophen zu verachten vorgaben und für den Menschen ihre Seele verkauften. Sein Herz drohte zu bersten vor Bewunderung fur diese großartige Nella, die kraft ihrer Persönlichkeit zwei Menschen aus dem tiefsten Tal der Verzweiflung in die seligen Höhen von Hoffnung und Glück erhoben hatte. »Ein erstaunlicher Menschenschlag, diese Angelsachsen«, dachte er.

Bis zum Nachmittag hatte Eugen sich sichtlich erholt. Die zum drittenmal von dem Verlauf des Falles verblüfften Mediziner erklärten die Gefahr für endgültig überstanden. Aribert schien es, als klänge in dieser Erklärung die Überzeugung an, daß der glückliche Ausgang ausschließlich ihrer unvergleichlichen ärztlichen Kunst zuzuschreiben war, aber vielleicht war diese Deutung auch falsch. Im übrigen war er in äußerst menschenfreundlicher Stimmung und bereit, alles zu verzeihen.

»Wie kann ich Ihnen danken, Nella?« sagte er etwas später, als sie wieder im Vorzimmer allein waren. »Ihnen und Ihrem Vater ...«

»Meinem Vater danken Sie am besten gar nicht«, erwiderte sie. »Papa wird so tun, als sei das Ganze eine rein geschäftliche Angelegenheit gewesen, was es natürlich auch ist. Und was mich betrifft, so können Sie ... so kannst du ...«

»Nun?«

»Küß mich«, sagte Nella. »Ja, so war es gut. Hast du mich überhaupt schon förmlich um meine Hand gebeten, *mon prince*?«

»Ach Nell ...« Er nahm sie wieder in die Arme. »Sei mein. Mehr wünsche ich mir nicht.«

»Ohne Papas Zustimmung kann daraus allerdings nichts werden.«

»Wird er Schwierigkeiten machen? Das kann er nicht, Nell ... nicht bei dir.«

»Du solltest ihn doch lieber fragen«, sagte sie lächelnd.

Gleich darauf kam Racksole herein. »Alles in Ordnung?« fragte er und deutete zum Schlafzimmer.

»In bester Ordnung sogar«, erwiderten die Liebenden wie aus einem Munde und erröteten.

»Tja, wenn das so ist und Sie einen Augenblick Zeit haben, Prinz, möchte ich Ihnen etwas zeigen.«

Kapitel 30

AUSKLANG

»Ich hab' Ihnen viel zu erzählen, Prinz«, begann Racksole, sobald sie die Suite verlassen hatten, »und möchte Ihnen, wie gesagt, auch etwas zeigen. Bitte kommen Sie mit in mein Zimmer, dort können wir in Ruhe reden. Das Hotel ist in heller Aufregung.«

»Mit Vergnügen«, sagte Aribert.

»Ich freue mich zu hören, daß Seine Hoheit Großherzog Eugen auf dem Wege der Besserung ist«, sagte Racksole, um der Höflichkeit Genüge zu tun.

»Also, was das betrifft ...«, setzte Aribert an.

»Wenn Sie nichts dagegen einzuwenden haben, sprechen wir darüber später, Prinz«, fiel Racksole ihm ins Wort.

Sie waren in den Räumen des Hoteldirektors angekommen. »Ich möchte Ihnen erzählen, wie ich in der vergangenen Nacht Jules dingfest gemacht habe und was sich bei dem Verhör ergeben hat, das ich heute früh mit ihm angestellt habe.« Und dann erstattete er in allen Einzelheiten Bericht. »Unser Verdacht, Bosnien betreffend, war also mehr oder weniger zutreffend«, schloß er. »Aber je länger ich darüber nachdenke, desto fester bin ich davon überzeugt, daß wir nichts tun können, um die kriminellen Politiker dieses Landes vor den Kadi zu bringen.«

»Und was soll aus Jules werden?«

»Bitte folgen Sie mir.« Racksole führte Aribert in ein anderes Zimmer, auf dem ein mit einem Leintuch bedecktes Sofa stand. Racksole hob das Leintuch – er hatte sich diesen dramatischen Auftritt nicht versagen können – und enthüllte einen Leichnam.

Es war Jules. Der Tote hatte keine sichtbaren Male oder Verletzungen.

»Ich habe nach der Polizei geschickt – nicht nach einem Streifenpolizisten, sondern nach einem Beamten von Scotland Yard«, sagte Racksole.

»Wie konnte das geschehen?« fragte Aribert überrascht und bestürzt. »Ich hatte Sie so verstanden, daß er sicher in seinem Zimmer verwahrt war.«

»So verhielt es sich auch«, erwiderte Racksole.

»Heute nachmittag ging ich hinauf, um ihm Essen zu bringen. Der Portier hielt vor der Tür Wache. Er hatte keinen Lärm und auch sonst nichts Ungewöhnliches gehört, doch als ich ins Zimmer kam, war Jules verschwunden. Es war ihm gelungen, seine Fesseln zu lösen, dann hatte er – völlig geräuschlos, wohlgemerkt! – die Schranktür aus den Angeln gehoben, das Bett vor das Fenster gestellt, die Schranktür zu drei Vierteln aus dem Fenster geschoben und das noch im Zimmer befindliche Ende unter die Querstange am Kopfende des Bettes geklemmt, so daß eine wenn auch unsichere Plattform vor dem Fenster entstanden war. Danach muß er aus dem Fenster geklettert sein und sich auf die kleine Plattform gestellt haben. Von dort aus konnte er mit den Fingerspitzen den äußersten Rand des unter dem Hoteldach verlaufenden breiten Simses erreichen. Mit seinen kräftigen Armen schwang er sich auf diesen Sims und erreichte so das Dach, auf dessen First er bis zur Salisbury Lane entlanglief. Dort befindet sich eine eiserne Feuerleiter, die vom First bis zu einem Lichthof führt, der auf gleicher Höhe wie die Kellerräume liegt. Jules dachte wohl schon, die Flucht sei ihm gelungen, leider aber hatte man eine Sprosse der Feuerleiter offenbar nicht sorgfältig genug gestrichen, so daß sie durchgerostet war. Sie brach, der völlig überraschte Jules stürzte in die Tiefe, und alle Gewandtheit, aller Einfallsreichtum konnten ihn nicht mehr retten.«

Damit breitete Racksole mit einer fast ehrerbietigen Bewegung das Leintuch wieder über den Toten.

Nachdem das Grab sich über dem dunklen und stürmischen Lebensweg von Tom Jackson, dem einstigen Stolz des Hotels

»Grand Babylon«, geschlossen hatte, trat im Leben der Personen, deren Abenteuer wir geschildert haben, weitgehend Ruhe ein.

Die gelbhaarige Miss Spencer, getreue Sklavin und Gefährtin eines begnadeten Schurken, ward nicht mehr gesehen. Möglicherweise lebt sie noch heute, ihren Mitmenschen ein Rätsel, in einer billigen Pension irgendwo im Ausland.

Rocco hingegen ist wieder auf der Bildfläche erschienen. Einige Jahre nach den hier beschriebenen Ereignissen erfuhr Félix Babylon, daß der unvergleichliche Rocco in Buenos Aires eingetroffen war, wo er mit seinen Kochkünsten einem hervorragenden neuen Hotel zum Erfolg verhalf. Babylon gab die Nachricht an Theodore Racksole weiter, der seinem einstigen Chefkoch, wenn er gewollt hätte, die Justiz auf den Hals hätte hetzen können. Da Rocco aber allem Anschein nach seinem Beruf auf ehrliche Weise nachging, beschloß er, ihn in Ruhe zu lassen.

Das einzige Problem, das Racksole nach Jules' Ableben zu schaffen machte – und das er natürlich vorausgesehen hatte –, betraf die Polizei, die ihm begreiflicherweise einige Fragen zu stellen wünschte. Man wollte wissen, was Racksole im Fall Dimmock unternommen hatte, ehe er – nach seinem ersten Besuch in Ostende – mit den Polizeibeamten gesprochen und ihnen Dimmocks Leiche übergeben hatte. Racksole war keineswegs bereit, alle seine Karten auf den Tisch zu legen. Er hatte zweifellos gegen englische und womöglich auch belgische Gesetze verstoßen, und daß er dafür vortreffliche moralische Gründe gehabt hatte, war in den Augen der Justiz natürlich keine Entschuldigung.

Die gerichtliche Untersuchung im Falle Jules wirbelte reichlich Staub auf und setzte neunundneunzig verschiedene Gerüchte frei. Schließlich aber kam es zu einem Kompromiß. Racksoles erstes Anliegen war es, den Inspektor zu besänftigen, dessen Aufforderung, ihm zu der von ihm entdeckten Spur zu folgen (die übrigens später im Sande verlief), er so schnöde ausgeschlagen hatte. Alles andere ließ sich mit Takt und Geduld regeln. Er konnte den Behörden überzeugend nachweisen, daß er zwar eigenmächtig, aber in bester Absicht gehandelt hatte und im wesentlichen der Gerechtigkeit Genüge getan war. Überdies deutete er diskret an, daß er im schlimmsten Fall bereit sei, es auf eine Auseinandersetzung ankommen zu lassen. Auch dank der Vermittlung der amerikanischen Botschaft konnten schließlich die Wogen einigermaßen geglättet werden.

An einem Nachmittag zwei Wochen nach der Genesung des Großherzogs von Posen suchte Aribert, der noch immer im Hotel »Grand Babylon« logierte, um eine Unterredung mit dem Millionär nach. Fürst Eugen hatte in Begleitung von Hans und einigen von ihm nach London beorderten Hofbeamten unter großem öffentlichen Aufsehen und ausgestattet mit einer komfortablen Million die Heimreise angetreten, um in aller Form seine Verlobung in die Wege zu leiten. Für die Million hatte Eugen zufriedenstellende persönliche Sicherheiten geben können, die Gesamtsumme sollte innerhalb eines Zeitraums von fünfzehn Jahren zurückgezahlt werden.

»Sie wollten mich sprechen, Prinz?« fragte Racksole, als er mit Aribert in seinem Zimmer zusammensaß.

»Ich möchte Ihnen mitteilen«, erwiderte Aribert, »daß ich die Absicht habe, auf alle meine Rechte und Titel als Prinz von Posen zu verzichten und mich in Zukunft Graf Hartz zu nennen, ein Titel, der mir von meiner Mutter her zusteht. Ich habe ein privates Einkommen von zehntausend Pfund im Jahr, einen Landsitz und ein Stadthaus in Posen. Dies vorausgeschickt, bitte ich hiermit um die Hand Ihrer Tochter. Ich liebe sie und bin eingebildet genug zu glauben, daß auch sie mich liebt. Ich habe sie bereits gefragt, ob sie meine Frau werden will, und sie hat zu meiner Freude ja gesagt. Nun warten wir nur noch auf Ihre Einwilligung.«

»Das ist eine große Ehre für uns, Prinz«, sagte Racksole und lächelte ein wenig, »und zwar in mehr als einer Hinsicht. Darf ich fragen, warum Sie auf Ihre Titel als Prinz verzichten wollen?«

»Weil die Vorstellung einer morganatischen Ehe mir so widerstrebt, wie sie Ihnen und Nella widerstreben würde.«

»Freut mich zu hören.«

Der Prinz lachte.

»Es dürfte Ihnen klar sein, daß ein Mann in Ihrer Position mit zehntausend Pfund jährlich keine großen Sprünge machen kann. Nella ist überaus verschwenderisch. So manches Mal hat sie sechzigtausend Dollar in einem einzigen Jahr ausgegeben, ohne auch nur recht zu wissen, wofür. In zwölf Monaten könnte meine Tochter Sie in den Ruin treiben.«

»Nella wird ihre Lebensweise ändern müssen«, sagte Aribert.

»Gut, wenn sie dazu bereit ist, bin ich einverstanden.«

»Ich danke Ihnen von Herzen, in ihrem und in meinem Namen«, erklärte Aribert feierlich.

»Und damit sie sich nicht allzusehr einschränken muß, übertrage ich ihr vorbehaltlos und mit Heimfall an eventuelle Nachkommen eine Summe von fünfzig Millionen Dollar oder zehn Millionen Pfund in soliden ausgesuchten Eisenbahnaktien. Es dürfte die Hälfte meines Vermögens sein. Nella und ich haben immer alles geteilt.«

Aribert antwortete nicht. Die beiden Männer wechselten einen stummen Händedruck, dann kam Nella herein.

Abends nach dem Dinner gingen Racksole und sein Freund Félix Babylon auf der Terrasse des »Grand Babylon« hin und her.

Félix hatte das Gespräch begonnen. »Sagen Sie, Racksole, Sie haben nicht zufällig genug vom Hotel ›Grand Babylon‹?«

»Warum fragen Sie?«

»Weil ich genug davon habe, mich ohne das Hotel zu behelfen. Tausendmal habe ich den Handel schon bereut. Untätigkeit ist mir ein Greuel. Wären Sie bereit zu verkaufen?«

»Möglicherweise ja.«

»Was verlangen Sie, mein Freund?«

»Das, was ich gegeben habe«, lautete die rasche Antwort.

»Sie sind mir der Rechte! Ich verkaufe Ihnen mein Hotel samt Jules, Rocco und Miss Spencer, Ihnen kommen diese außergewöhnlichen Kräfte abhanden, und dann bieten Sie mir das Hotel ohne die drei zum gleichen Preis an. Nicht zu glauben!« Der kleine Félix Babylon lachte herzhaft über sein Witzchen. »Aber wir wollen über den Preis nicht streiten«, fuhr er fort. »Ich akzeptiere Ihren Vorschlag.«

Und das, geneigte Leser, ist das Ende der verschlungenen Geschichte, von der Theodore Racksole sich noch nichts hatte träumen lassen, als er an der Table d'hôte des »Grand Babylon« ein Steak und eine Flasche Bass-Bier bestellte.

Anmerkungen

1 Vorbild für Arnold Bennetts »Grand Babylon« war das legendäre Hotel »Savoy« in London. 1898 hatte ein Skandal um den Hotelmanager des »Savoy«, Cesar Ritz, und dessen Direktor Auguste Escoffier für erhebliches Aufsehen gesorgt, die näheren Umstände wurden jedoch nie publik. Der Autor besuchte diese gesellschaftliche Institution zur Jahrhundertwende regelmäßig zum Fünfuhrtee.

2 Zwei berühmte Londoner Prachtstraßen, an denen sich einige der traditionsreichsten Hotels der Stadt befinden; das Victoria Embankment säumt das nördliche Themseufer zwischen Westminster Bridge und Blackfriars Bridge, die Northumberland Avenue verbindet Embankment und Trafalgar Square.

3 Vornehmer Straßenzug im gleichnamigen Stadtviertel, der vom Trafalgar Square parallel zur Themse in nordöstlicher Richtung verläuft.

4 Anwalt im englischen Gerichtswesen, der den Kläger im mündlichen Gerichtsverfahren vertritt.

5 Die seit 1863 bestehende transkontinentale Eisenbahnlinie »Atchinson, Topeka and Santa Fe Railroad« verlief von Chicago über die texanische Golfküste bis nach Los Angeles.

6 Von englisch *kaffers* oder *kaffirs*: südafrikanische Bergwerksaktien, mit denen an der Börse wild spekuliert wurde.

7 Damm am Hafen von Ostende, an dem sich auch der berühmte Kursaal der Stadt befindet.

8 Berüchtigter Einbrecher, der 1724 aus dem Gefängnis entfloh und später hingerichtet wurde. Der englische Schriftsteller William Harrison Ainsworth (1805–1882) setzte ihm mit seinem 1830 erschienenen Roman »Jack Sheppard« ein Denkmal.

9 Ein fahrbarer verchromter Grill, der unmittelbar an den Tischen des Speisesaals betrieben werden konnte.

10 Gründungsjahr der Dritten Republik; in jener Zeit gab es mit einigen politischen Intrigen verbundene Bestrebungen, die Monarchie der Bourbonen wiederzubeleben.

11 In diesem Jahr wurde Königin Viktorias fünfzigstes Regierungsjahr in London feierlich begangen.

Arnold Bennett, geboren 1867 in Hanley/Staffordshire, war zunächst Advokaturschreiber in der Kanzlei seines Vaters, später dann Journalist und Schriftsteller. Er veröffentlichte über fünfzig Bücher – Romane, Erzählungen, Dramen, Essays und Autobiographisches. Bennett starb 1931 in London.

MENSCHEN IM HOTEL

Markus Orths **Das Zimmermädchen** Roman

Das intime Portrait einer eigenwilligen jungen Frau, die wissen will, wie den anderen gelingt, was ihr selbst so schwerfällt – das Leben. Eins ist sicher: Nach der Lektüre wird man nie wieder in einem Hotel übernachten, ohne vorher unters Bett zu schauen.

WAT 798. 112 Seiten

Vicki Baum **Hotel Berlin** Roman

»Die Frage, die mich Tag und Nacht nicht in Ruhe ließ, war: Wie sieht es jetzt in Deutschland aus? Was denken, fühlen, fürchten und hoffen die Deutschen in einem Augenblick, da schon die ganze Welt das Menetekel an der Wand lesen kann?«

Aus dem Amerikanischen von Grete Dupont. WAT 799. 288 Seiten

Christoph Meckel **Der wahre Muftoni** Erzählung

»Wir lebten, wer weiß, zum letzten Mal im Hotel, im luftigsten unserer Stile – Salut und chapeau! Wir gingen wie gewöhnlich am Morgen aus, begrüßten den Herrn Portier und blieben weg.«

WAT 800. 128 Seiten

Jaroslav Rudiš **Grandhotel** Roman

Ein Roman über einen Jungen, der im Grandhotel lebt und arbeitet, in Wahrheit aber in den Wolken zu Hause ist. Witzig, skurril, nachdenklich und sehr poetisch.

Aus dem Tschechischen von Eva Profousová. WAT 801. 208 Seiten

Giorgio Bassani **Die Brille mit dem Goldrand** Erzählung

Ein genau gezeichnetes Portrait der guten Gesellschaft und wie sie ihr Fähnchen in den Wind hängt.

Aus dem Italienischen von Herbert Schlüter. WAT 803. 112 Seiten

ENGLISCHE EXZENTRIKER(INNEN) IM *SVLTO* *

Edith Sitwell Englische Exzentriker

Dieses schon klassische Buch präsentiert berühmte Exzentriker aus dem unerschöpflichen englischen Fundus.
Aus dem Englischen von Kyra Stromberg. 160 Seiten mit vielen Photos

Hans von Trotha A Sentimental Journey
Laurence Sterne in Shandy Hall

Ein Gentleman, ein Buch, eine Reise ... Der Englandkenner Hans von Trotha entführt ins 18. Jahrhundert, als die Perücken gelüftet und die Krägen gelockert werden durften, als man empfindsame Briefe schrieb und ebensolche Romane.
144 Seiten

Djuna Barnes Solange es Frauen gibt, wie sollte da etwas vor die Hunde gehen? 8 Portraits

Acht Portraits von selbstständigen, selbstbewussten und unabhängigen Frauen, die »leichter eine Gewohnheit durchbrechen, als eine annehmen«.
96 Seiten

Djuna Barnes
Die Frau, die auf Reisen geht, um zu vergessen

Geschichten von reisenden Frauen und über das Reisen. Witzig, intelligent, exzentrisch: Vom Asphalt in die Ferne. Und zurück. Verfasst von einer leidenschaftlichen Reisenden.
Aus dem Amerikanischen von Inge von Weidenbaum. 80 Seiten

* *Rotes Leinen mit Prägung und aufgeklebtem Schildchen. Fadengeheftet. Durchgefärbtes Vorsatzpapier*

ALAN BENNETT IM *SVLTO* *

Alan Bennett geht ins Museum

Alan Bennett liebt die Kunst. Aber ob die Kunst ihn liebt, so wie er über sie spricht, ist ungewiss.

Aus dem Englischen von Ingo Herzke. 144 Seiten mit vielen Abbildungen

Alan Bennett Così fan tutte Eine Geschichte

Mit allen Finessen der Ironie erzählt Bennett die Geschichte eines englischen Middleclass-Ehepaars, das vom Opernbesuch nach Hause kommt und seine Wohnung vollkommen leer vorfindet. Mit dem Verlust der gediegenen Einrichtung beginnt für sie ein neues, weniger weich gepolstertes Leben.

Aus dem Englischen von Brigitte Heinrich. 120 Seiten

Alan Bennett Leben wie andere Leute

Alan Bennett blickt zurück auf das Leben seiner Eltern und eine Kindheit zwischen ebenso verschrobenen wie liebenswerten Verwandten. In seinem Familienportrait erzählt er von den Hoffnungen und Enttäuschungen der Bennetts, von ihrer Sehnsucht, so zu leben wie andere.

Aus dem Englischen von Ingo Herzke. 168 Seiten mit vielen Photos

Wenn Sie mehr über den Verlag und seine Bücher wissen möchten, schreiben Sie uns eine Postkarte oder elektronische Nachricht (mit Anschrift und E-Mail). Wir informieren Sie dann regelmäßig über unser Programm und unsere Veranstaltungen.

Verlag Klaus Wagenbach Emser Straße 40/41 10719 Berlin
www.wagenbach.de vertrieb@wagenbach.de